鬼畜の家

深木章子

講談社

鬼畜の家

目次

目次

第三章

第四章

第一章

木島病院院長　木島敦司の話

北川秀彦《きたがわひでひこ》君の件か……。榊原《さかきばら》さんといったね？　探偵ねえ……。名刺にはメールアドレスと携帯の番号だけか。私立探偵なんて映画や小説の中だけかと思ったら、日本にも本当にいるんだねえ。

ところで、君はいったい誰に頼まれたの？　そうか、営業上の秘密か。そりゃまあ、そうだろうね。北川君の奥さんとはもうずっと会っていないけど、いまどうしてるのかなあ？　長男の秀一郎《しゅういちろう》君はそろそろ大学を卒業する頃だよね？　どこかの医学部に行ってるようならいいけど……。なにしろ、僕は北川君の家族とはあれきり没交渉だからねえ。

だけど、君ねえ。紹介状もなしに突然やって来て話を聞かせろという以上は、単なる好奇心ということはないだろうけどさ。そんな古いことをいまさらほじくってどうするつもりかい？

事実をありのままに話してさえくれれば、公表したりしないと約束する、っていわれても、初対面でバックも素性も分からない人間の話を、はあ、そうですか、って信用できるわけがないだろう？　おまけに、協力してくれないのなら、これまでの調査内容を公表するがそれでもいいのか、っていうんじゃ、まるで脅迫じゃないの？　違うかい？

でも、まあいいさ。なにが目的なのかは知らないが、とりあえず強請《ゆす》りやたかりではないと信じることにするよ。すでに相当調べ上げているようだからね。抵抗しても無駄なようだ。

もしかすると、榊原さん。君は警察の関係者かな？　へえ！　元警察官ねえ……。図星だったか。僕だってだてに長年客商売をやってはいないわけでね。経験を積んだ内科医というのは、患者を問診したり触診したりしている間に、相手がどういう人間かだいたい分かるもんなんだ。

あらかじめ断っておくけどね。北川君の件は、私利私欲でやったことじゃない。奥さんに頼まれて、不本意ながら残された彼の家族のために協力したんだ。いいことではないとしても、良心に恥じることではないと思っている。もっとも、仮に虚偽診断書作成罪に該当するとしても、もう十三年も前のことだからね。とっくに時効になってるはずだよ。

君は先刻承知かも知れないけどね。まずは、北川君と知り合ったところから順を追って話すことにするよ。僕と彼の関係を知らないと、私がなぜ法を犯してまで奥さんの頼みを聞き入れたのか理解できないだろうし。

彼とは教諄《きょうじゅん》大学医学部で一緒だったんだ。二人とも東京出身で学年が一緒なうえに、たまたま親同士がどちらも新宿区医師会所属の開業医で、古くからの知り合いでね。もちろん、あちらは子供の頃から秀才だけど、僕の方は、自分でいうのもなんだけど、ボンボン育ちの劣等生だからね。在学中は特に親しいというわけじゃなかった。だけど、互いに親の跡を継いでからは、似たような境遇の者同士、気楽に愚痴《ぐち》をいい合える仲にもなって、一緒にゴルフをしたり飲みに行ったりする付き合いが始まってね。いい友達になったよ。

もっとも、二人とも親の跡を継いだといってもね。うちはいちおう医療法人で病院だけど、彼の家は父親がたった一人でやっていた昔ながらの町医者なんだ。だから、彼も当初は北川医院を引き継ぐか、それとも大学に残るか迷っていてね。彼は成績優秀だったから、あのまま大学に残っていれば、それなりのところまでいったんじゃないかな。

いまならもう町医者の時代じゃないことはいうまでもないけど、あの当時はまだ地域の需要があったし、親父さんが高齢だったこともあってね。結局開業医の道を選んだわけだ。結果的には、それが間違いだったのかも知れないな。

北川医院の経営状態がまずいことになっているらしいという噂《うわさ》が流れたのは、親父さんが亡くなって数年してからだったかな。薬屋への支払いも滞《とどこお》りがちで、危ないところから融資を受けているという話も聞いた。

それで、僕もそれとなく探りを入れてみたこともあったんだけどね。北川君には、僕に対するライバル意識があったんだろうな。虚勢を張るというか、金の問題については僕にはいっさい打ち明けてくれなかった。こちらも聞いたところでどうすることもできないんだから、無理に訊き出すわけにもいかないだろう。

北川医院の経営状態が悪化した理由？　いやあ、時代の趨勢《すうせい》だけの問題じゃないでしょ。そりゃ、大病院に患者を取られたということもあるにはあっただろうけどね。原因の大半は北川君自身にあったんじゃないかな。彼は優秀な内科医だったから、診療はちゃんとやっていたはずだけど、昔からどうにも山っ気のある性格でね。生涯地道に一開業医で終わる気は毛頭なかったらしい。昔から株や相場に非常に関心があったし、実際、相当つぎ込んでいたと思うよ。最後は、なにか事業を企てていたようだな。

僕も他人のことはいえないけれど、医者というのはあんがい世間知らずだからね。日頃から先生、先生と持ち上げられているもんで、本業以外でもなんでもできると勘違いしてしまうんだ。だから騙《だま》されやすい。僕のところにだって、いろいろうまい話を持ち込んでくる輩《やから》は大勢いるよ。

それに、そういう噂を聞きつけると、蜜に群がる蟻《あり》と同じでね。次から次へと怪しげな連中が擦《す》り寄って来るんだ。結局それで足元をすくわれたんだろう。

うん。女にだらしがなかったのも一因かも知れない。北川君の奥さんは郁江《いくえ》さんといって、もともとは北川医院に勤務していた看護婦だったんだ。医者と看護婦の組み合わせは、まあお定《き》まりのコースだといえばそれまでなんだけどね。

もっとも、正確にいえば、郁江さんは准看護婦で、いまは男女を問わず准看護師と呼ぶんだけど、いわゆる正看護師じゃあない。仕事の内容は看護師も准看護師も同じなんだけど、准看護師の方が看護師より資格を取るのが簡単でね。そのぶん、当然ながら待遇は劣るわけだ。

僕は、看護師上がりだからってどうこういうつもりはないけど、北川君の親——特にお袋さんは二人の結婚に大反対だったし、彼自身も最初はほんの遊びのつもりで、彼女と結婚する気はさらさらなかったらしい。僕の目から見ても、正直、郁江さんが北川君に似合いの女性だとは思えなかった。母親が早くに死んで父親の手で育てられたそうだけど、そのせいかどことなく暗い感じでね。腹の中でなにを考えているのかよく分からないところがあった。

本当は、彼にはもっとおっとりしたお嬢さんタイプの女性の方が合っていたんじゃないかな。だけどまあ、秀一郎君がお腹にできてしまって、結局否応《いやおう》なく入籍する破《は》目《め》になったわけなんだ。

秀一郎君の後にも女の子が二人生まれたが、彼の女遊びはいっこうに収まらなくてね。それどころか、親父さんとお袋さんが相次いで亡くなってからは、頭を抑える人間がいなくなって、大っぴらに外泊をするようになったらしい。一時は歌舞伎町《かぶきちょう》のフィリピン女に夢中になってね。僕もそのフィリピンパブに連れていかれたことがあるけど、それこそ毎晩のように通いつめていたようだし……。翌朝は早くから診療があるから、当然体に負担がかかる。若いうちはともかく、四十過ぎてあんな生活を続けていたら、どのみち長生きはできなかったかも知れないね。

まあ、医者というのは非常にストレスが大きい仕事なんだ。精神的・肉体的にハードなうえに、閉鎖的な職場だからね。特に開業医の場合は、夜遊びにでも出かけない限り、息抜きをする時がない。郁江さんもそれが分かってるから黙認してたんだろうけど、よく我慢していたというべきかな。

それでも、外で遊んでいるだけならまだいいんだけどね。彼の場合は、従業員や患者にまで手を出すから始末が悪い。まあ、郁江さん自身がそうだったんだから、いまさら文句をいう筋合いじゃないかも知れないけどさ。

当然、夫婦仲は円満なわけがない。見兼ねて僕も意見したことはあるけど、他人の忠告なんか聞くわけがないし、郁江さんもまた郁江さんでねえ。れっきとした院長夫人なんだから、もっと大らかにどっしり構えていられないものかと思うんだがなあ。度重《たびかさ》なる夫の浮気で神経が参ってたんだろうけどね。うちみたいにすぐヒステリーを起こされるのも困るけど、女房がああいつも能面のような顔をしてたら、男はたまったもんじゃないだろうな。

実をいうと、うちの家内も郁江さんのことは苦手でね。医師会の関係とかで、夫婦で顔を合わせる機会も多かったけど、一緒に飯を食っても観劇をしても、「おいしい」でもなきゃ「楽しい」でもない。あそこまで鬱々《うつうつ》としていられると、気詰まりでやり切れないといってたなあ……。まあ、うちの家内が常時「躁」状態なのも事実だけどね。

いや、少なくとも子供に関しては、彼は彼なりに愛情があったと思うよ。とりわけ、上の女の子の亜矢名《あやな》ちゃんのことが可愛かったらしい。はきはきした子でね。三人の子供の中で亜矢名ちゃんが一番頭がいいと自慢していたくらいだ。

そのぶん、郁江さんは一人息子の秀一郎君を溺愛《できあい》していたよね。本来は夫に向けるべき愛情を、すべて秀一郎君に注ぎ込んでいたんだろう。まあ、ありがちなことだよ。

秀一郎君は、総領のなんとやらとはいわないけど、男の子にしてはちょっとひ弱な感じでね。あまり覇気《はき》のない子だったな。なにしろ自分からなにかをする前に、母親がなんでも決めて、なんでもやってしまうんだ。あのままだと母親に押しつぶされるんじゃないかと、僕なんかは心配していたんだけどねえ。

末っ子の由紀名《ゆきな》ちゃん？　どうだったっけな……。見たところは亜矢名ちゃんと似てるけど、性格はもっとおっとりしていたかな。だけど、父親が亡くなった時、あの子はまだ小さかったからね。

北川君が自殺した理由は、もちろん本当のところは本人にしか分からないけど、資金繰りが行き詰まって、にっちもさっちもいかなくなったからじゃないかな。

なにせ、自宅兼診療所の土地建物の競売が申し立てられた直後のことだったからね。僕が聞いたところでは、銀行以外の街金も含めた負債総額は数億円に上ったようだ。本業だけだったら、自宅で開業してるうえに医師一人看護師一人だもの。どんなに経営不振だったとしても、そんなに借金がかさむわけがないからね。やはり、下手に事業に手を出したのが命取りになったんだろう。

あの日は、夜の十時を過ぎてそろそろ寝る支度《したく》をしようかという時に、郁江さんから電話があってね。主人の様子がおかしいので、すぐ来てくれないかという依頼だった。具体的にどんな様子なのか訊いても、とにかく来てくれの一点張りでね。仕方がないからタクシーで北川医院に駆けつけたんだ。ここからは車なら二十分もあれば着くからね。その段階では、まさか死んでいるとは思わなかった。いくらなんでも、それなら救急車を呼んでいるはずだから……。だけど、郁江さんには別な考えがあったんだな。

北川君は、診療所内の診察室のデスクの前で、椅子からずり落ちるようにして亡くなっていた。ちょうど五月の連休明けで、その時季にしては寒い日だった。彼は普段着のポロシャツとズボンにカーディガンを羽織っていて、デスクの上には注射器が転がっていた。所見では、死後二、三時間というところだったね。すでに完全に絶命していた。

彼は、自分で塩化カリウムを静脈に注射して自殺したんだよ。その場に塩化カリウムの原液が残されていた。塩化カリウムというのは塩の一種なんだが、本来は血中カリウムの濃度が低い患者に投与するための薬品でね。希釈《きしやく》してから点滴をするんだ。薄めずにそのまま投与したら、即命をおとす危険もある。体内の塩化カリウムが極端に増えると、急性心不全を起こすからね。

君も知ってるとは思うけど、医療事故や安楽死の事件で時々話題になるでしょ？　えっ、知らないの？　「東海大学安楽死事件」なんて、裁判で争われてマスコミでもずいぶん騒がれたじゃないの。そう。大学助手だった医師が、患者の家族に楽にしてやってくれと頼まれて、末期がんの患者に塩化カリウムを注射して死なせた行為が安楽死として許されるかどうかって、問題になったあの事件だよ。

塩化カリウムは、アメリカあたりじゃ死刑執行にも使われるらしい。まあ、自殺の手段としてはいい方法かどうか疑問だけどね。彼は彼なりに考えて、首吊りや飛び込みではなく、この方法を選択したんだと思うよ。

いや、遺書はなかった。その場になかっただけじゃない。結局、自宅の金庫や机の中にも遺言は残されていなかった。それなのに、なぜ自殺だといい切れるのかって？ 実は、後で話すけどね。遺書こそなかったものの、郁江さんの話だと、事前にそれらしい言動はあったんだ。

だけどまあ、その点を別にしても、事故という線はまったく考えられないね。たしかに、病院で看護師が塩化カルシウムと塩化カリウムを取り違えたり、原液を薄めるのを忘れたりするケースはあるんだ。それは事実だよ。でも、それは医療関係者としたら非常に初歩的なミスなわけでね。ベテランの医師である彼に限って、うっかり間違えるなんてことはあり得ないんだな。

そもそも、当時の彼にカリウムを投与する医学的必要があったとは僕には思えない。郁江さんもそういってるし、彼との長い付き合いで、そんなことが話題になったことは一度もないからね。仮に必要があったとしても、わざわざ看護師が帰った後に自分で塩化カリウムを注射するなんてことは、ちょっと考えられないし……。

それに、あの時彼が置かれていた状況を考えれば、自殺の動機は明白だといわざるを得ない。あのままだと、北川医院は早晩競売されて、後には到底《とうてい》返済不可能な巨額の借金が残ることは目に見えていた。彼は秀才なだけに、人一倍プライドが高かったからね。自分の診療所や自宅が人手に渡るのを見るなんて、到底耐えられなかったんだろう。

いいや、違うね。この際きれいさっぱり自己破産をして勤務医になればいい、なんてのは、なにも分かってない奴がいうことだよ。

彼は一人息子だったけど、上に姉さんが一人いてね。その姉さんはサラリーマンと結婚していて、郁江さんの話によると、その旦那で彼にとっては義兄にあたる人が、複数の借入の保証人になっていたんだよ。財産といったら自宅があるだけという普通の会社員でも、借主が医者の場合はけっこう審査が甘くてね。形だけ連帯保証人がいれば、そいつの返済能力いかんにかかわらず貸付をする金融機関は多いんだ。

この義兄のほかにも、彼に怪しげな事業を持ちかけた当の本人で、連帯保証人になっている奴もいたらしい。まあ、そんな人間はいってみれば自業自得だし、どうせ財産なんか持ってやしないだろうけどね。北川君本人としては責任を感じて当然だろう。それじゃあ死にたくもなるよ。保険金のことは別としてもね。

僕を診察室に案内した郁江さんは、僕が北川君の死亡を確認するのを待って、

「折り入って木島《きじま》先生にお願いがございます」

落ち着いた声で切り出した。

なんといっても、彼女は看護師だからね。夫が死んでいることは先刻承知のうえで、その「お願い」をするために僕を呼び出したことは明らかだった。だからこそ、彼女は救急車を呼ばなかったわけだね。

診療時間はとっくに過ぎているから、看護師や事務員は帰った後だし、子供たちは自宅の方にいるらしくて姿は見えなかった。父親が倒れたことも知らされていなかったんじゃないかな。

「先生は当然お分かりのことと思いますけど、主人は自殺をいたしました。それで、生前主人から命じられておりましたので、真っ先に木島先生にご連絡を差し上げた次第でございます」

そんな、まるで北川君と僕との間で事前に打ち合わせができているかのようなことをいわれて、僕は唖然《あぜん》としたよ。

「それじゃ、奥さん！　奥さんはご主人が自殺することを知ってたんですか？　どうして止めなかったんです？」

僕は思わず詰問《きつもん》調になったけど、郁江さんは相変わらず能面のように無表情でね。

「知っていたなどということはございません」

ぜんぜん動じないんだ。

「木島先生もお聞き及びでいらっしゃいましょうけど、主人という人は、昔から本業の診療以外にもいろいろなことに手を出しておりました。特に、この数年来は、山師のような得体の知れない人たちと組んで新規の事業を始めまして……。自分が代表者になって会社を設立したり、開業準備だといっては走り回ったりしておりましたんですけど、それがことごとく失敗して首が回らない状態になりました。あちこちから借金を重ねて、それが積もり積もっていまでは六億にもなっているそうでございます」

とまあ、こんな調子でね。自宅兼診療所の土地建物がすでに競売にかけられていて、北川君の経済的破滅は時間の問題であったことを縷々説明した。

そこまではすでに僕の耳にも入っていたけどもね。北川君がつい最近生命保険に加入したということは、その時初めて知ったんだ。二ヵ月ほど前に五千万円ずつ二社、合計一億円だそうでね。こんな厳しい状況の中でも、なんとか妻子が暮らしていけるだけの金を残したいと考えたらしい。

郁江さんの話では、以前には二億円の生命保険を掛けていた時期もあったんだそうだが、資金繰りが苦しくなって全部解約してしまったらしい。それがここにきてまた新規に契約をしたということは、やはり死を決意したからだったんだろうな。

もちろん、生命保険に加入した後すぐに自殺をしても、保険金は下りない。いわゆる免責事由に該当するからね。あの当時は、たしか一年以内の自殺だと駄目だったはずだよ。現在はもっと厳しくなって、二年とか三年経たないといけないみたいだね。保険金目当ての自殺が横行すると困るから、当然の話だけど……。

それで、郁江さんの「お願い」というのはほかでもない。北川君の死因を、「自殺」ではなく「病死」にして欲しいという依頼だったわけだ。

「主人は、もし自分に万一のことがあった場合は、その一億円を子供たちの養育費に充てるようにといっておりました。主人は秀一郎を医者にするつもりでおりました し、下の二人は女の子ですから、嫁に出すまでなにかとお金がかかります。子供たちさえ片付けば、お前は看護婦の資格があるんだから、食べていくくらいのことはできるだろう、と申しまして……。

それで私が、まさか死ぬおつもりではないでしょうね、と尋ねましたら、そんなことはないと。でも、もし俺になにか起きた時には、絶対に救急車を呼んだり、医者に見せたりしてはいけない。子供たちにも誰にも知らせず、俺の様子がおかしいからといって木島君を呼んでくれ。彼のいうとおりにしなさい。彼がすべてうまく処理してくれるからと……」

もう、びっくり仰天とはこのことさ。

僕は本当に北川君からはなにも頼まれていない。一億円の生命保険に加入したことすら聞かされていなかったんだからね。

だけどまあ、彼の気持ちは分からないでもないんだ。事前に僕に頼むといったって、死因をごまかすということは、つまりは法を犯すということだからね。僕が素直に「うん」という保証はない。ひと一人がこれから自殺するのを知りながら、黙って見過ごすわけもないし……。結局、先に事を起こして強行突破するしかなかったんだろうね。

亡くなった時、彼はまだ四十一歳だった。僕は医学部に入るのに二浪したけど、彼は現役で合格したからなあ……。ほんと、死ぬには若過ぎたね。

秀一郎君はその年の四月に十歳になったばかりで、まだ小学四年生だった。亜矢名ちゃんが二年生で、由紀名ちゃんは幼稚園の年長組だったかな。

こんな可愛い子供が三人もいて、しかも競売で住む家を取られちゃうんだからね。せめて金だけでも残してやらなきゃと思ったんだろう。ずいぶん自分勝手に生きている男だと思っていたけど、やっぱり彼も人の子の親なんだと実感したね。

ただね。ちょっとすんなり納得できない部分もあったんだ。仮に、北川君は病死だったことにして、首尾よく生命保険金を手に入れたとしても、彼には多額の負債があるわけだからね。結局は債権者に全部取られちゃうんじゃないかと、僕は心配したんだ。遺族が負債の返済を免れるためには、相続放棄をしなきゃならないだろうけど、相続放棄をしちゃったら、今度は保険金が貰《もら》えなくなってしまうからね。

だけど、彼らはそのあたりもとっくに研究済みだったんだよ。郁江さんの説明によれば、保険契約書の保険金受取人欄の記載が「被相続人」になっているか、それとも「相続人」になっているかで、結果がぜんぜん違ってくるというんだな。

受取人が「被相続人」になっている場合は、保険金は本来なら死んだ人間が受け取るべきもの——つまり相続財産だということになる。だから、相続人が保険会社から保険金を受け取ると、自動的に相続を承認したことになってしまうそうでね。当然のことながら相続放棄ができなくなるけれど、受取人が「相続人」になっていれば、保険金は最初から相続人である妻子のものだから、そもそも相続財産には含まれない。従って、相続人が相続放棄をしてしまえば、保険金は手に入れても借金の方は払わなくてもいいということになるらしい。

そんなうまい話があるもんか、って思うでしょ？　借金まみれの人間が死んで保険金が下りたのに、迷惑を被った債権者が一銭も払ってもらえなくて、相続放棄をした遺族は保険金でウハウハ暮らせるなんて、どう考えてもおかしいよね。

でも、法律ではそうなっているんだね。うちの顧問弁護士に訊いて確かめたから間違いない。だけど、その話を聞いて、僕は北川君が計画的に自殺したことをますます確信したんだ。彼は、郁江さんが僕に協力を頼めば、なんだかんだいっても、最終的には僕が承諾《しょうだく》することが分かっていたんだよ。

どうせ保険金目当ての自殺をするなら、なぜもっと高額の生命保険を掛けておかなかったのかっていうの？　そんなことは僕に訊かれてもねえ……。

でも、これは僕の想像だけど、欲を出して三社、四社と契約して、総額が二億、三億にもなると、保険会社の方でも死因について疑いを持つかも知れない。そうなると厄介《やっかい》だと考えたんじゃないかな。それより、確実に一億円を手に入れる方が得策だと踏んだんだろうね。

そこで、僕はまず、あの夜、彼が自殺する前の状況について郁江さんに説明を求めたんだ。「自殺」を「病死」にするにしても、詳細が分からなければやりようがないからね。

それによると、あの日、北川君は朝から通常どおり診察を行っていたそうだ。当時の北川医院は、前にもいったように、医師は彼一人だけだけど、看護師が一人、それにアルバイトの事務員が一人いた。以前彼が若い看護師と問題を起こして以来、郁江さんの強い意向で、看護師は五十過ぎのおばちゃんにされちゃってね。事務員の方は、夜間の専門学校に通っている男の子なんだ。

診療時間は午前中が九時から十二時まで、午後が二時から六時まででね。診療が終わって看護師と事務員が帰った後も、彼はずっと診察室にいたらしい。

夕食は、子供三人と郁江さんは毎日六時半に食べるそうだけど、彼は普段から家族と一緒には食事をしないという話だった。ハンバーグだのカレーだのって、子供向きのおかずじゃ口に合わないこともあるけど、診療が終わると一人で外出して、夜遅くまで帰らないらしいんだな。もちろん、飲みに行くわけだけど、必ずしも遊びだけじゃなくて、新規事業の関係者との打ち合わせもあったようだね。

昼食はさすがに家で食べるんだが、それも家族とは別でね。彼と従業員の三人分を、郁江さんが毎日自宅の応接間に用意していたそうだ。小さい子が三人もいるから、けっこう大変だったろうね。

そんな風だったから、自殺した日も、夫がいったん着替えに戻った後また診療所にこもっていても、郁江さんはべつだん気にも留めなかったそうだ。どうせそのうち外出するんだろうと思っていたわけだ。

ところが、九時を過ぎても北川君は診療所から出て来ない。あそこは、自宅と診療所は同じ敷地内ではあるけど別棟になっていて、短い渡り廊下で結ばれていた。内線電話は通じるけど、夫に不機嫌な声で応答されるのが嫌なので、郁江さんは直接診療所を覗《のぞ》いてみることにしたらしい。そして、診察室で倒れている夫を発見したというわけだね。

僕と同様、郁江さんも即座に、彼が塩化カリウムを注射して自殺したものと判断したようだ。薄々こうなることを予期していたんだろうね。まさか、夫が自殺を図っているのを承知で、九時過ぎまで放置していたとは思わないけど……。

なんにしても、夫が以前いっていたことを覚えていた郁江さんは、警察も救急車も呼ばなかった。夫の死体はそのままに、まずはいったん自宅に戻り、なに食わぬ顔で子供たちを子供部屋に追いやって寝かしつけたんだ。

その子供たちのことなんだけどね。下の二人はまだ小さいから、母親が寝かしつけたらすぐに眠っただろうさ。でも、秀一郎君はもう四年生だからね。子供部屋に入れられた後も、寝ないで起きていた可能性はあるよな？　母親が父親の死因の隠蔽《いんぺい》工作をしたことまで理解できるかどうかは疑問だけど、父親の死亡前後に妙な動きがあったことは充分認識できる年頃だからね。僕はその点が少々心配だった。

子供っていうのは、大人が思っている以上に勘が鋭いからね。秀一郎君が父親の死亡についてなにか不審を抱いたりしたら、やはりまずいでしょ。

僕がこんなことをいうのは、実は、僕と郁江さんが診察室で話をしていた時、廊下の方でカタンという物音が聞こえた気がしたからなんだ。一瞬、秀一郎君がまだ起きていて、診療所まで母親を探しに来たんじゃないかと思ってね。郁江さんにそういったんだけど、郁江さんは、秀一郎君はとても寝付きのいい子で、一度寝たら絶対に目を覚まさないから大丈夫だというんだ。

郁江さんは、子供たちには翌朝になってから、父親が夜中に急病で亡くなったといい聞かせるつもりだといっていたんだ。そこはもう家庭内の問題だから、僕が口を挟《はさ》むことではないからね。

結局、僕は「病死」の診断書を書くことに同意した。それこそが北川君の最後の願いだっただろうし、郁江さんが看護師の資格を持っているにはしても、彼の妻子が住む家も失って路頭に迷うのを見過ごすわけにはいかないからね。

問題は、どういう形でどういう死因にするかという点だった。死亡届自体については心配はいらない。役所というところは、正規の医師が作成した死亡診断書があればなんにもいわないんだ。「自殺」だろうが「事故」だろうが「病死」だろうが、戸籍の記載が異なるわけでもないしね。

だけど、保険会社はそうはいかないからね。「自殺」なのか「病死」なのか、そして、「病死」だとしても「死因」はなにか。告知義務違反との関係があるから、連中は死亡診断書の記載事項を重視するんだ。その結果、怪しいと思ったら徹底的に調査する。疑いが晴れるまでは、保険金の支払いはストップだ。

僕は、脳動脈瘤《のうどうみやくりゆう》破裂によるくも膜下出血で急死したことにするのが妥当だろうと考えた。脳動脈瘤があるかどうかは、普通の健康診断ではまったく分からない。脳ドックでも見過ごされることがあるくらいだからね。告知義務違反を問われる惧れが少ない。

脳動脈瘤があっても、通常は破裂する直前までまったく無症状だし、一度破裂したが最後、直後に意識を失ってそのまま死に至るケースも多い。それまで健康でピンピンしていた人間が突然死亡しても不思議ではない病気なんだよ。

ただ、そうはいっても、検査もしないでくも膜下出血の診断を下すわけにはいかない。それに、もう少し詳しく説明すると、僕が北川医院にやって来た時点で、彼がすでに死亡していたとするのはちょっとまずいんだ。

そう。倒れた亭主にまだ息があるのに、女房が救急車を呼ばなかったというのもたしかに問題ではあるけどね。それよりもっと重要なのは、診察した時点ですでに患者が死亡していた場合や、そうでなくても、最終診察後二十四時間以内に明らかに診療中の病気で死んだ場合以外は、死亡を診断した医師は、「死亡診断書」ではなくて「死体検案書」を作成する決まりになっていることなんだ。そして、それが「異状死」の場合には、医師法によって警察に届け出をすることが義務付けられている。

「異状死」というのは、定義をいうとしたら、「普通の死」ではないということなんだけどね。要するに、病気になって診療を受けていた人が、診断されていたその病気で死亡することが「普通の死」だとすると、それ以外が「異状死」だということだね。

「異状死」だということになれば、司法解剖や行政解剖に回されるわけで、それだけは絶対に避けなくてはならない。「異状死」には、さっきいったように、自殺や事故死のほかに、くも膜下出血のような内因性急死が含まれるからね。だからどうしても、死亡時刻を後ろにずらすか、発病時刻を前倒しにするかして、僕が事前に彼を診察していた形を作る必要があるんだ。

郁江さんはさすがに看護師だけあってね。僕のいうことをすぐに理解したけど、彼の遺体をここ、木島病院に運び込むことには反対だった。

ここには当然看護師を始め大勢のスタッフがいるわけで、彼らの目をごまかすことは絶対に不可能だ。そうかといって、彼らに事情を説明して協力させるのはリスクが大き過ぎる。郁江さんに指摘されるまでもなく、むろん僕だって同じ考えだったよ。

結局、遺体はそのまま動かさず、書類上のみ木島病院で治療中に死亡したことにすることで落ち着いた。

そのためには、どうしても事務長を抱き込む必要があるけど、当時のうちの事務長は勤続三十年の信用できる男だったからね。心配はいらない。むしろ葬儀屋の方が問題だった。普通、病院から死亡診断書を取ったり役所に死亡届を出したりする事務手続きは、遺族ではなく葬儀屋の担当者がやるんだけどね。そうなると、木島病院で死んだ患者の遺体がなぜ北川医院にあるんだということになり兼ねない。

しかし、これも結果的には、うちの事務長が出入りの葬儀社を手配してね。事なきを得た。亡くなった当人が医者で、自分の診療所で死んだことが幸いしたんだ。死亡診断書や死亡届については葬儀社を関与させなかったからね。死因についても、たとえ彼らがなにか不審を抱いたとしても、得意先の病院の紹介だから騒ぎ立てることはないだろうと踏んだのが、みごと当たったわけだ。

そうと決まって、とりあえず遺体をきちんと診察室のベッドに寝かせ、二人がかりで服を脱がせて、郁江さんが自宅から持ってきた浴衣を着せた。まだ死後硬直がそれほど進んでいないからそんなに苦労はなかった。デスクの上の注射器や塩化カリウム溶液も始末した。

郁江さんは、看護師と事務員に知らせたら、すぐにも飛んで来そうだし、夫の姉をはじめ親戚への連絡も翌朝になってからにしたいといっていたな。

いちおう、うちの事務長と葬儀社が来るまで郁江さんに付き合って、僕は入れ替わりに失礼したから、その後のことは知らないけどね。葬儀については、葬祭場を借りてのいわゆる通夜・告別式はやらずに、親族だけでひっそりと密葬をすることになった。開業医として立派に地域で活動していた人間が死んだのに、ちゃんとした葬式をやらないのは如何《いかが》なものかとは思ったけどね。莫大《ばくだい》な借金を残して死んだわけだし、北川君の姉さんも、夫が保証人になっていて葬式どころじゃなかっただろうからね。そんなやり方でも親戚から苦情は出なかったらしい。

一つ気になったのは、郁江さんから、もし僕が北川君の姉夫婦からなにか訊かれたとしても、本当の死因が自殺だったことはもちろんのこと、北川君が一億円の生命保険に加入していたことも絶対に口外しないでくれと頼まれたことだね。郁江さんは、姉夫婦から保険金の分け前を寄こせといわれるのを警戒していたんだよ。

最終的にどうなったか僕は知らないけど、保証人の責任を問われて債権者に身ぐるみ剝《は》がされたとしたら、そりゃ姉夫婦だって黙っちゃいられないわな。だから僕も迷ったんだけどねえ……。結論としては、郁江さんの頼みを聞き入れることになった。三人の子供のことを考えたら、やはりそうせざるを得ないだろう？

保険金かい？　保険会社は、二社とも特に揉《も》めることもなく生命保険金を支払った。万一調査が入った場合の心積もりも、いちおうはしていたんだけどね。

こんなに簡単に保険金が下りるとなると、保険金詐欺をやる奴が出てくるのも頷《うなず》けるね。保険会社なんて、長年真面目に掛け金を払ってきた客に妙ないちゃもんをつける割には、肝心なところでザルなんだと納得したよ。

保険金は下りたけど、当然のことながら、北川医院は即時廃業になった。勤務医を雇ったんじゃ到底採算が取れないし、そもそも診療所が競売にかけられているんだからね。どのみち先は見えていたわけだ。債権者の手前、保険金が下りたことは極力秘密にしていたからね。かわいそうに、従業員は退職金も満足に貰えなかったようだよ。

北川医院の土地建物は半年あまり後に競落されてね。郁江さんと三人の子供は自宅を引き払って引っ越していった。いまじゃ、あそこにはマンションが建ってるよ。

とまあ、僕が知っているのはここまでね。その後のことは分からない。郁江さんは、隣近所にも僕にもなんの挨拶もしないままこっそりと姿を消したんだ。どこに行ったのか、その後どうしているのか、僕はまったく知らないし、調べてもいない。ついに電話一本かけて来なかったな。

僕にあんなことをやらせておいてそれはないだろうと、最初は腹が立ったけどね。しだいに、これで良かったのかも知れないという気になった。お互い、後ろめたい思い出はさっさと切り捨てた方が気が楽だからね。大学や医師会の仲間うちでも、初めのうちこそ話題になっていたけれど、いまでは思い出す奴もいないよ。

でも、いま現在どうしているにせよ、郁江さんがあの件を自分からほじくり出すとは思えないからなあ……。となると、今回君に調査を依頼したのは秀一郎君なんだね？

いや、べつに答えたくないなら答えなくてもいいさ。だけど、やっぱりあの時、秀一郎君は僕と郁江さんの会話を聞いていたんだな。内容までは聞こえなかったにしても、母親が父親の死に関してなにか隠していることは察知したんだろうね。自分が大人になって、実際にはなにがあったのか知りたいと思ったんだろう。探偵なんか頼まなくても、本人が直接僕のところに来れば、ぜんぶ話してやったのになあ。

なんだって？　郁江さんが北川君を殺したんじゃないかって？

保険金殺人？　バカバカしい！

君、あまり不用意なことを口にするもんじゃないよ。小説じゃあるまいし、これだから探偵なんて人種は困る。夫殺しなんて、そんなことがそうそう現実に起こるわけないだろうが！

だいたい君ね。死亡の診断を下している僕に向かって、失礼だとは思わないか？

自分で注射したのか、それとも無理やり他人に注射されたのか、注射痕を見りゃすぐ分かる。北川君は医者だよ。大人しくじっとして塩化カリウムを注射されてるわけがないだろう？　現場に争った形跡はまったくなかったからね。

なに？　睡眠薬で眠らされていた可能性？

それは……。いや、べつに血液検査はしていないが……。でも、バカな！　そんなことがあるはずがない。

そんなのは単なる想像じゃないか！　いや、妄想だね。

誰がいってるのか知らないけど、冗談でもいっていいことと悪いことがある。夫婦仲が悪いからって、そんなことで女房が亭主を殺すと本気で思っているのかね。

少し頭を冷やして、冷静になるんだな。

えっ？　バカなことをいうんじゃない！　僕が郁江さんから金を貰っただと？　なにを根拠にそんないいがかりを……。

何い？　俺がフィリピンパブのアウローラに払った手切れ金一千万円の出所って……。証拠があるって、お前、どうしてそんなことを知ってる？

あんな店、とっくの昔につぶれている。アウローラはフィリピンに帰ったはずだぞ。まさか、秀一郎の奴がそこまで……。

お前、いったいなにが目的だ？

帰れ！　とっとと帰れ！　でないと、警察を呼ぶ……、いや、いいから帰れ！
一刻も早くここから出て行け！

主婦　相澤喜代子の話

あら、榊原聡《さとる》さんって探偵さんなんですか！

探偵さんということは、要するに私立探偵ですよね？　私立探偵って聞くと、なんだかドラマか小説みたいだけど……。そうですか。けっこう、普通にいるんですね。私は頼んだことはないけど、興信所みたいなものかしらね？

へえ、そうなの。ジャンルを問わず各種調査をねえ。でも、興信所じゃなくて探偵というからには、場合によっては危ない目に遭うこともあるわけでしょう？　お宅はけんかにも強そうだけど、暴力団とやり合うとか……。日本だと、相手がピストルを持ってないからまだいいけど、殺人犯を追いかけたりするのは怖いですよねえ。

あらまあ、そういうのとは違うんですか？　でも、どうしてまた私立探偵の方があの火事のことを調べているんですか？

個人的な興味？　そんなことといって、本当は誰かから頼まれたんじゃないんですか？　大方《おおかた》、郁江あたりから……。なにが郁江の狙いだかは知りませんけどね。

そうでなきゃ、なんでいま頃になって私のところに話を訊きに来るんですか？　わざわざ東京から茨城県の浜南市《はまなみ》くんだりまで足を運んで……。もう十年あまりも昔のことですよ。私が菱沼《ひしぬま》の家と親戚関係だってことも、普通だったら分からないはずですからね。

あの火事はね。当時は、新聞やテレビのニュースでずいぶん大きく取り上げられたんですよ。なにしろ、両親が焼け死んで、小学一年生の子供だけが奇跡的に助かったんですから。

私も知らせを聞いた時は本当にびっくりしたけど、火の回りがものすごく速かったそうでね。近所の人が通報してくれて、消防車がやって来た時には、もう手がつけられなかったそうですよ。運悪く、冬場の空気が乾燥している時季でしたからね。

でもまあ、放火や貰い火なら別だけど、自分たちの火の不始末が原因なんだから、誰を恨むわけにもいかないですよねえ。ほんと、子供が助かっただけでも良しとしないとね。あそこは夫婦そろって飲兵衛《のんべえ》だったから、そのうち体を壊しゃしないかと心配してたんですけどね。まさか酔っ払って火事を起こすとは、考えもしなかったですよ。

ええ、そうですよ。火事で亡くなった菱沼健一《けんいち》と美恵子《みえこ》は、私の妹とその旦那です。

私は三人きょうだいでしてね。私が一番上で、下に弟と妹がいたんですけど、結局二人とも私より先に死んじゃって……。いまじゃ私一人ですよ、残っているのは。

私の実家は鈴木《すずき》といいましてね。いまは合併して浜南市になってますけど、昔の鳥《と》が浜《はま》市で、父親は漁師だったんですよ。ですけど、三つ下の弟の誠《まこと》は子供の頃からあまり丈夫な方じゃなくてね。漁師をやるには体力に自信がなくて、中学を出てから地元の水産会社に勤めたんです。会社といってもちっぽけなところで、おもに干物の加工と卸《おろし》ですね。

それはいいんですけど、そこで事務員をやってた年上の女にとっつかれちゃってねえ……。親の反対を押し切って、まだ二十歳で結婚したんです。その誠の一人娘が郁江ですよ。

誠は小さい頃から無口で大人しくてね。飲むだけが楽しみの真面目で優しい子だったけど、嫁の和江《かずえ》が派手好きなうえに、根っからの浮気性でね。まったくなんであんな女に引っ掛かったのか、勝手なことをし放題されても、親や私の意見には聞く耳持たず……。嫁のいいなりでしたよ。

和江は浪費家だから、誠の給料だけじゃ足りないって、スナックで働き始めたんですけど、そこで知り合った客とできちゃって……。あげくに、まだほんの四つか五つだった郁江を置いて、男と逃げちゃったんですよ。

郁江の母親が病気で早くに死んだなんて、嘘《うそ》ばっかり！　和江はぴんぴんしてましたよ。なにしろ、男と一緒になってからも、時々思い出したように誠のところに来てたくらいの心臓ですからね。殊勝《しゅしょう》に病気で早死にするような女じゃありませんよ。ですけどね。時々やって来たといっても、あの女は娘の郁江が心配で様子を見に来たんじゃないですよ。別居はしても、まだ鈴木の籍が残っていましたからね。誠に新しい女ができてやしないか、探りに来てたんですよ。とにかく、計算高い女ですからねえ。

でも、誠が死ぬまでやもめ暮らしを続けて、男手一つで郁江を育てたのは本当です。あれはバカだから、最後まで和江が帰って来るのを待っていたんですよ。和江に出て行かれてからというもの、誠は、掃除・洗濯・買い物はもちろんのこと、毎朝毎晩、自分で郁江にご飯を作ってやってねえ。たまに家を空ける時なんかは、私や美恵子に頼むこともありましたけど、食べ物を山のように買い込んで、留守中に郁江が困らないようにしてやってましたよ。

郁江が少し大きくなってからは、家のことは郁江がやるようになりましたからね。誠も少しは楽になったけど、中学卒業後は、郁江の希望どおり、看護婦になるための学校にも通わせてやってねえ。誠はほんとになんのための人生だったんだか……。郁江がもうちょっと情のある子だったら良かったんだけど、あれは母親に似たんですよ。男をたらし込む術は覚えても、あれだけ世話をかけた父親には冷たくてね。誠はお人好しだから、最後まで文句一ついわなかったけど、こっちは見ていてイライラしちゃってね。哀れでしたよ。

そうなんです。郁江は看護婦の資格を取ってね、東京に出て行ったんですよ。本当に父親のそばにいる気があるなら、鳥が浜市にだって病院はあるんだから、こっちで就職すればいいんですけどね。

東京の私立病院で看護婦をやっていたんですけど、勤め先の病院の御曹司《おんぞうし》を取っ捕まえて、いまでいえば「できちゃった婚」ですね。お医者様の奥様に納まって、秀一郎が生まれたんです。郁江が二十二の時でしたかね。あんな程度の器量だけど、和江譲りで、男をたらし込むのがよほどうまいんですねえ。

だけど、玉の輿《こし》に乗ったのはいいけれど、いざ院長夫人になってみると、実家の父親が魚屋じゃ格好がつかないことが分かったんでしょ。孫の顔を見せに帰って来ることもほとんどなかったですね。

かわいそうに、誠は淋しいもんだから酒ばかり飲んで、最後は肝臓をやられてねえ……。まあ、鈴木の家系はもともとみんな飲兵衛でね。私らきょうだいの父親も肝臓で死んだんですよ。ええ、そうです。肝硬変ですね。

誠が病気で倒れた時も、本来なら娘の郁江が父親を引き取るのが筋ですよね？　そもそも嫁に行った先が医者なんですから。だけど、郁江は、うちの病院はベッドが空かなくて順番待ちをしてる人が大勢いるし、医者の身内を優遇したら、ほかの患者さんから文句が出るとか屁理屈をこねてね。自分が引き取るとは絶対にいわなかったんです。

そういう娘の気持ちを察してか、誠も東京なんかに行くのは嫌だといい出して……。結局、誠の最期を看取《みと》ったのはこの私ですよ。誠はずっとここの市民病院に入っていたんです。

誠が亡くなる前の晩、主治医の先生から、会わせたい人がいたらいまのうちに呼ぶようにいわれたんで、東京の郁江に電話したんですよ。そしたら、あの子がなんていったと思います？

父親の容態を聞いた後、それだったらまだまだ持つから大丈夫。そんなんなってから一週間も二週間も粘る患者だっているよ。万一のことがあるといけないから、医者の方も鯖読《さばよ》んでるんだからね。伯母《おば》ちゃんも、いちいちそんなのに付き合ってたら体が持たないよ、って……。

結局、明け方の四時過ぎに息を引き取ったんですけどね。郁江がやって来たのはお昼近く……。涙一つ見せなかったですよ。しかも、血の繋《つな》がったおじいちゃんとのお別れだというのに、三人いる孫のうち一人も連れて来ないなんて信じられますか？

せめて、総領の秀一郎にだけでも死に水を取らせりゃいいものを……。

だけど、郁江にそういったら、そんなことをして子供に肝炎ウィルスが伝染《うつ》ったらどうするんだ、ってすごまれちゃってね。そりゃ、あっちは病気に関しては専門家かも知れないけど、それなら遺体に直接手を触れなきゃいい話でしょう？　しかも、誠の病名は肝硬変なんですよ。飲み過ぎが原因の肝硬変でも、やっぱり肝炎ウィルスって伝染るものなんですか？

それだけじゃありません。親戚一同啞然としたのはね。やっと喪主が姿を現したというんで、葬儀屋さんが霊安室で葬儀の打ち合わせをしようとしたそのとたん、郁江が、葬式なんてやらないといい出したことでしたよ。

お通夜、告別式をする必要はない。お棺に入れて焼き場で灰にすれば充分だっていうんです。もちろん、お坊さんも呼ばない。当然、初七日も四十九日の法要もなしで、焼き場から直接お骨を持っていってお墓に入れるつもりだって……。いま東京じゃ、そんなことは当たり前だっていい張るんです。

ですけど、ここは東京じゃなくて茨城の田舎ですからね。身寄りのない年寄りじゃあるまいし、誠は鈴木家の長男で、医者に嫁いだ娘もいて、菩提寺《ぼだいじ》にはちゃんと先祖代々の墓があるんですよ。お通夜も告別式もしないなんてことが通るわけないじゃないですか。誠が勤めていた会社も、病気の間中ずっと休職扱いにしてくれていたんで、死んだ時はまだ会社に籍があったんですよ。そんなことで、世間に顔向けができますか？

うちの主人なんてもうカンカンでしたけど、郁江はシラーッとしてね。お葬式なんて葬儀屋と坊主を儲《もう》けさせるだけ、遺族の見栄だっていうんです。戒名《かいみょう》なんてなくたって、死んだ人間はなにも困りゃしない。それじゃ困ると思うんなら、そう思う人がやればいいでしょう、って……。はては、私は鈴木家の人間じゃあない。北川家に嫁に行った身なんだから、鈴木家の菩提なんか関係ない。鈴木の墓が無縁仏になろうがなるまいがいっこうに構《かま》わないと、開き直る始末でね。

いいえ、あの子は大きな声なんか出しゃしませんよ。ほとんど表情を変えずに、小さな声でねっちりねっちり喋《しゃべ》るんだけど、ほんとにしぶとい女でね。一度いい出したことは絶対に曲げないんです。

最後にはこっちが根負けしちゃってね。私だって相澤《あいざわ》の家に嫁に行った身だけど、しょうがないから私が喪主になって、お葬式だけは出すことにしたんですよ。主人には申し訳ない話だけど、お経も上げずに弟を葬ったりしたら、あの世で親に会った時、顔向けができませんからね。

結局、その葬式も、郁江と孫三人はさすがに列席しましたけど、北川家からは誰も来ませんでしたね。いま考えると、郁江は分不相応な結婚をしたのはいいけど、嫁ぎ先に比べて実家があまりにも格下過ぎて、肩身が狭い思いをしてたんじゃないかしら？　きっと、夫や病院関係者に、葬式の席で自分の親戚連中を引き合わせたくなかったんでしょう。

いいえ。和江もお葬式には来てません。ていうか、私は和江には最初から知らせてませんから。いくらまだ籍が入っていても、看病一つしなかった人を親族席に座らせられますか？

看護婦さんがこっそり教えてくれたことでは、和江は、誠が市民病院に入院中、一度面会に来たらしいですけどね。どうせ様子を見に来たんでしょ。死んでも遺産はなにもなさそうだと分かって、さっさと逃げたに決まってますよ。

鈴木の家も、昔は、田舎とはいえ小さな畑もある広い家だったんですけどね。誠が結婚してから、和江の口車に乗せられて二足三文で売り飛ばしちゃったんですよ。勤め先に近いからって、町中の狭い貸家に移って、結局死んだ時にはなんにも残っていなくてね……。かわいそうだけど、バカな弟です。

どうも肝心な話の前に、郁江のことばかり喋っちゃってすみませんね。思い出すと、つい興奮しちゃって……。

ええ。はっきりいいますけど、郁江は鬼ですよ。大人しそうな顔はしてるけど、腹黒いところは和江そっくり。自分の娘に対する郁江の仕打ちを見れば分かりますよ。いくら夫が借金をこしらえて早死にしたからって、まだ小学校にも上がってない娘を養女におっ放《ぽ》り出すなんて、自分が母親にされたことを覚えていたら、絶対にできないはずですけどねえ。

ええ、そうなんです。郁江の婚家は、東京で代々私立病院を経営するお医者様の家柄でね。郁江はその院長夫人に納まっていたんです。

いいえ、私は行ったことはないんですけどね。なんでも東京では由緒ある病院だったそうですよ。だけど、後から聞いた話では、郁江のご主人というのはかなりの遊び人だったらしくてね。郁江は女性問題で苦労が絶えなかったということなんです。

それで、あれはいまから十年前……、いや、もう十三年前のことになりますね。その郁江のご主人が突然病気になって急死しちゃったんですよ。病名はなんとか出血って……そう、それですよ。くも膜下出血。昔だったら脳溢血《のういっけつ》ですか？

それまでとっても元気だったのに、自分の病院で診察中に突然倒れたんだそうです。知らせを受けて郁江が駆けつけた時には、もうぜんぜん意識がなくて、結局それっきりだったという話ですよ。まだ四十一歳の働き盛りで、怖いですねえ。

だけど、私がもっと驚いたのは、裕福だとばっかり思っていた北川さんの家が、実は家計が火の車だったということでね。後から聞いたところでは、病院の方も赤字続きで倒産寸前だったとか……。病院というのは、近頃はどこも経営が大変だそうですけどね。郁江のところも、ご主人が亡くなっていざフタを開けてみたら、借金だらけで手がつけられなかったって話ですよ。

郁江は見栄っ張りだから、それまではそんな素振《そぶ》りも見せませんでしたけどね。本当はずいぶん苦労してたんじゃないですかねえ。

それにしても、一家の大黒柱が死んだとたん、それまで住んでいた家が人手に渡って、家族が食うや食わずになるなんてちょっとひど過ぎやしませんか？　サラリーマン家庭の主婦だって、万一の場合に備えて生命保険に入っているとか、へそくりの五百万や一千万は貯めているのが普通でしょう？

郁江にいわせると、病院の資金繰りがいよいよ厳しくなってきた時に、ご主人の命令で、薬屋への支払いや従業員の給料に、それまで貯めていた預金をぜんぶ吐き出しちゃったんだそうですけどね。生命保険の掛け金を払うお金もなかったっていうんだから、まあなにをかいわんやだわねえ。

だけど、私はいつもいってるんですけどね。だからって、自分の子供を捨ててもいいんですか？　立派な看護婦の資格を持ってるんでしょう？　その気があれば、子供の三人くらいちゃんと一人で育てられますよ。要するに、郁江には母親としての情愛が欠けているんです。

前にもいいましたけど、火事で亡くなった菱沼美恵子は私の七つ下の妹なんです。末っ子だもんで、子供の頃から甘えん坊でねえ。学校の成績はあんまり良くなかったですけど、娘時代は愛嬌《あいきよう》があって可愛かったんですよ。

お見合いをして、いまはここら辺は全部浜南市になりましたけど、当時江嶋《えじま》郡の農家に嫁に行ったんですけどね。どういうわけか子供ができなかったんです。

旦那の健一は美恵子と同い年でね。無口で愛想はないけど、実直な働き者でしてね。美恵子には優しかったんですよ。だから、跡継ぎはいなくても、夫婦ともにそれでべつだん不満はないと思っていたんですけどねえ。

その美恵子が、郁江のご主人が亡くなって半年ほど経った頃でしたかね。突然、郁江の一番下の娘を養女にしようかと思ってる、といってきたんで、もうびっくり仰天しましたよ。

だって、その時美恵子はもう五十四ですよ。そろそろ腰が曲がってくる年齢ですからね。由紀名の方はまだ六つで、そりゃもう赤ん坊ではないけれど、一度も子供を育てた経験がない女が、その歳になってからこれから小学校に入る子の母親になるなんて、無理に決まってるじゃないですか。

話を聞いたら、美恵子夫婦の家に、ある日突然、郁江が三人の子供を連れて転がり込んで来たんだそうです。夫が莫大な借金を残して死んだので、住んでいた家を追い出されてしまった。現金は一銭もない。今後は看護婦として働きながら子供たちを育てるつもりでいるけれど、上の二人は小学校に上がっているからなんとかなるとしても、末っ子の由紀名の面倒はとても見られない。頼むから由紀名を貰ってくれないかと、美恵子夫婦に泣きついたということなんです。

美恵子のところは農家ですからね。そりゃ、東京者からしたら家は広いし、食べる物にも不自由しませんよ。だけど、いくら親戚だからって、いきなり親子四人で押しかけて来て、当然のように居候するというのはないでしょ? なのに郁江ときたら、恐縮するどころか、自分が東京で仕事を探す間も、美恵子夫婦に子供たちを預けっ放し……。二人とも人が好いもんだから、二週間もの間、毎日朝昼晩、三人の子供の食事と身の回りの世話をしてやったそうですよ。

それで、二週間後にやっと職員寮付きの働き口が見つかったのはいいけれど、郁江にいわせると、寮の部屋が狭くて、子供たち三人を全部引き取るのは到底無理。だけど、本当は二人だって駄目なところを無理に頼み込んだので、そこを逃したら、もっと条件の悪いところしかない。そうなったら、上の二人もいつになったら引き取れるか分からないとのたまったそうですよ。それじゃ、まるで脅しですよね。

私だったら、冗談じゃないとどやしつけてやるところだけど、美恵子は昔から気がいいだけのバカでねえ……。そういわれると、反論もできないんですよ。子供を三人も押しつけられたら困るから、仕方がない。由紀名を貰おうかということになったっていうんです。

電話を受けて私が飛んで行った時には、郁江と上の二人はもう東京へ引き上げた後でね。後の祭りでした。かわいそうに、由紀名が一人残されていましたけど、美恵子夫婦と三人で、傍目にはまるで本当の親子のように暮らしていましたよ。

私はね。いまのうちは良くても、この子が成人する頃には、あんたたちはもう七十になるんだよ。そうなってから好きな男でもできて、勝手に出て行かれたらどうするつもりだ、って諭したんですけどね。郁江によっぽどうまくいいくるめられたのか、二人とも、それならそれでもいいと思ってるらしいんですよ。当人たちが満足してるなら、私もそれ以上意見のしようがありませんからねえ。

それに、正直なところ、同じ郁江の子を貰うなら、まあ由紀名で良かったということもありましてねえ。由紀名は、まだ小さいこともあるけど、三人の子供の中では一番性質が素直でね。可愛い子だったんですよ。

長男の秀一郎は、父親に似れば頭は悪くないだろうけど、なんだかいつもおどおどしてる感じのひ弱な子でねえ。郁江は一人息子だからひどく可愛がってたようだけど、男の子らしい潑剌《はつらつ》とした様子はまるでなかったですよ。

長女の亜矢名は利巧そうな子でね。誠のお葬式の時も、歳の割にしっかりしてましたね。でも、なんだか性格が郁江に似ていそうな気がして、私はどうも好きになれませんでしたねえ。

いったん養女に貰うと決めたら、子供のいない夫婦だけに、健一も美恵子もがぜん愛情が湧いてきたらしくてね。孫のような子供を相手に、やれご飯だ、やれお風呂だと細々と世話を焼いていましたよ。

由紀名は、自分だけが母親に捨てられたのがよほどショックだったんでしょうねえ。最初は、私が声をかけても顔も上げなくてね。借りてきた猫みたいで痛々しかったですよ。

でも、二、三ヵ月もするとすっかり美恵子に懐《なつ》いちゃってね。買い物でも美容院でも、お母さん、お母さんって美恵子にくっ付いて歩くようになりましたね。たぶん、それまで実の親にもそんなに可愛がられたことがなかったんじゃないですか。

健一も、朴訥《ぼくとつ》な人なんだけど、車に乗せてやったり、自転車を買ってやったりしてずいぶん可愛がってましたよ。本当の父親のことはあまり覚えていないのか、由紀名も甘えていましたからねえ。

それで、小学校に上がる前に正式に養子縁組の届け出をしたんです。いざ入学という時には、わざわざデパートまで行って学習机だのランドセルだのを買いそろえたり、親子でめかし込んで写真屋で記念写真を撮ったり、大騒ぎでしたよ。学校に行くようになってからは、由紀名もすっかり土地の子になりました。友達もたくさんできたし、家の中も子供が一人いるといないとでは大違いでね。いたるところに由紀名の服だの本だのおもちゃだのが転がっていて、めっきり家庭らしくなりましたよ。

郁江もまったく没交渉になったわけではなくて、たまには上の子たちを連れて遊びに来ていたようでね。私も、まあこれで良かったんだと思っていたんですけどねえ。

あの火事が起きたのは、由紀名が小学校一年生の冬、年が明けた一月四日のことでしたね。養子縁組をしてから、まだ一年経っていなかったんですよ。あの家は夫婦そろってお酒が好きでねえ。その晩も二人で飲んでいたらしいんです。なにを飲んでいたかですか？　さあねえ……。でも、冬場はよく焼酎をお湯割りにしてましたね。酒癖は悪くはないんですけど、とにかく、一度飲み始めるともう底なしで……。酔いつぶれるまで飲んじゃうんですよ。

あの日は、天気は良かったけど風のある寒い日でしてね。消防の話によると、あの晩十時過ぎに、近所の人から菱沼の家が燃え上がっていると一一九番通報があったそうなんです。

通報してくれたのは、中村さんといって隣の農家の方なんですけどね。ちょうど風向きの側のお宅で、テレビを見ていたんだけど、なんだか焦げ臭いので外に出てみたら、菱沼の家の方角の空が真っ赤になっていたそうですよ。

町中と違ってね。隣とはいってもだいぶ距離が離れているんです。中村さんの御主人が駆けつけた時には、とても家の中に飛び込めるような状況ではなかったそうだけど、菱沼の家から百メートルばかり離れた道端で、パジャマ姿の由紀名が仔猫を腕に抱きしめて突っ立っているのを見つけましてね。びっくりして、お父さん、お母さんはどこだと訊いたら、真っ赤な目をして鼻を啜《すす》りながら、顎《あご》で燃え盛っている家を指したんで、とっさにこりゃもう駄目だと思ったそうですよ。

ああ、猫ですか？　その時由紀名が抱いていた仔猫は、ほんの数日前に庭に迷い込んで来た、生後まだ一ヵ月経つか経たないかの三毛猫なんです。由紀名が美恵子の許しを得て飼い始めたばかりだったんですよ。きっと、火事が起きた時一緒に蒲団の中で寝ていたのを、由紀名が腕にくるんで連れ出したんでしょう。

風邪を引くといけないので、中村さんはとりあえず由紀名をご自分のお宅に連れていってくれたんですけどね。奥さんの話では、由紀名は、誰からなにを訊かれても、口を真一文字に結んで俯《うつむ》いていたそうです。

だから、正確なところは分からないんですけど、私が思うには、たぶん由紀名は玄関脇の自分の部屋で寝ていて、パチパチいう音や焦げ臭い匂いで目が覚めたんじゃないかと思うんですよ。寝ぼけ眼で起き上がって部屋を出たら、居間のあたりが真っ赤に燃えて煙が噴《ふ》き出していたんでしょうね。自分で玄関の鍵を開けて、外に飛び出したんだと思いますよ。小学一年生にもなれば、火事だということは分かりますからね。

家の外から大声を上げて両親を呼んだけれど、返事がなくて、そのうち火の勢いが増してきたんで、少しずつ家から離れて、それでも逃げずに燃えている家を見守っていたんでしょうね。中村さんの家に連れて来られた時、かわいそうに煤がべっとり顔についていて、火の粉で髪の毛が少し焦げちゃってたそうですよ。

由紀名が蒲団に入ったのは、さあ何時頃だったのかしら……。大方八時前後じゃないですか？　でも、美恵子たちはいつものことで、晩ご飯からそのまま居間で飲んでいたんでしょう。

消防の話だと、出火したのは奥の居間からで、健一と美恵子の二人ともそこで倒れていたそうです。炬燵で飲んでいて酔っ払って、どっちかが立ち上がってよろけた弾みに石油ストーブをひっくり返したんだろうという話でしたね。煙草の火もあったから、こぼれた灯油が燃え上がったんじゃないですか。

二人とも泥酔《でいすい》さえしていなければ、命だけは助かったと思いますけど……。遺体はまっ黒焦げで、とてもじゃないが親族には見せられないっていわれましたよ。まあ、由紀名が助かっただけでも感謝すべきなんでしょうけど……。せっかく親子三人で幸せに暮らしてたのに、神様も残酷なことをするもんですねえ。

由紀名は、目の前で両親が焼け死んだんだから無理もないけれど、時間が経つにつれてショックが大きくなったみたいでね。火事の後しばらくの間、口が利けなくなっちゃったんですよ。放心状態っていうんですか？　連絡を受けた実母の郁江がやって来ても、貝のように押し黙ったままでね。火事の前までは、私が声をかけるとニコッとする子だったのに、笑うどころか、学校の友達が心配して来てくれても目も合わさなくなって……。いいかげん心配しましたよ。

あの火事についても、由紀名はとうとう最後まで一言も喋りませんでしたね。もちろん、消防の人や担任の先生にもです。子供に限らず、あまりにも怖い思いをすると、自分で思い出そうと思っても思い出せなくなるんじゃないんですか。いまの時代だったら、心のケアとかでカウンセラーがなんとかしてくれるんでしょうけど……あの時の由紀名は本当にかわいそうでしたね。

ですけど、私がどうしても納得がいかないのは、それから先のことなんです。

由紀名は正式に菱沼の家の養女になったんだから、両親が死んだ以上、由紀名が菱沼家の財産を継ぐのは当然です。そんなことは分かってますよ。でもそれは、あくまでも由紀名が菱沼家に残った場合の話ですよね？

もちろん、家は火事で焼けちゃったわけだし、由紀名が子供のうちは一人では暮らせっこないですよ。だけど、家は保険金で建て直せばいいんだし、すぐ近くに菱沼の親戚がいるんですからね。由紀名が大きくなるまで面倒を見てもらえばいいんです。

ところが、実際には、由紀名は東京に連れていかれたっきりとうとうこっちには戻って来なかったんですよ。もちろん、郁江が連れていったんです。いまじゃ、菱沼家は影も形もなくなって、菱沼の財産は事実上ぜんぶ郁江のものになっちゃったんですよ。そんなバカなことってありますか？

健一と美恵子はお金こそなかったけど、農家ですからね。先祖伝来の田畑があったわけですよ。健一は末っ子なんですけどね。菱沼家の長男で、お姉さん二人はどっちも農家に嫁いでいましてね。健一が二十歳を過ぎて間もなくお父さんが亡くなって、大して広い田んぼじゃなし、健一が一人で相続したんですよ。

ええ、そうです。お姉さんたちは相続放棄をしたんです。だけど、それはあくまでも、健一が菱沼家の総領として家を継ぐからであってね。菱沼家が健一の代で終わって、代々伝わった田畑が売り払われるとなったら話は別でしょう？

それに、健一たちは火事で焼け死んだんだから、当然保険金が出ますよね。人から訊いたところじゃ、建物の火災保険と生命保険を合わせて、どんなことしても五千万円は出たはずだっていうんです。それだけあれば、家を建て直して、由紀名が成人するまでの生活費には充分じゃないですか。

私はね。本当をいうと、健一の甥っ子が由紀名を引き取ればいいと考えていたんですよ。大輔《だいすけ》さんといいましてね。健一の下のお姉さんの息子さんなんですけど、家が菱沼の家のすぐ近所なんで、火事の後、とりあえず由紀名を預かってくれていたんです。

大輔さんのお父さんの木元《きもと》さんという方も、当時はまだまだお元気でね。一家で農業をやってるから、菱沼の田んぼの面倒も見てもらえるし、大輔さん夫婦には男の子が二人いましてね。上はもう中学一年だけど、下は由紀名と同じ小学校に通ってたんで、ちょうどいいんじゃないかと思って……。大輔さんも奥さんも、私が水を向けたらけっこう乗り気だったんですけどねえ。

まさか、まるでゴミでも棄てるみたいに由紀名を養女に出した郁江が、ちゃっかり菱沼の財産を狙っていたとは思わなかったですよ。

あれは火事から十日あまり経った日のことでしたね。健一と美恵子のお葬式が済んでホッと一息ついたところで、あれ以来黙りこくっていた由紀名も、大輔さんとこの子供たちが話しかければ、一言、二言なら返事をするようになっていたんです。そろそろ学校にも行かないといけないから、私もそれを聞いて安心していたんですけどね。大輔さんから私の家に電話があって、郁江が突然訪ねて来たっていうんですよ。だいたい、郁江の奴は、火事騒ぎの直後に連絡を受けていながら、今夜はもう遅いからって飛んでも来なかったくらいでね。翌朝になってから車でやって来たそうですけど、車なら、その気になれば夜中だって来れるじゃないですか。まかり間違えば由紀名も死んでいたかも知れないのに、まったくあれは人間じゃありませんよ。郁江が車を持っているなんて話も初耳でね。自力で子供三人を育てるのは無理だといってたのは、いったいなんだったんですかね。しかも、翌日にやっては来たものの、仕事を休めないとかいってすぐ東京に戻っちゃってね。お通夜にはまたちょこっと顔を出しましたけど、告別式にも参列しなかったんです。

まあ、自分の親の葬式もやらないという人間ですからね。私は驚かなかったけど、菱沼の親戚の手前、恥ずかしくてねえ……。田舎は都会と違って、そういうことにうるさいですから。

それで、大輔さんのところにやって来た郁江がなんていったと思います？　由紀名を東京に引き取る準備が整ったので、いまから由紀名を連れて帰る。すぐに荷物をまとめて欲しい。近いうちに弁護士が裁判所に正式な手続きを申し立てることになっているから、そのつもりでいるようにって……。火事の後、それまでさんざんほったらかしにしてたのに、娘の面倒を見てくれた人間に一言の礼もなく、今日来て今日連れていくなんて、いくらなんでもひど過ぎるじゃありませんか。

私は呆れちゃって、その場で、郁江を電話口に出してくれといったんですけどね。郁江の奴は、伯母さんはなにも関係がないんだから話す必要はない、って、出て来ないんですよ。それで、肝心の由紀名はなんといっているのか訊いたら、誰がなにを訊いても俯いたままなにも答えない……。どうやら、母親が怖くて抵抗できないらしいんです。

郁江は、結局、引っ張るようにして由紀名を車に乗せて帰ったそうです。大輔さん夫婦は気が弱いし、相手が実の親じゃどうしようもありませんからねえ……。

由紀名は、あれ以来、仔猫のミーヤを片時も離さず腕の中に抱え込んでいましてね。家の中にこもりきりだったんですけど、火事の晩、パジャマ一枚で外にいたのがいけなかったのか、風邪を引いちゃったんです。それがまだ治っていなくて、鼻水を出してはしきりにくしゃみをしているのに、郁江の奴は構わず家から引《ひ》き摺《ず》り出したって話ですよ。

それだけじゃありません。郁江は、由紀名が抱きしめていたミーヤを見て、あんたには猫なんて飼えるわけがない、そんなもんはここに置いていけといったそうでね。

それでも由紀名がミーヤを離さないのを見ると、無理やり腕の中から仔猫を取り上げたかと思ったら、あそこの家は裏が三メートルくらいの崖になってるんですけどね。いきなり崖下目がけて投げ捨てたんだそうですよ。由紀名は、声も上げずに真っ青な顔でブルブル震えていたという話でね。まったく人間のすることじゃありませんよ。ああ、ミーヤですか？　ミーヤは無事でしたけどね。猫というのは身軽ですからね。後から大輔さんの息子さんたちが探しに行って、崖下の草むらでウロウロしてたのを見つけて、連れて帰って来たそうですよ。しばらく大輔さんの家で餌《えさ》をやって飼っていたけど、一年くらいしたらフッといなくなって、それっきりだったそうですけどね。

ですけど、それから二ヵ月か三ヵ月経った頃でしたかねえ……。東京の郁江から電話があった時は、あの大人しい大輔さんもさすがに頭に来たらしくてね。夫婦で私のところに飛んで来ましたよ。

聞きますとね。なんと驚いたことに、郁江は開口一番、このたび家庭裁判所で、正式に由紀名と健一・美恵子夫婦の離縁が認められたといったそうなんですよ。

「由紀名は健一・美恵子夫婦との養子縁組を解消して実父母の籍に戻ったから、いまや北川由紀名であって、菱沼由紀名ではない。だから、由紀名はもはや菱沼の親戚とも菩提寺ともなんの関係もないものと承知して欲しい。

ついては、由紀名が相続した菱沼家の財産は、今後はすべて親権者である自分が管理するから、木元家の人間が菱沼の田畑に手を触れることはいっさい罷《まか》りならない。ただし、そちらで然るべき値段で田畑を買い取るというのなら、交渉には応じるから、よく考えて返事をするように」

郁江は大輔さんにこういい渡したということなんです。

郁江が強引に由紀名を東京に連れ帰った時から、なにか企んでいるとは思ってましたけどね。そんな事態になるとは、私はほんと想像もしていなかったですよ。

郁江は、私のいうことが信じられないなら、自分で裁判所に行って確かめてみろ、っていったそうなんですよ。それでもまだ文句があるなら、きちんと弁護士を立ててやって来いとまで。まるで、大輔さんたちが菱沼の田んぼが目当てで由紀名の世話をしたといわんばかりの口ぶりだったって、奥さんなんか涙を流して悔しがってましたね。

ですけど、その時の私は、怒るより前に、郁江のいってることの意味がよく分からなくてね。だって、そうじゃないですか。健一と美恵子はもう死んでるんですから、死んだ人と離縁をしたというのが意味不明だし、一方で離縁をしたといいながら、もう一方で由紀名が菱沼家の財産を相続したっていうのも、なんかおかしな話ですよねえ……。郁江はなにとち狂ったことをいってるんだろう、って思いましたよ。

それで、当時、浜南市役所では毎月法律相談をやっていたものですからね。私は行って訊いてみたんですよ。そしたら、あなた。弁護士の先生がいわれるには、そういうもんなんだそうです。

なんでも、法律では、「養親死亡後の離縁」というのが認められていて、養子は養父母が死んだ後でも離縁をして、養家とのいっさいの親族関係を絶って出て行くことができるんだそうですよ。しかも、実父母の元に戻っても、養親から相続した財産はそのまま返さなくてもいいそうなんです。

まったく、遣らずぶったくりとはこのことじゃないですか。どう考えても、割り切れない話ですよねえ。私がそういったら、弁護士の先生は、私も同感だけど、法律がそうなっている以上どうしようもないんだ、といってましたけど……。要するに、郁江がいっていたとおりなんです。由紀名が相続した財産は、由紀名が成人するまでは郁江の思いどおりになるってことなんですよ。こんな理不尽なことがまかり通るんですねえ。

先生の話では、たとえ親権者であっても、勝手に子供の財産を処分して自分の懐に入れることは許されない。だから、菱沼家の財産が郁江のモノになるわけじゃない、ってことでしたけどね。そんなのはどうせ建前でしょ？　実際には、郁江の気持ち一つでどうとでもできるに決まってますよ。

私はそれっきり由紀名に会っていないんです。由紀名はいま、十七か、そろそろ十八ですよね？　母親に似ずに、まともに育っていればいいけれど……。

あの時、郁江がしゃしゃり出て来なければ、由紀名が将来大輔さんの息子さんのどっちかと一緒になれば理想的だと、私は思ってたんですけどねえ。かえすがえすも残念ですよ。

一度、東京に行くついでがありましてね。久しぶりに由紀名の顔を見て来ようかと思って、郁江の勤務先の病院に電話をかけたことがあるんですけどね。うちにはいまも以前もそういう名前の看護婦はいません、っていわれちゃって……

そうですねえ。あれは、由紀名が東京へ戻って一年後くらいだったかしら？　病院の名前ですか？　たしか、東京都新宿区の木島病院ってとこでしたけどね。

私が思うには、郁江は私たちに嘘をいっていたんですよ。本当は、住み込みの看護婦なんかやってなかったのと違いますか？　なにをやってたのかは知りませんけどね。一度は院長夫人にまでなった女が、一介の看護婦なんかに戻れやしませんよ。

郁江は、新しい住所も私には教えてくれなかったんです。大方、私に様子を見に来られて、自分がなにをしてるのかバレるのを警戒したんでしょうよ。郁江には男がいるに決まってますよ。美恵子は騙せても、私の眼はごまかせませんからね。

郁江と最後に会ったのは、由紀名の離縁騒ぎの半年後くらいだったかしらねえ。菱沼の田畑を木元さんの家で買い取る話がまとまった時のことでしたよ。本当は、私は部外者なんですけどね。相手が相手だから、って大輔さんに頼まれて、仕方なく立ち会ったんです。

郁江は、最初のうちはずいぶん強気なことをいっていたらしいけど、農地というのはね。農地法という法律があって、宅地みたいに勝手に誰にでも売れるわけじゃないんですよ。買い手は農業をやる人じゃなきゃいけないし、農業委員会の許可もいるんです。大輔さんのお父さんの木元さんは地元の有力者だから、農業委員会だって木元さんの意向を無視できませんからね。郁江はそんなことまで知らないから、甘く見ていたんですよ。

最後に会った時の郁江は、保険金が下りたせいか、けっこういい身なりをしていてねえ。とてもただの看護婦には見えなかったですよ。結局、郁江はどうしてもお金が欲しかったんでしょう。最終的には、親戚相場っていうのかしらね。妥当な値段で決着しましたよ。由紀名が菱沼の養女になっていなければ、本来、あの田畑は健一さんのお姉さんたちが相続するはずだったんですからね。まあ当然ですよ。

郁江はたぶん、美恵子たちの保険金と田畑を売った代金で左団扇《ひだりうちわ》になったんじゃないですか。昔なら、間違いなく娘を花街に売り飛ばしてるとこですよ。自分も母親に捨てられてひどい目に遭ってるだけに、罪悪感ってものがないんですね。

もしいま、由紀名が会いに来れば、そりゃあ私は歓待しますよ。由紀名本人にはなにも罪はないんだから……。美恵子たちの墓参りもさせたいしねえ。だけど、もうとっくに二十歳を過ぎてるはずの秀一郎だって、その気があれば東京からここまで来るなんてわけないのに、ただの一度も誠の墓参りに来ませんからね。私は当てにはしてませんよ。

鬼畜の子は鬼畜……。母親が悪いと、その子も駄目になるんですね。

榊原さん、でしたよね？　もし、お宅が郁江に頼まれたんだったら、私が、決して郁江を許さない、っていっていたって、郁江に伝えて下さい。

あの女はね、人間の皮をかぶった鬼なんですよ。

潮南警察署刑事課　清水徹之の話

いやあ、参りましたよ。榊原さんに、折り入って頼みごとをされるなんて……。自分が曲がりなりにもこれまで警察官としてやってこられたのは、新人として仕事を始めた最初に榊原さんに巡《めぐ》り合ったからです。榊原さんがいなかったら、たぶん、二、三年で辞めてましたよ。

その榊原さんがさっさと退職された時は、かなりショックでしたけど、さすがですね。一匹狼の探偵なんて、ほかの人間には真似ができないですよ。自分なんかには到底無理です。警察組織から一歩でも出たらなにもない、まったくのただの人ですから。

北川亜矢名の事件は、たしかに自分が担当しました。結局、事件としては成立しませんでしたがね。刑事事件にするのは最初から無理筋だったんですが、被害者の母親が騒ぎ立てて、執拗《しつよう》に粘《ねば》ったんです。

ですが、榊原さんがおられた頃と違って、いまは情報の流出にものすごくうるさいんです。マスコミに騒がれると大変なことになるから、上がピリピリしてるんですよ。実際、うちでも以前、外部に資料を流して問題になったケースがありましたから。二年も前の事件をいま頃こそこそ調べてることが上司にバレたら、ただじゃ済みません。

でも、資料の類は見せられませんが、自分が知ってる範囲のことならなんでもお話ししますから……。それで勘弁して下さい。その代わり、といったらなんですけど、榊原さんの依頼人が誰で、なんの目的であの事件について調べているのかについては、いっさいお尋ねしません。そういうことでよろしいですか?

北川亜矢名が自宅マンションのベランダから転落して死亡したのは、一昨年の三月末のことですね。北川亜矢名は年齢十八歳。都立三羽《みわ》高校を卒業して、成英《せいえい》大学理工学部に入学が決まっていました。

成英大学のキャンパスは大和原《やまとはら》市にあるんで、四月から学生寮に入る予定だったそうです。本人自身は、健康状態から素行からなにから、ごく普通の女性だったようですね。

ええ、まあそういうことです。後でお話ししますが、本人以外の家族は、いろいろな意味で「ごく普通」だとはいい難いんですよ。

現場となったマンションは、足立《あだち》区潮南町《ちようなん》四丁目所在西潮南《にしちようなん》ハイツの五階五〇一号室。築三十五年以上の五階建てマンションで、五〇一号室の所有者は小野田佐和《おのださわ》という七十代の未亡人です。小野田の職業は不動産賃貸業ということになっていますが、賃貸用マンションを何戸か持っていて、不動産屋に管理を任せてるだけですから、実態は専業主婦ですね。

このマンションは、死んだ亭主が当初から賃貸目的で買ったものだそうで、賃借人は北川亜矢名の母親の北川郁江で四代目になります。三代目の賃借人というのが家賃を滞納して、賃貸借契約が解除になりましてね。なんでも相当な変わり者だったようで、規則を無視して部屋の中で犬を三匹も飼うもんだから、悪臭ふんぷんだったという話です。あまりのひどさに、その後半年くらい借り手がつかなかったんだそうです。

広さは約六十五平米の三ＬＤＫ……。西向きで、リビングと六畳ほどの洋室がベランダに面していて、ほかに玄関脇の四畳半と六畳の和室。それに台所とトイレ・風呂場・洗面所ですね。北川の一家は家族四人。母親の郁江と二十歳になる長男の秀一郎、長女の亜矢名、それに十六歳の二女由紀名。西潮南ハイツには、事故の一週間前に入居したばかりだったんです。

北川郁江は未亡人で、夫は新宿区で開業医をしていたそうです。郁江ももともとは看護師だったそうですが、夫の死後もべつだん仕事をしてはいないようでしたね。どうやら亡夫の生命保険金で食べていたらしいんです。それだけ聞くとけっこうなご身分なんですが、現実は必ずしもそうとはいえなくて、死んだ長女を除く長男と二女の二人が、そろって引きこもりのニートなんですよ。

まず二女の由紀名なんですが、小学生の頃からずっと不登校を続けていて、ほとんど学校に行っていないというんです。自分も事故後に一度会いましたが、玄関脇の自分の部屋で、下を向いたままひと言も言葉を返しませんでした。知能に問題があるわけではなくて、相手によってはちゃんと話もするそうなんですが、どうやら幼少期に受けたトラウマが抜けないらしいんですね。

父親の死後、きょうだいの中で、まだ小さかった末っ子の由紀名だけが養女に出されたそうなんです。貰ったのは、母親の親戚にあたる子供のいない夫婦だったようですが、それがとんでもない奴らだったんですね。郁江の話によると、由紀名は養父母からどえらい精神的・肉体的虐待を受けたんだそうです。まったくひどい話です。そんな奴らは断固処罰すべきところなんですが、養父母はもう死んでいましてね。というか、養父母が死んで初めて、虐待の事実が明らかになったらしいんですよ。

養父母の死後、彼女は正式に養子縁組を解消して実母の元に戻ったんですが、一度壊れてしまった心は簡単には元に戻らないんですね。いまだにどうしても対人恐怖症が抜けないんだそうです。特定の何人か、本当に心を許せる人間しか受け入れないそうでしてね。家庭内では、亜矢名が勉強を教えてやったりして親身に面倒を見ていたという話です。

長男の秀一郎の方は、中学卒業まではいちおう普通に登校していたそうなんですが、都立高校に入学した頃から、学校をサボり始めていわゆる登校拒否になり、最終的には中退したそうです。こちらも、自分は事故後に直接会って話を聞きましたが、見方によっては、由紀名よりむしろ秀一郎の方が重症かも知れないと思いましたね。話をしていても魂が感じられないというか、表情がないし、目も虚《うつ》ろなんですよ。もちろん、働きも勉強もせず毎日家でブラブラしているらしいんです。

もっとも、秀一郎の場合は完全な引きこもりではなくて、夜中にコンビニに行ったり、時々ふらりと外出することはあるようです。そういうところを見ると、なにかトラウマを抱えているとか、脳に器質的な異常があるとかではなくて、単なるプータローなのかも知れませんがね。

そして母親の郁江という女が、これまたエキセントリックというか、粘着質で思い込みの激しいタイプでしてね。一人息子の秀一郎を溺愛していて、事故後に会った時も、のべつ幕なしに「秀ちゃん、秀ちゃん」とやってるんです。息子は、要するにマザコンなんでしょうが、きっと小さい頃からあの母親の毒気に中《あ》てられて育ったんで、あんな腑《ふぬ》抜けになったんですよ。

結局、死亡した長女の亜矢名が、きょうだいの中では唯一まともだったようなんですね。亜矢名は頭も良かったみたいで、母親にいわせると、いわゆる「文武両道の達人」だったらしいんですよ。勉強にも部活動にも積極的で……。まあ、親のいうことだから当てにはなりませんがね。港《みなと》区立御山田《おやまだ》小学校から御山田中学校を卒業後、難関の都立三羽高校に入学して、指定校推薦で大学進学を決めたそうです。推薦入学だと受験をしなくてもいいんで、年明けからは教習所に通って、自動車の運転免許も取ったそうなんです。

北川一家がなんのために西潮南ハイツに引っ越して来たのかというと、それまで住んでいた港区の賃貸マンションは、同じ三ＬＤＫでもずっと広くて、居住環境もはるかにいい……。そのぶん家賃が高かったらしいんですね。

実際、西潮南ハイツは古いし、管理が行き届かない薄汚れたマンションでしてね。けっこう空室が目立っていました。うちの管内でも、あの一帯は特に寂《さ》びれた地域なんです。要するに、金に困ってきて、賃料の安いところに移ったんだと思いますね。

事故が起きたベランダなんですがね。どうやら手すりを止めているボルトがなにかの具合で欠落していて、バランスを崩した被害者が手すりにつかまったところ、手すり子と呼ばれる縦桟《たてさん》が外れて転落したものと見られています。下はコンクリートの歩道で、全身を打ってほぼ即死でした。

事故発生時刻ですか？　真夜中の三時過ぎです。亜矢名は間もなく学生寮に移る予定だったんですが、とりあえず六畳の和室を自室にしてましてね。そこに蒲団を敷いて寝ていたようなんですが、夜型人間だったと見えて、寝床につくのは毎晩夜中の三時か四時だったようです。

事故当時は秀一郎もまだ起きていて、リビングでビールを飲みながらパソコンをやっていたそうです。秀一郎もどうやら夜型人間なんですね。昼夜逆転した生活だったようです。由紀名は起きていたのか寝ていたのかは分かりませんが、リビングにいなかったことは確かですね。あの日も、昼間から四畳半の自分の部屋に閉じこもっていたそうですから。

秀一郎の話では、亜矢名は、母親が寝室に下がった十一時半頃からずっと、リビングでテレビを見ながら、缶ビールと缶チューハイをちゃんぽんで飲んでいたということなんです。服装はセーターにジーンズ。秀一郎とは特に話もしていなかったようですね。それぞれ勝手に好きなことをやっていたんでしょう。三時頃に亜矢名がふらりとベランダに出て行ったのは知っているけど、転落した瞬間は見ていないそうです。

ああ、酒ですか？　亜矢名は当然未成年ですけどね。普段から家で普通に飲んでいたようですよ。特別不良じゃなくても、飲酒・喫煙をする高校生なんて山といますから。それに、亜矢名はもう間もなく大学生ですからね。まあ、べつにきょうだい仲良く飲んでいたというわけではなさそうですが、母親も兄貴も注意する気はさらさらなかったんでしょう。

秀一郎によると、あの晩、亜矢名はビールとチューハイ合わせて少なくとも四、五缶は飲んでいたようです。実際、血中アルコール濃度から見ても、被害者が泥酔に近い状態だったことは明らかですね。

秀一郎の証言が正しければ、ギャッという短い悲鳴に引き続き、下からドーンというものすごい音がしたのが、亜矢名がベランダに出た約一分後のことらしいです。慌ててベランダに飛び出すと、手すりの一部分がごっそり抜け落ちていて、こわごわ下を覗くと、真下の地面に亜矢名が落ちているのが分かったといっていました。街灯の薄暗がりの中だけど、亜矢名が着ていた白いセーターがはっきり目に入ったそうです。

リビングの隣の寝室で寝ていた母親は、その音そのものより、秀一郎がベランダで喚《わめ》いた声で目が覚めたといっています。こちらは部屋から直接ベランダに飛び出したんですが、娘が転落したことを知っていったん室内に戻り、携帯で一一〇番に通報したんです。

そうなんですよ。一一〇番です。一一九番ではありません。

その点について、パトカーで駆けつけた警察官から訊かれると、郁江は、マンションの五階から転落して命が助かるはずがないし、上から娘の様子を見れば、首がひしゃげていて死んでいることは明らかだったからと答えたそうです。まあ、実際そうだったわけですがね。冷静というか、母親らしくないというか……。もっとも、彼女はもともとが看護師ですからね。交通事故死などの死体を見慣れていることはあるんでしょう。

だけど、この母親がちょっと尋常じゃないのは、一一〇番通報の段階から娘の遺体が運ばれるまでの間、一貫して、娘が殺された、殺されたと喚き続けていたことなんです。

殺されたといっても、誰かに突き落とされたって話じゃないんですよ。ベランダの手すりが壊れていたから、マンションの家主に殺されたっていうんです。なにしろ、誰彼構わず捕まえては、家主を殺人罪で告訴してやる、って大変な剣幕だったらしいですから。

いちおう、泣《な》き腫《は》らした目をしてしきりと洟《はな》を啜《すす》って見せてはいたものの、いまのうちによく調べて証拠写真を撮ってくれって、死んだ娘そっちのけで、破損したベランダの手すりのことばかり気にしていたそうです。翌日になってからだと、証拠が散逸する惧《おそ》れがある、家主に、後から現場に手を加えたといちゃもんをつけられ兼ねない、ってね。

ベランダの手すりは、先ほどもいいましたが、手すりを止めているボルトが欠落していたために、急に体重が掛かった瞬間に手すり子が外れたものと考えられます。ですから、いうまでもなく人災なわけですけど、では刑事事件として誰の責任を問えるかというと、けっこう難しいですよね。

母親の郁江は、事故当初から、娘は家主に殺されたといい続けていましたけどね。殺人罪は論外としても、過失致死罪や業務上過失致死罪だって、いざ刑事事件として摘発しようとすると問題は多いんです。そりゃ、ボルトの締め忘れとかの欠陥工事をした業者を検挙するなら別ですよ。むろん、工事に欠陥があったことを証明できれば、の話ですがね。だけど、家主となるとどうですかねえ？

たしかに、家屋の賃貸人である家主には、賃借人に安全な住宅を提供する義務がありますからね。たとえば、明らかに手抜き工事の欠陥住宅であることを承知で他人に貸して、その結果死傷者が出る事故が起きたのなら、家主が刑事責任を問われることは仕方がないですよね？　ですけど、家主のあずかり知らないところになんらかの欠陥があった場合はどうなんでしょう？　民事事件なら、住宅の設備の不具合で事故が起きたら、家主に損害を賠償する義務があるのは当然なんですけど、民事と刑事は違いますから。

　家主だからって、賃貸物件の状態を完璧に把握できるわけじゃないですからね。業者を信じるしかないんですよ。見るからに危険な状態だったのならともかく、ベランダの手すりのボルトが欠落しているのを見過ごして他人に賃貸したことが、刑法上処罰されるべき過失といえるかどうかは非常に疑問です。

　そもそも、あの事件では、いつどのようにボルトが外れたのか分からないし、もっといえば、賃貸借契約開始の時点ですでにボルトが欠落していたという確証だってないんですよ。北川一家が西潮南ハイツに入居してまだ一週間だったとはいえ、その一週間の間にボルトが外れた可能性だって、ゼロとはいい切れませんからね。

　はい。前の賃借人が出て行った後、家主の小野田と不動産屋の親父がいちおう室内の状況を確認したといっています。散らかし放題に散らかっていたので、ざっと掃除をして、内装を一新はしなかったものの、汚れた襖《ふすま》の一部を張り替えたりはしたそうですが、ベランダの手すりについては一見したところ問題がなかったので、強度のテスト等はいっさいしていないそうです。

　もちろん、あの手すり自体相当に古くなっていましたし、事故後の捜索では、ベランダにも下の地面にも、手すりを固定していたと思われるボルトは落ちていませんでした。ですから、ボルトが欠落していたことは事実だろうとは思いますがね。

ああ、破損した箇所以外の部分は、ちゃんとボルトで固定されていました。西潮南ハイツの、ほかの部屋のベランダの手すりもひととおり調べましたけど、ボルトの欠落はなかったんですよ。

まあ、民事裁判なら、現実に事故が起きている以上、あの手すりに欠陥があったという推定が働くんでしょうがね。刑事裁判だと立証責任は百パーセント検察にありますからね。ですから、我々も北川郁江に対して、刑事は諦めて民事でやるようにさんざん忠告はしたんです。だが郁江は、とにかく家主を逮捕・起訴しろの一点張りでしてね。聞く耳を持たないんですよ。それも告訴状を出しただけじゃ満足しなくて、まだか、まだかと連日のようにうちにやって来るんです。

本来なら追っ払ってもいいところなんですが、ご存知のように、昨今はやたらと警察の不祥事が勃発していましてね。なにかあると、すぐマスコミに叩かれるじゃないですか。被害者がいくら訴えても、警察が全然動いてくれなかったとかいって……だから、うるさいからってあまり邪険に扱うわけにはいかないんですよ。

郁江は家主の小野田佐和のところにも、娘はお前に殺された。娘を返せと、毎日毎晩しつこく抗議を繰り返しましてね。本当なら加害者であるはずの小野田の方が音《ね》を上げて、なんとか助けてくれと警察に泣きついて来る始末でした。

いくら被害者でも、一日に何十回、何百回と無言電話をかけたり、脅し文句を吐いたり、右翼団体みたいに家の前で拡声器で怒鳴《どな》ったりすれば法に触れますけど、一日に二、三回程度、電話や訪問でネチネチと恨み事をいうだけでは、止めさせる手だてはありませんよね。自分は、郁江という女はそこら辺をよく心得ていて、神経戦に持ち込んだんだと睨《にら》んでいるんですよ。

家主に対する告訴は最終的には取り下げになりました。北川と小野田の間で示談が成立したんです。

示談の内容ですか？　榊原さんはもちろんご承知のはずですけど、警察は民事には介入しませんからね。自分は示談の中身は関知していないんですよ。ただ、家主の小野田側が相当譲歩したというか、ほぼ郁江のいい値で決着したとは聞いています。

普通の交通事故だったら、本件の被害者の場合、十八歳で大学進学予定の女性ですからね。死亡慰謝料が二千万から二千四百万、逸失利益が四千万円として、合わせて六千万円を超える程度が標準ですかね？　まあ、それに加えて葬儀費用とか、逆に過失相殺とかいろいろあるでしょうが……。ですが、最終的に小野田が支払った金額はどうやら一億を下らなかったようですね。

警察としては、加害者・被害者双方に弁護士に相談するようにアドバイスしたんですが、郁江は、弁護士なんか頼む金はないと突っぱねましてね。小野田の方には金はあるんですが、どうも郁江から「そっちが弁護士を立てて争うなら、こっちも徹底的に争う。絶対に示談はしないで、最高裁まで闘ってやる。自分は生涯殺された娘の怨《おん》念《ねん》を背負って生きていく。死ぬまで恨み続けるから覚悟しろ」と脅されたようなんですよ。

被害者の母親から毎日毎日そんな調子で責め立てられたら、誰だって参っちゃいますよね。とりわけ小野田佐和は一人暮らしの老女なもので、気の毒にすっかりノイローゼ状態になりましてね。お金で済むのであれば、いくらでもいいから一刻も早くこの苦しみから解放されたいと思ったんでしょう。この西潮南ハイツ以外にも二、三の賃貸用マンションを所有していたんですが、それらを売り払って現金を用意したようです。

郁江からきつくいい渡されているから、弁護士は頼めない。だけど自分独りではとても心細いので、賃貸の仲介をした不動産屋の親父に立ち会ってもらって、告訴の取り下げを条件に示談を成立させたといっていました。これでようやく夜もぐっすり眠れると、泣いてましたよ。警察としてはこれでめでたく一件落着となったわけですが、自分としてはなんだか後味が悪かったですねえ。

もちろん、示談交渉を有利に運ぶために告訴を利用するというのはよくあることですよ。民事不介入の原則といったところで、刑事事件に該当する可能性がある以上、警察としては告訴を受け付けないわけにはいかないんです。民事裁判ならぬけぬけと否認して開き直る奴でも、警察の取り調べはご免被《めんこうむ》りたいに決まってますからね。早く示談したいと思ったら、刑事事件で告訴するのが手っ取り早いんです。

ですから自分は、告訴を示談交渉のカードとして使うことを頭から否定するつもりはないんですがね。どうもこの件は、警察があの女にまんまと利用された気がするんです。家主側にちゃんと弁護士がついて民事裁判をやったとしたら、絶対に認められるはずがないような高額の賠償金を、言葉は悪いですが、告訴を武器に強引にせしめたわけですからね。

もっとも、郁江の気持ちも分からないわけではありませんよ。なにしろ、三人の子供の中で唯一頼りになる長女が亡くなって、引きこもりのニートが二人も残されたんですからね。先行きが不安になるのは当然でしょう。

そうでなくても、親っていうものは、死んだ子が一番出来が良かったと思いがちですからね。以前、自分が扱った子供の交通事故で、被害者の両親が口をそろえて、うちの子供の中で一番いい子が殺されてしまった、できることならほかの子と替わって欲しかった、といった時には、マジで驚きましたね。いくらなんでもそこまでいっちゃあ、ほかの子供たちがかわいそうじゃないですか。

郁江はさすがに、由紀名に替わって欲しかったとはいいませんでしたが、口さえ開けば、亜矢名は成績優秀で親思いのしっかり者だった。あの子に死なれて、自分はこれからどうすればいいのか、と掻《か》き口説いていましたね。

北川亜矢名の葬式ですか？　いわゆる通夜や告別式はありませんでしたね。家族だけの密葬で済ませたそうです。だけど、家族だけといっても、弟と妹は葬儀場に行ったのかなあ？　自分は知りません。でもまあ、葬儀の時点ではまだ示談ができてないし、金に困っていたようだから、盛大な葬式をしなかったのは仕方ないんじゃないですかね。なにせ、死に方が死に方でしたから。

自殺の可能性ですか？　ははーん、榊原さん。さっきからその可能性を探っていたんですか。

いや、自殺の線は百パーセントないですよ。我々の間でもまったく問題になりませんでした。もろに頭から落ちてますしね。自殺だとどうしても恐怖感があるので、足から落ちることが多いですから。

直前まで同じリビングにいた秀一郎の証言もありますけど、それよりなにより、亜矢名には自殺する動機がないですからね。もちろん、遺書もないし……。重苦しい雰囲気の家庭から解放されて、やっと新しい生活が始まるところだったんですから、亜矢名としてはむしろウキウキだったんじゃないですか？　亜矢名が使っていた六畳の和室には、学生寮に運ぶために荷物を解かないままの段ボール箱が積み上げてありましたよ。

それに、もし自殺をする気だったら、手すりを乗り越えて飛び降りているはずですよ。あんな手すり、誰でも簡単に跨《また》げますからね。手すり子が外れたということは、よろけた拍子にボルトが抜け落ちている手すりにつかまって、そこに強い力がかかったということ以外考えられませんね。なにしろ、亜矢名は相当酔っていたようですから。

まあ、榊原さんは現場をご存知ないから無理もないですがね。そもそもあそこは、うら若い乙女が身を投げるような場所ではないんですよ。問題のベランダだって、床のコンクリートは黒ずんで染みだらけだし、手すりも塗装が剥げていて、しかも落ちる先は小便の匂いがするような小汚い通路ですからね。よっぽど切羽詰まった人でもない限り、わざわざあそこで自殺をするとは思えませんね。

目撃者ですか？　夜中の三時過ぎですからね。転落の瞬間を目撃した者はいません。それに、道一つ隔《へだ》てた向かい側のビルは取り壊し直前の無人ビルでしてね。間の道路も公道とはいえ脇道ですから、その時間帯になるとほとんど歩行者なんかいないんですよ。

ですけど、事故の際の物音で目を覚ました者ならいます。西潮南ハイツはボロいせいか、空いてる部屋が多いんです。五〇一号室の隣の五〇二号室も、真下にあたる四〇一号室も、当時は空室になっていたんですが、その下の三〇一号室の住人は賃借人ではなくて所有者でしてね。七十代の老夫婦なんですが、彼らがドスーンという衝撃音と短い悲鳴を聞いているんです。秀一郎の証言ともぴったり符合しますが、もし覚悟の自殺だったら、転落する時に悲鳴を上げることはないんじゃないですか？ 夫婦は直ちにベランダから外を覗いて、女性が転落しているのを確認したそうです。実は、その夫婦が一一九番通報をしましてね。救急車を呼んだんです。ほかにも物音を聞いた者がいたとは思いますが、その後すぐに秀一郎と郁江が騒ぎ出して、パトカーや救急車も来て大騒動になりましたからね。結局、マンションの住人の大部分が起き出して来たようです。もっとも、北川一家は西潮南ハイツに移って来てまだ一週間でしたからね。住民のほとんどはそんな家族がいたことも知らなかったようです。

自分が現場に行ったのは、事故から十日ほど経ってからでしたが、その時点では西潮南ハイツの住人はすっかり平静さを取り戻して、転落地点も普通に人が通行していましたよ。

ええっ！ 殺しですか？ それはまたすごいことをおっしゃいますね。榊原さん、ほんとになにを考えてるんですか？

殺しというからには、犯人はもちろん家族ということですよね？　家族以外の人間は、あの場合あり得ませんからね。となると郁江ですか？　それとも秀一郎かな？　当然、共謀ということもあるんでしょうが……。う―ん、でもねえ。やっぱり無理があるなあ。

だって、まず動機がないですよね？　当時の亜矢名は大学進学を間近に控えていたんですよ。放っといても家を出て行く娘を、家族が殺さなきゃならない理由ってなんですか？　まあ、あるとすれば金でしょうけどね。いくら金に困っているからって、実の母親がそこまでしますかね？　引きこもりの子供たちを養うために唯一まともな子供を殺しちゃったんじゃ、どうしようもないでしょう？

それとも、榊原さんの調査結果では、なにか殺人を疑わせる部分があるんですか？　亜矢名の素行や性格に問題があったとか、きょうだい間に確執《かくしつ》があったとか……。たしかに、ちょっとおかしい一家ですからね。なにかあっても不思議ではないです。もしあるんなら、ぜひ教えて下さいよ。もっとも、あの転落事故自体は、とっくの昔に捜査が終了していますけどね。

北川一家も、あの後しばらくして西潮南ハイツから出て行きました。最終的に示談が成立したといっても、家主とあんなにこじれた後じゃね。そのままいられるわけがないですよ。そうでなくても、ベランダに出るたびにあの事故を思い出すんじゃ、家族としてはいたたまれないでしょうからね。

引っ越し先は知りません。うちの管内でないことは確かです。たしか、足立区外に出て行ったはずですよ。でも、榊原さんは当然ご存知なんでしょう？

いや、司法解剖はしていません。解剖しなくても、死因は転落死であることがはっきりしていますからね。全身打撲でほぼ即死ですから。死体の検視と医師による検案は当然行われましたよ。その結果、血中アルコール濃度から、亜矢名が酩酊《めいてい》状態であったことが判明したんです。

でも、死体に不審な傷痕などの異状は認められなかったようですね。もっとも、仮に殺しだったとしても、酔ってグデングデンになったところを家族に突き落とされたのなら、防御創などがなくても不思議ではないですがね。その場合だと、不慮の事故に見せかけるために、家族の誰かが事前にこっそりボルトを抜き取っておいたということになりますか？　となると、完璧に計画的な犯行ですよね？　だけど、郁江は娘に生命保険は掛けてなかったようですよ。金銭目的だったら、絶対に掛けてるはずじゃないですか？

それにしても、榊原さん。私立探偵ともなると、警察官時代とはえらく発想が違ってくるんですね。昔だったら、仮に自分がそんなことをいおうものなら、この野郎。テレビドラマじゃあるまいし、刑事がなにバカをいってるんだ、って、榊原さんに怒られるとこじゃないですか。

まあ、いいです。榊原さんが誰のためになにを調べているのか、こちらからはいっさいお尋ねしない約束ですから。それじゃあ、ここから先の話は、潮南署の刑事としてではなく、清水徹之の個人的な感想ということで聞いて下さい。いうまでもありませんが、オフレコでお願いしますよ。

正直いって、娘があんな無残な死に方をしたというのに、実の母親がそれほど嘆き悲しんではいない様子だったことに、自分も違和感はありました。ですが、釈迦《しゃか》に説法ですけど、こういう仕事をやっていると、ああいうエキセントリックな被害者はそんなに珍しいわけではないんです。

殺人や傷害致死はもちろんのこと、交通事故や労災事故でもよくあるんですが、被害者、とりわけ家族を奪われた遺族は、怒りの矛先を、加害者であるとか会社であるとか行政であるとか、とにかく目の前のなにか具体的な対象に振り向けることで、無意識のうちに自分の悲しみなり後悔なりから逃れようとするんですよ。怒りとか悲しみとか憎しみとか、人間の負のエネルギーというのはすさまじいものなんですね。北川郁江の場合も、小野田佐和を当面の敵として執拗に攻撃することで、とりあえず現実から逃避した可能性を否定はできないと思いますね。

娘がベロンベロンに酔ってさえいなければ、たとえベランダの手すりが壊れたとしても、転落まではしなかったかも知れないですよね？　郁江は無意識のうちに、亜矢名の飲酒を放置していた自分の責任を感じていたんじゃないでしょうか？　ですが、自分がそれよりももっと奇異に感じたのは、郁江と長男の秀一郎との関係なんです。あの二人は本当に単なる母子関係なんですかね？

自分が西潮南ハイツを訪ねたのは、北川郁江から小野田佐和に対する北川亜矢名殺害の告訴状が提出された後のことなんですが、その時の郁江は、警察で何度か会った時とはずいぶん印象が違いましたね。いえ、正規の捜査として上から指示されたわけじゃありません。告訴状が出されたので、一度自分の目で現場を見ておこうと思って、一人で行ったんです。

なんというのか、家庭内での郁江にはどこか取《と》り繕《つくろ》っている雰囲気があるんですね。普通は逆でしょう？　事故から何日も経っているのに、わざとらしく赤い目をして時々鼻を啜るのもそうですが、一人で警察にやって来た時の引《ひ》き攣《つ》った顔とは打って変わって、妙に艶《なま》めかしい風情《ふぜい》なんですよ。正直、その落差に驚きました。歳は四十四、五ですかね？　どっちかというと地味な顔立ちなんですけど、家にいる時でも真っ白に化粧してましてね。あの貧乏臭いマンションには似合わない小綺麗な格好をしてるんですよ。

もともとは医者の奥さんだったそうだし、食い詰める前はけっこういい暮らしをしていたんでしょうね。家の中の家具類も安モノではなかったですよ。ですから、身なりに気を遣うのは当然かも知れませんがね。私にはどうも、彼女のその色気が内向きな感じがしたんです。我々を含めた外部の人間に対するものではなくて、家庭内の、それも息子に向いているような……。

亜矢名は死んでしまったから分かりませんが、少なくとも、由紀名に対する態度と秀一郎に対する態度には露骨な差がありましたね。例を挙げると、ですか……。そうですねえ。

たとえば、自分がリビングで秀一郎から事故直前の様子を聞いている間もですね。郁江はぴったり秀一郎の後ろに立って、ひっきりなしに息子の肩に手をかけたり、髪の毛を撫でたり、顔を覗き込んだりしていましてね。

「秀ちゃん。答えられないことは無理に答えなくてもいいのよ」

「秀ちゃんはなんにも悪くないんだから、心配することはないの」

「大丈夫、ママが付いてますからね。亜矢名が死んだからって、秀ちゃんが責任を感じる必要はないのよ」

とまあ、こういう調子なんです。

息子が罪を犯して、刑事から尋問されていると勘違いしたんじゃないかと思いましたよ。

普通の男だったら、こんなウザい母親がいたら、とっくの昔に家を飛び出すか、さもなきゃ爆発してますよね？　でも秀一郎は極端なマザコンなのか、そんな郁江にすっかり骨を抜かれているらしいんです。抵抗する気力もないようでした。

話のついでに不登校になった原因を訊こうとしたら、とたんに血相を変えましてね。

「この子の不登校と亜矢名の事故となんの関係があるんですか？　この子は学校ぐるみのひどいいじめに遭って、私が気が付いて助け出さなかったら、危うく殺されるところだったんです。やっと心の傷が癒えてきたところに、今度の事故が起きただけでも心配なのに、もし息子になにかあったら、警察はどうやって責任を取ってくれるんですか？」

横からマシンガンで援護射撃です。

だけど、その間、当の息子はなんの反応も示さないんですよ。母親と刑事の会話をどんな気持ちで聞いているんだかいないんだか、およそ無表情でしてね。要するに、引きこもりになるってことは、内から外に向かうパワーがないということなんでしょうな。

ただし、こっちの質問にポツポツと答える秀一郎の説明には不審な点はありませんでした。事故当時、秀一郎も缶ビールを飲んでいたんですが、酩酊していたわけではなくて、記憶自体ははっきりしている印象でしたね。ただ、話し方に感情がこもっていなくて、まるでセリフを棒読みしているみたいでしたよ。

狭いリビングはとにかくモノで溢《あふ》れ返っていましたね。隅にパソコンラックが置かれていて、その横にはゲームソフトが山と積まれていました。あの晩なにをしていたのか訊いたら、黙ってパソコンを目で指しましたが、ゲームであれなんであれ、自分が興味を惹かれることをやるだけのパワーはあるということなんでしょうね。

これは郁江も認めていたことですが、亜矢名は、高校生になってからは家で普通にビールやチューハイを飲んでいたそうです。休みの日は夜中まで起きているのもいつものことで、事故の当日に限って特別だった点はなにもないという話でした。亜矢名が事故直前までテレビを見ていたのは知っていて、たぶんCS放送だと思うが、番組は分からない。興味もないからということでしたね。

妹の死について彼がどんな感情を持っているのかも、正直まるで読めませんでした。ですが、自分の直感では、彼が亜矢名の死を望んでいたとは思いませんね。秀一郎はやはり心を病んでいるんだと思いますよ。あの母親のせいでね。

自分は、由紀名からも話を聞く必要があると考えました。

由紀名は事故当時も玄関脇の自室に閉じこもっていたそうなんですが、郁江は、自分は寝室で熟睡していたからなにも知らない、といっていますのでね。秀一郎の証言の裏付けを取るとしたら、由紀名に訊くしかないんですよ。

自分が申し出ると、郁江は、

「いいですけど、あの子は頭がやられていますからね。訊いても無駄だと思いますよ」

そういうと、由紀名の部屋まで案内することはしてくれましたがね。

「由紀名！　刑事さんがあんたと話をしたいそうだから、開けますよ」

部屋の外から大声で叫ぶと、自分は中にも入らず、さっさとリビングの方に引っ込んじゃいました。

同じ引きこもりでも、秀一郎に対するのとはえらい違いですよ。

由紀名の部屋は四畳半なんですが、ここもモノがいっぱい溢れてましてね。部屋の中央にやっと蒲団が一枚敷けるスペースが空いているだけなんです。まあ、あの荷物の山を見ただけで、西潮南ハイツに移って来る前の北川一家の贅沢《ぜいたく》な暮らしぶりが分かりますよ。

ですが、自分が感心したのはそんなことじゃありません。部屋の隅には大きくて立派な本箱が二つ置かれていたんですが、小・中・高の各科目の教科書にハードカヴァー・文庫本・雑誌・コミックを各種取り混ぜて、中にぎっしり本が詰まっているんです。郁江が、姉の亜矢名が不登校の由紀名に勉強を教えてやっていた、といっていたのは本当だったんですよ。

その由紀名ですが、想像してたよりは健康そうでしたね。亜矢名の方は死に顔しか知りませんが、やはり姉妹だけあってどことなく似ていると思いましたね。でも、彼女は部屋の真ん中の畳の上に膝を立ててうずくまったまま、自分が部屋に入ろうが自己紹介して声をかけようが、まったく顔を上げようとしないんです。

いやいや、おっしゃりたいことは分かってますよ。顔を上げないのに、どうして亜矢名に似ていると分かるのか、っていうんでしょう？ まあ待って下さいよ。順番にお話ししますから。

由紀名は、なにを質問しても、ひと言も言葉を発しませんでした。亜矢名が死んだことは知っているという話だったし、姉にはいろいろ世話になっていたようですから、どれほどショックを受けているかと心配してたんですがね。まるで反応がないんですよ。

状態の悪い時には、部屋の中でうずくまったきり食事にも出て来ないと聞いていましたから、いまがちょうどその時なのかと思いましたが……。それでも、さすが女の子というべきか、パジャマではなくいちおう普通の服を着て、髪の毛もちゃんと梳《と》かしていましたね。

しかしまあ、おしゃれをする必要がないせいですかね？　亜矢名が使っていた六畳間は、洋服ダンスや化粧台があっていかにも若い女の部屋っぽかったのに、由紀名の部屋はまるで納戸でしたね。唯一女の子を思わせるモノといったら、本箱の上に置かれていた猫のぬいぐるみですかね。ずいぶん薄汚れて擦り切れてましたから、おそらく由紀名が小さい頃から大切にしていたんじゃないですか。

それでですね。なんの返事もないのに、いつまでも一方的に話しかけちゃいられませんから、そろそろ由紀名の事情聴取を切り上げようとした時のことなんです。

突然、リビングの方向からアーッという悲鳴が上がって、

「秀ちゃん！　なにするの？」

と叫ぶ郁江の声が聞こえたんです。

大急ぎで由紀名の部屋を飛び出すと、郁江と秀一郎の二人がリビングの先のベランダに出ていましてね。手すりをつかんで向こう側に前のめりになっている秀一郎に覆いかぶさるように、郁江がしがみついているのが見えました。

事故のあった手すりは、問題の箇所がまだ破れ落ちたままになっていたんですが、それじゃ危険ですからね。とりあえず板をあてがってあったんです。どうやら秀一郎は独りでベランダに出て、手すりから身を乗り出して下を――というか、亜矢名が転

落した地面のあたりを見ていたようなんですよ。

そんなに高い手すりじゃないですからね。郁江は、秀一郎の体が手すりを乗り越えて下に落ちちゃうんじゃないかと思ったみたいです。秀一郎は身長が一メートル七十あるかなあ？　男としては決して大きい方ではないんですがね。

だけど、いま考えると、もしかしたら郁江は、秀一郎がベランダから飛び降りると思ったのかも知れませんね。刑事から尋問を受けたことがショックで、死んだ妹の後を追って自殺しようと……。

いやあ、まずいな。それじゃ、まるでテレビドラマだ。榊原さんの影響で、自分まででなんだかそんな気になってきちゃいましたよ。

それでですね。

「どうしましたか？」

自分が大声を上げてベランダに駆けつけると、二人はハッと我に返ってこちらに向き直りました。

さすがに郁江は少々バツが悪そうでしたね。息子の体に回した手をはずして、秀ちゃんが危ないことするからびっくりするじゃないの、と呟いていました。

秀一郎の方は母親とは目も合わさず、こちらのことなどまるで眼中にないといった風でしたね。彼の本心は分かりませんが、そこに見えるものをしいて表現するなら、

「虚無」ですかね。

ですが、自分が忘れられないのは、母親の悲鳴を聞いた由紀名が思わず顔を上げた時のことなんです。自分はすぐに部屋を飛び出しましたから、由紀名の顔を見たのはほんの一瞬なんですがね。キレ長の目からほとばしり出ていたのは、「無気力」や「無感動」とはまったく対極のものでしたね。あれはむしろ、「憤怒《ふんぬ》」とか「憎悪」という言葉で表現すべき激しい感情の発露ですよ。

だから、秀一郎と違って由紀名には、いつかこの引きこもりの状態から抜け出す可能性があるという気がするんです。本箱にあれだけの本が詰まっているのは、やっぱりだてじゃないと思うんですよ。

実をいいますとね。自分が、由紀名より秀一郎の方が重症だと感じるのには、もう一つ理由があるんです。これは上司にも誰にも話していないことなんですがね。そのベランダでの騒動の後、秀一郎はベランダから直接ガラス戸を開けて寝室に入っていったんですが、その時ちょっと変な風景を見ちゃったんですよ。

寝室はリビングと並んでベランダに面しているんですが、厚いレースのカーテンが閉まっていたんで、外からは中がよく見えなかったんです。その時チラリと覗いた寝室は六畳ほどの洋室で、間取りからいって家中で一番いい部屋なんですよ。

作りつけのクローゼットがあって、鏡台も置いてあり、壁のハンガーには女モノの服が掛かっていましてね。明らかに郁江の寝室なんですが、その狭い空間になんとダブルベッドがデンと置かれていて、ほんの一瞬でしたが、枕が二つ並んでいるのが目に入ったんです。ベッドの上に無造作に投げ出されていたのは、秀一郎のモノと思しき男モノのシャツでしたね。

母親が慌てて後を追いましたが、室内に入った秀一郎はそのままドサリとベッドに体を投げ出しましてね。見てた自分の方が全身にゾーッと悪寒が走りましたね。

亜矢名は六畳の和室に寝ていたそうだし、四畳半はいうまでもなく由紀名の部屋ですからね。よく考えれば、郁江と秀一郎が同じ部屋を使っていることは明らかなわけですが、まさか二十歳過ぎた男が母親と一つベッドで寝ているとは考えもしませんでしたよ。

いくらなんでも実の親子ですからね。自分も男女の関係だとは信じたくないですが、秀一郎が精神を病んでいるのは、間違いなくあの母親の存在が関係しているでしょうね。ただし、それが亜矢名の転落事故に関係があるかといったら、そこはなんとも分かりません。

仮に母親と息子がおかしな関係にあったとしても、たぶんそれはいまに始まったことではないでしょう。ここにきて、急に家族間で深刻な問題が生じたということもないと思いますがねえ。

ざっとこんなところですが、この程度でもなにかのお役に立ちましたか？

そりゃ、良かった！　安心しました。

でも、探偵の仕事もけっこう面白そうじゃないですか。たしかにこの件だって、叩けば埃《ほこり》どころかもっといろいろ出て来そうですよね？

警察ってとこはしょせんお役所だから、変死体が見つかるとか、被害者が駆け込んで来るとか、はっきりと目に見える被害がない限り、こっちから動くことはないですからね。家族が事故死だと認めているものを、わざわざ他殺じゃないかなんて勘ぐりませんよ……。普通はね。でも、やっぱり単なる事故じゃないかなあ。

まあ、めでたく榊原さんの仕事が一件落着した暁《あかつき》には、ぜひ一杯やろうじゃありませんか。

はい。なにか情報が入るようなことがあったら、もちろん、ご一報しますよ。

じゃあ、いつか声をかけて下さい。お待ちしています。

第二章

児童公園

三月下旬の平日午後二時。新宿区東三丁目児童公園には人気がなかった。公園といっても、子供が十人も来ればいっぱいになってしまう。空き地に毛が生えた程度の遊具を備えたささやかなスペースである。榊原聡はゆっくりとベンチに腰を下ろした。

この場所で北川由紀名と会うのは今日で二回目になる。静かな住宅地の一角にあるこの児童公園は、空いているうえに、二つあるベンチのうち奥の一つは二人掛けだから、二人並んで腰掛けてしまえば隣に他人が座る心配がない。

秘密厳守が命の探偵業において、関係者との会話を盗み聞きされることは最悪の事態を意味する。事務所を持たない榊原にとって、打ち合わせ場所の確保は重要課題だ。依頼人の自宅や事務所ならば問題はないが、由紀名のようなアパート暮らしの若い女性が相手だと、家に上がり込むわけにはいかない。高級ホテルのラウンジは便利なのだが、無職の由紀名には値段が高過ぎるうえに、身なりに気を遣う必要があるのがネックになる。

北川由紀名は年齢十八歳。無職……。小学校低学年から長期間にわたって、いわゆる「引きこもり」だったらしい。ところが、一昨年、不慮の事故で立て続けに家族を失って児童養護施設に収容されて以来、環境の変化がいい方向に作用したのだろう。目覚ましい回復を見せ、もともと家庭内で読み書きを含めた義務教育レベルの教育を受けていたこともあって、いまでは賃貸アパートで自立した生活ができるまでに至っている。

榊原が話をした限りでは、由紀名の現在の精神状態に問題はなさそうだ。むしろ歳の割にしっかりしていて、少なくとも頭が悪くないことは明らかである。外見の方は、ひと言でいえば「地味」だが、よく見れば切れ長の目に色白の美肌で、昔なら美人の部類に入っただろう。

ただし、この年頃の少女は榊原の目にはまるで子供のようでもあり、それでいて妙に大人びた色気もあり、その本質がどこにあるのか判断がつきにくい。

榊原にもかつては妻がいて、娘がいた。

当時の榊原は警察官で、家庭を顧みる時間的・精神的ゆとりはなかったが、少なくとも気持ちのうえでは決してないがしろにしていたわけではない。しかし、妻はそうは受け取らなかった。留守がちの夫に対して常に不満だけをぶつけてきた。いつしか榊原の方にも、刑事と結婚しながら夫に家庭サービスを要求する妻への嫌悪感と軽蔑が生まれ、気が付いた時には妻は娘を連れて家を出ていた。小学生になった娘ごと彼女を受け入れる男がいたせいで、妻は慰謝料はおろか養育費の請求もしなかった。要求したのは離婚届に署名捺印をすること、そして今後娘が成人するまでは娘に面会を求めないことだけである。

榊原は抵抗しなかった。去る者を追う気はない。娘と別れるのは辛かったが、自分が引き取ることなど夢にも考えられない以上、仕方がない。新しい父親ができるのなら、自分はきっぱり身を引くべきだという意識もあった。

そしてなにより、口にこそ出さなかったものの、その時彼の心の中では、この離婚が自分にとって人生をリセットする千載一遇《せんざいいちぐう》のチャンスであるという思いが駆け巡っていた。

榊原にとって、刑事の仕事自体は天職だったといっても偽りではない。だが、警察組織は駄目だった。というより、刑事になって初めて実感したのだが、警察に限らず、およそ組織というものの中では生きられない人間なのである。組織に従属することは苦痛以外の何物でもない。それをはっきり認識できただけでも、人並みに就職し、結婚をした意義はあったのかも知れない。

離婚すると同時に退職した榊原は、よくいえば一匹狼、はっきりいえば零細私立探偵として開業した。会社員などもってのほか、商売の才覚もない。ただし、ターゲットがなんであれ、狙った獲物に食らいつく執念は誰にも負けない自信がある。組織の中で生きることは苦手でも、独自の人脈を作ることは不得手ではない。アウトローの人間とも抵抗なく交わる柔軟性と、硬派の正義感とが違和感なく同居する性格に加え、細身で筋肉質ながら飄々《ひょうひょう》とした風貌《ふうぼう》が幸いした。お陰で、四十八歳のこの歳までなんとか食うに困らないだけの仕事はある。

娘は二十一歳になっている。妻の再婚相手と養子縁組をして姓が変わっているが、聖凜《せいりん》女子大学の学生であることは調査済みだ。

成人したからといって面会を求めたり、遠くからこっそり様子を窺ったりはしない。元気で平穏に生活しているならそれでいい。妻子をまるごと引き受け、娘を大学にまで通わせてくれている男に対しては、いまでは感謝の気持ちさえ抱いているのである。

榊原に北川由紀名を紹介したのは、榊原の従妹で保育士の遠藤理恵子《えんどうりえこ》である。理恵子から電話があったのは二月半ばのことだった。子供の頃はよく一緒に遊んだとはいえ、互いに成人してからは、冠婚葬祭以外に顔を合わせる機会もない間柄である。なにか仕事がらみの用事であることは容易に想像がついた。案《あん》の定《じょう》、勤務先の児童養護施設に入所していた子供の件で相談したいことがあるという。

ホテルニューオオカワのラウンジに現れた理恵子は、軽快な足取りで榊原のテーブルまでやって来ると、ソファに腰を下ろすや否や、挨拶もそこそこに用件を切り出した。昔から一本気で、こうと思い立ったら止まらないせっかちな気質なのである。

「ねえ、失踪宣告って制度知ってるでしょう？　誰かが行方不明になった場合、一定期間が経過すると、法律上その人は死んだものとして処理する手続きのことだけど」

それは榊原も知っている。

たとえば蒸発とか災害とか、人がなんらかの事情により失踪して生死不明の状態になった場合、その死亡が客観的に確認されるまで戸籍上永久に生存し続けているとなると、残された家族には非常な不都合が生じることになる。早い話、その人の財産を処分することができないし、夫なり妻なりの配偶者は何年経っても別の人と再婚することができない。それでは困るので、民法の規定により、生死不明の状態が一定期間継続した場合には、裁判所の失踪宣告により、法律上その人が死亡したと同様に扱うことが認められているのである。

この失踪期間は、家出など普通失踪の場合は七年間だが、戦地に赴《おもむ》いたり災害に遭遇したりして死亡の可能性が高い場合には、特別失踪として一年間と定められている。

榊原のような仕事をしていれば、家出人に関する依頼を受ける機会は多い。事業に失敗して借金を抱えた親が蒸発するようなケースがあるから、児童養護施設の職員もこの制度とは関わりがあるのだろう。

それはそうと、まずは飲み物を注文するのが先決だ。理恵子のために水を運んで来たウェイターが、その場に佇《たたず》んで待っている。

レモンティーを注文し、ウェイターが立ち去るのを待って、榊原は向き直った。

「もちろん。で、誰か施設の子の親が失踪しているわけなのか？」

大方、榊原に行方を捜して欲しいという依頼なのだろう。

理恵子は頷いて、

「そう。北川由紀名ちゃんといってね。現時点では施設を出て自立しているけど、一昨年うちに来た子なの。でも実態は、失踪したというより事故なんだけど。

母親が運転する乗用車が、ドライブの途中で港の岸壁から夜の海に転落してね。車から脱出はしたけれど、潮で沖に流されたらしくて、乗っていた母親と兄さんの二人が行方不明になっちゃって……」

「その子だけが助かったのか？」

「いいえ。由紀名ちゃん本人は乗っていなかったのよ。もともと精神的な問題を抱えていて、長い間ずっと引きこもりだった子だから……。彼女は家庭事情が複雑でね。

まあ、施設に来る子供は多かれ少なかれみんなそうだけど」

「それで、ほかに家族は？」

「誰もいないの。本当なら、大学生になってるはずの姉さんがいたんだけど、その事故が起きる半年前に、住んでいたマンションのベランダから転落して亡くなったんですって」

「そりゃまた気の毒な」

「でしょう？ 父方の伯母さんという人はいるけど、もうずっと疎遠だったらしくて、引き取る気はまったくなし。だから、うちに送られて来たわけね。

実の父親は彼女が五歳の時に死んでいて、その後親戚の家に養女に行ったんだけど、その養父母も、養子縁組をして間もなく火事で焼け死んじゃったそうなのよ。それでまた実母のところに戻ったわけだけど、どうやらその事件をきっかけに引きこもりになったようね。それ以来、家の中に閉じこもっていたみたい。一昨年うちに来た時は十七になっていたけど、結局小学校も出ていないの」

「それはひどいな。母親は医者に見せるとかしなかったのかな？」

「もちろん、もっと早い段階で適切な治療をすべきだったわね。でも、行方不明になった兄さんというのも高校時代から引きこもりになって家でブラブラしてたそうだし、母親の人格を含めた家庭環境に問題があったんだと思う。

母親に会ったわけじゃないから断定はできないけど、うちに来てからの由紀名ちゃんが心身ともにめきめき回復して、私たちに心を開くようになったところを見ると、結局母親が元凶だったんじゃないかな」

「そうか……。それにしても、行政は怠慢だな。義務教育も受けない子供がいることを知りながら、何年間も放置してるなんて」

榊原はなにげなく口にしたのだが、理恵子はとたんにむっとした表情を見せた。いけない、いけない！　うっかり忘れていた。理恵子もその「行政」の一員なのである。

現在の法律制度の下では、ちゃんと親がいるのに、学校や児童福祉関係者が子供の生活に介入することは極めて困難だ。理恵子は仕事熱心で、人一倍責任感もある。日頃自分たちがこんなに頑張っているのに、児童になにかあると、すぐに「行政」が非難されるのが面白くないらしい。

「それで、母親と兄貴が行方不明になった結果、どうなったっていうんだ？」

慌てて話題を元に戻す。

「海と空の両方から捜索をしたけど、とうとう遺体は見つからなかったそうよ。潮の流れがよほど速かったんじゃないかな。それが一昨年の話。で、特別失踪期間の一年が経過するのを待って裁判所に失踪宣告の申し立てをして、それはすんなり認められたの。だから由紀名ちゃんは正式に母親の財産を相続したわけね」

「母親の財産って、そんなにたいそうな資産家だったのか？」

「たいそうな資産家というほどではないけど……。でもまあ、田舎とはいえ沼井崎《ぬまいさき》市に庭付き一戸建ての自宅があるし、預金も一億円以上残っていたらしいから、相当なものではあるわね」

「だな」

「失踪宣告が出たことで、その遺産にも手を付けられるようになったから、今回由紀名ちゃんが十八歳になって自立するにあたっても、経済的な心配はなかったわけなのよ」

「だけど、いくら児童養護施設の収容年齢が十八歳までだからって、小学校も出ていない子を放り出すのはひど過ぎやしないか？　これまでずっと引きこもりだったんだろう？　金があっても、社会生活ができないだろうに」

「普通ならね。でも、由紀名ちゃんのケースはちょっと特殊なのよ。亡くなった姉さんが由紀名ちゃんの面倒をよく見ていて、自分の教科書を使って家で勉強を教えていたようなの。

　勉強だけじゃない。最低限の身の回りの始末から世間での常識や流行まで、あらゆることを母親や先生に代わって教え込んだらしくてね。由紀名ちゃん自身も外の社会にまるきり無関心だったわけじゃなくて、自分の部屋でテレビを見たり本を読んだりはしていたようだし……」

「ふーん、そんなことがあるのか」

「だから、さっきもいったように、彼女になにか疾患《しっかん》があったというより、問題は母親にあったんじゃないかと考えられるのよ。母親による精神的虐待とか、なんらかの呪縛《じゅばく》とか……。その母親がいなくなったことで、きっと一気に解放されたんだと思う。施設にいた一年の間に見違えるほど成長したもの」

「なるほど」

そこまでの話は分かったが、単にそれだけのことなら、なにも理恵子が榊原に相談する必要はない。そろそろ本題に入ってもいいだろう。

「それで、俺になにをしろと？」

「それなのよ。いま、問題なのはね。母親と兄さんは自動車事故で死んだわけでしょう？　だから、由紀名ちゃんには当然保険金が下りるはずなんだけど」

「保険会社が支払いを拒否してる、ってか？」

「そのとおりなのよ」

理恵子は大きく頷く。

「転落した車は母親の所有でね。もちろん自動車総合保険に加入していて、それには人身傷害保険も含まれてるから、本来なら一名につき五千万円、二名で一億円貰えるはずなのよ。だけど、死体が揚がらずじまいだったこともあって、最初、保険会社は保険金目的の偽装事故じゃないかと疑ったらしいの」

「そりゃまあ、無理もないな」

「たしかに、事故の状況が状況だものね。それで、保険会社の方でも独自に調査をしたようだけど、結局、二人がどこかで生きているという形跡は見つからないまま一年が経過して、裁判所の失踪宣告が出たわけなの。それなのに、保険会社はまだ難癖を付けるつもりらしくてね。母親が息子と心中する目的で、意図的に海に転落した疑いが濃厚だといってるのよ。

由紀名ちゃんは絶対に事故だったと信じているようだけど、そうなると、到底一人では太刀打ちできっこないでしょ？」

「心中目的って、そもそも、その二人に親子心中する理由があるのか？」

「それなのよね……」

なにか事情があるらしい。

榊原は本腰を入れて話を聞く態勢を整えた。

北川郁江の所有する白のワゴン車が、神奈川県沼井崎市西沼井《にしぬまい》町西沼井港の岸壁から転落しているのが発見されたのは、秋風が心地よい九月下旬のことだった。ワゴン車は岸壁から十メートルあまり離れた海底に沈んでおり、運転者並びに同乗者は転落後直ちに窓を開けて車外に脱出したらしく、車内に人はいなかった。目撃者はいない。発見時刻は早朝の五時過ぎだが、事故発生時刻は深夜と見られており、警察官が同市山ノ辺《やまべ》町の郁江の自宅を訪れたところ、二女由紀名が在宅しており、同人の話から、事故前日の夜十時頃郁江が長男秀一郎を連れて車で外出したこと、そして二人ともそのまま帰宅していないことが判明した。どうやら、郁江と秀一郎による深夜ドライブはこのところの日課となっていたらしい。普段は数時間内に帰宅していたようだが、母親とも兄とも会話らしい会話のなかった由紀名は、ドライブに同行したことがないことはもちろん、行き先も聞いておらず、朝になって二人の姿が見えなくても、心配している様子はまったく窺われなかったという。

沼井崎市山ノ辺町の北川宅は、東京から車で一時間あまりの林の中の一軒家である。事故現場である同市西沼井町西沼井港からは車で約二十分。五百坪の敷地に平屋の古い木造家屋と物置兼用のガレージ……。

長女亜矢名が不慮の転落死を遂げてから、郁江は、都会の喧騒《けんそう》を離れ自然に囲まれた環境で引きこもりの子供たち、とりわけ秀一郎の療養に努める心境になったらしい。高層マンションにはこりごりしたのかも知れない。別荘用に建てられた中古物件を購入し、番犬としてジャーマン・シェパードのオス一頭を飼い始めるなど、それまでとは百八十度転換して、自然の中での生活を始めたのである。

新生活は、少なくとも秀一郎にとっては一定の効果があったらしい。警察が近隣住民から聞いたところでは、昼間は相変わらず家の中に閉じこもっているが、犬の世話は好きらしく、夜間には近くの山道を廻って犬に散歩をさせていたようだ。

もっとも、ゴンと名付けられたこの犬は、事故が起きる五日ほど前に原因不明の病気により急死している。ペットショップで購入したものではなく、どこかの役所か動物愛護団体に捕獲されていた捨て犬を、郁江が引き取って来たらしい。まだ三、四歳と若かったようで、看護師である郁江は腸捻転《ちょうねんてん》を疑ったようだが、結局獣医師に診せることはなく、ペットの葬儀屋に焼却させたそうだ。

これに対し、由紀名の生活には、東京を離れて一軒家に移っても格別の変化は見られない。一日の大半を自室で過ごし、庭に出ることすらなかったらしい。

郁江は仕事もせずに貯金を取り崩す生活ながら、亜矢名の事故死による賠償金が入ったためか、生活には余裕があったと見られている。あまり外出することはなく、近隣の住民や小売店ともほとんど交流がなかったらしい。大型の冷蔵庫並びに冷凍庫を購入し、たまに車で東京まで出向いては大量に食糧や生活物資を買い込んでいたようだ。

郁江が死亡したいまとなっては、母子二人の深夜ドライブの目的や詳細は不明のままだが、たとえ夜間であっても家の外に連れ出すことにより、引きこもりの息子に少しでも活動の機会を与えたいと考えたことは想像に難くない。

郁江と秀一郎の遺体はついに発見されなかった。陸上でも生存が確認されていないことはいうまでもない。当然、海上保安庁の巡視艇やヘリコプターによる捜索が行われたが、西沼井海岸付近は潮流が激しいことで知られている。沖に流されたものと思われた。

それにしても、車内からは無事脱出したのに、夜間という悪条件を考慮してもなんとか助からなかったものか……。漁師町出身の郁江なら泳ぎは得意だったに違いないが、秀一郎の方はカナヅチかそれに近い状態だったのかも知れない。そうだとすれば、息子を助けようとした郁江が結局はともに溺れる結果となったのだろう。

問題は、郁江がなぜ高さ二十センチの車止めを飛び越える程のスピードを出したのかである。現場にはブレーキ痕はなかったという。誤ってブレーキとアクセルを踏み間違えたことは考えられるものの、その点が、保険会社が自殺もしくは保険金目的の偽装事故を疑う根拠の一つとなったようだ。

そのほかにも、保険会社が自殺を疑う理由としては、郁江には親子心中を図る動機があったという事実がある。損害保険会社の保険金支払い査定人は、長年の経験から独特の勘や嗅覚を有しているものである。郁江が未亡人で親類縁者との交流もほとんどないこと、三人の子供のうち二人が重度の引きこもりでいっこうに改善の兆しが見られないこと、唯一健康で優秀だった長女が不慮の事故で死亡し、頼れる人間が周囲にいなくなったこと、可愛がっていた飼い犬が数日前に急死したこと、そして、これが最も重要なのだが、郁江が長男の秀一郎に対して異常ともいえる愛情を傾けていたこと……。これらの要素があいまって、ついには息子を道連れに無理心中に至ったのではないかというのが彼らの結論らしい。

もっとも、無理心中説にも疑問は残る。覚悟の自殺だとすると、転落直後、秀一郎はともかく、郁江が窓を開けて脱出した行為が意味不明である。海面に転落した自動車は、普通数分間で海中に沈んでしまう。水没した後では、割れたガラス窓から脱出することはあっても、電動式の窓を開けて外に出ることは不可能だ。

他方、積極的に心中行為と矛盾する事実もあった。海底から引き上げられた車から、事故直前と見られる深夜十一時過ぎに、西沼井港にほど近い西沼井駅前の深夜営業のドーナッツ店で購入したドーナッツ十個入りの箱が、レシートと一緒に見つかったのである。

店員の話によると、買いに来たのはメガネをかけた年齢不詳の厚化粧の女で、ドーナッツのほかにテイクアウトのホットコーヒーを二人分購入したという。箱の中に残っていたドーナッツは七個で、コーヒーの紙コップは発見されていないところから、郁江と秀一郎は車外でホットコーヒーを飲みながらドーナッツ三個を食べたものと考えられた。由紀名によると、ドーナッツは彼らの好物だったようだが、直後に心中する気なら十個入りの箱買いはしないと思われる。

保険金目的の偽装事故説は、事故後一年間が経過しても二人の姿を見た者が現れず、彼らの生存を疑うべき具体的情報が皆無である以上、常識的には自然消滅したと考えるべきだろう。いまさら保険金の支払いを拒否する理由にはならないと思われるが、依然として疑いが払拭し切れていないらしいのは、やはりこれが死体なき事故だからに違いない。

事故後、一人残された由紀名の身柄は児童養護施設に託されることになった。戸籍上最も近い親族は父方の伯母、すなわち由紀名の亡父北川秀彦の姉井上百合子《いのうえゆりこ》であることが判明したが、連絡を受けた同人は、由紀名を引き取るどころか面会することすら拒否したという。北川郁江とその子供たちとは秀彦の死後没交渉であり、今後もいっさい交流する考えはないと明言したらしい。由紀名本人も、この伯母の存在はほとんど記憶にないようで、郁江にはきょうだいがいないところから、まさに天涯孤独といって差し支えない境遇であることがはっきりしたのである。

幸いだったのは、当時由紀名はまだ十七歳で、児童養護施設の入所条件を満たしていたことである。十七歳であれば、普通なら児童養護施設から高校に通学する。ところが由紀名は中学校はおろか小学校すら卒業していないというので、施設側も最初は頭を抱えたようだ。施設きってのベテラン保育士の理恵子が由紀名の担当者に選ばれたのもそのためである。

ところが意外なことに、由紀名には予想された知能・知識の遅れがないばかりか、精神面もいたって健全であることが判明するのに時間はかからなかった。引きこもりとはいっても、年齢相応の教育を家庭内で施されていたのみならず、テレビや新聞・雑誌にも目を通していたらしい。そうだとすると、由紀名の引きこもりは母親による虐待の結果か、さもなければ母親による虐待そのものではなかったのか……。理恵子の直感である。

母親と兄が行方不明になったことを聞かされても、由紀名は無表情のまま涙一つこぼさなかったらしい。施設に来てからも、それまで普通に受け答えをしていても、母親の話になるとかたくなに口を閉ざしてしまう。それは施設を出た現在も変わらないという。

由紀名は結局学校に通うことはなかったものの、施設内では普通に生活し、最初は職員同伴で、後には単独で買い物や映画に外出できるまでに回復した。ただし、学校生活の経験がないからか、同年配の子供たちとの交流が苦手だったようだ。施設内での遊びや話の輪に決して加わらないことは、最後まで課題として残った。

郁江と秀一郎の特別失踪宣告が出され、由紀名の経済的自立が可能になった時点で、彼女は十八歳になっていた。児童養護施設の入所対象は原則十八歳未満だが、二十歳まで延長することは可能である。従って、由紀名がその段階で児童養護施設を出たということは、周囲から独り立ちする能力を認められたのみならず、彼女自身にも自立して生活を始める意欲があったことを意味している。

自立するにあたって、由紀名は幼年時代を過ごした都内新宿区の賃貸アパートに住むことに決めた。茨城県浜南市での養女時代を別にすれば、彼女が街並みを知っている唯一の土地である。

就職、あるいは就学についてはまだ白紙で、まずは一人暮らしに慣れることが先決だ。最後に住んでいた沼井崎市の庭付き一戸建てには格別の愛着はないらしく、そうでなくても、車もなしに由紀名が一人で暮らせるような場所ではない。いずれ土地は売却するにせよ、古い木造家屋のことで空き家のまま放置するのは危険だから、とりあえず建物を取り壊して更地《さらち》にしてある。

「私の見るところ、社会復帰の第一段階としては上々のすべり出しね。衣食住には問題ないわ」

由紀名のことが心配な理恵子は、時々様子を見に立ち寄っているらしい。

「だけど、保険会社との交渉は別よ。保険会社に対抗するには、こっちも反論の材料がなくっちゃ。だから、聡ちゃんに一肌脱いで欲しいのよ。ついでに、料金は保険金が出てからの後払いにしていただけると有り難いんですけど」

母親から相続した預金は、当分の間、毎月決まった額だけ下ろして生活費に充てることになっているという。

一億円が入るか入らないかは大問題だ。理恵子が気が気でないのも理解できる。

「よし、分かった。金のことはどうでもいい。でも、やるとなったら、俺の流儀でやらせてもらうよ」

榊原は請け合った。


三週間前、初めて由紀名とこの公園で顔を合わせた日のことを思い出す。

理恵子の話を聞いた榊原が北川母子転落事故の調査を引き受ける決心をしたのは、いうまでもなく、由紀名という女性に同情し、彼女の手助けをしてやる気になったからである。離れ離れになっている娘の存在と重なったこともある。しかしながら、同時に、彼女と北川家を襲った過剰なまでの不幸の連鎖に、元刑事の直感が脊髄《せきずい》反射を起こした事実も否定できない。

「なにかある……」

探偵稼業として考えれば、誰に依頼されてもいないのに他人の秘密に首を突っ込み、その結果隠れた犯罪を暴いたところでなんの得もありはしない。そんなことは百も承知だ。しかし、こうなるともはや探偵としての好奇心というより、刑事としての本能がむくむくと頭をもたげるのである。自分でもどうしようもない。

調査を開始するにあたって、榊原は理恵子を交えず由紀名と二人きりで事情聴取を行うことを要求した。第三者が同席していると、効率が悪いばかりか情緒に流れやすい。場合によっては、事実が歪められる惧《おそ》れがある。

どこか人目を気にせずに話ができる場所がないかと尋ねると、由紀名はこの児童公園を指定した。彼女が一人住まいをしているアパートはここから歩いて二、三分のところにあり、この公園はよく日向ぼっこにやって来るのだという。自立して一人暮らしをするまでに回復したとはいえ、まだ近所付き合いや親しい友人ができるほどには至っていないのだろう。

白い厚手のセーターと細身のジーンズという出で立ちで現れた由紀名は、公園を根城にする痩《や》せたメス猫のようで、警戒心と好奇心が露わな瞳をしていた。

誰にも束縛されず自由に生きる野良猫でありながら、もともとは血統書付きの生まれで、孤高の風貌《ふうぼう》に怜悧《れいり》な打算としなやかな敏捷性《びんしょうせい》を身につけたアビシニアン……。

「母が兄と心中するはずがないんです」

挨拶が済むと、由紀名は単刀直入に切り出した。

下手に社会生活を経験してすれていないぶん、言葉も表情もいっさいの曖昧さを排して逡巡《しゅんじゅん》の跡がない。

「あれが事故だったことは疑いがありません。私には分かります。あの人は他人を殺すことはあっても、自分から死ぬなんてことは絶対にあり得ませんから」

榊原の頬《ほお》に一瞬緊張が走ったのを確認して満足したらしい。由紀名は目を凝《こ》らしたまま微《かす》かに頷いた。

そして、しっかりと榊原の瞳を見据えて続ける。

「あたしの家は鬼畜の家でした」

由紀名の話は驚愕に値するものだった。

依頼人　北川由紀名の話

あたしの父は、あたしが五歳の時に死にました。公式にはくも膜下出血で急死したことになっていますけど、実際は違います。父は母に殺されたんです。といっても、あたしは自分で現場を見たわけじゃありません。あたしはその時まだ小さくて、なにも分かってはいませんでした。あたしは父の死に顔すら見ていません。お葬式もしなかったから……。でも、いまのあたしは本当はなにがあったのかを知っています。

母がどういう人間で、あの母と兄の自動車転落事故はなぜ起きたのか、そもそも最初の父の事件から説明しないと、理解してはもらえないと思います。

あたしの父、北川秀彦は開業医でした。北川医院といって、祖父の代からの町医者だったんです。ここ新宿区の東二丁目に自宅兼診療所があって、父が死ぬまで、あたしたちは親子五人でそこに住んでいました。親子五人とは、両親と兄の秀一郎、姉の亜矢名、そしてこのあたしです。昔は父の両親、つまりあたしにとっては祖父母も同居していたという話ですけど、あたしが物心ついた頃には、二人とももう死んでいませんでした。

母は北川医院の看護師でした。北川家に比べると母の実家はずっと格下なので、父との結婚は祖母に猛反対されたそうです。あたしが小さかった頃、母はいつも、「私はおばあちゃんにいじめられた。おばあちゃんは『やしゃ』だ」といっていたことを覚えています。「やしゃ」って鬼みたいなものなんですよね？

祖母は最初、母がもしどうしても父と結婚するのなら、母だけ近所のアパートに住んで診療所に通って来ればいいといったそうです。不潔な嫁と一緒のお風呂には入れないって……。祖父母にとって、母はあくまでも身分の低い使用人だったんですね。最終的には、祖父のとりなしで同居することにはなったけれど、母にとって新婚生活は地獄の日々だったといいます。当時はまだ北川医院の実権は祖父母が握っていたので、母には自由に使えるお金はありません。毎日買い物から帰って来ると、まるで泥棒の尋問のように、一円単位まで細かく報告させられたといっていました。嫁の立場になってからは、それまで貰っていた給料もなくなって、もちろん、小遣いなんかあるわけがない。洋服どころか下着まで、祖母が着なくなった古着をどっさり渡されて、着るものがないならこれを着ろ、といわれたそうです。

きっと祖母は、母が諦めて自分から家を出て行くのを待っていたんですね。夫もかばってはくれないし、母以外にはそこまでされて耐え忍ぶ女はいなかったでしょう。

でも、正直いうと、ほんとのところはどうだったか分かりません。あたしは母のいうことを信じてはいませんから……。姉の亜矢名も、祖父母が本当はどんな人たちで、結局どんな死に方をしたのかを正確には知りませんでした。

「やしゃ」が鬼だとするなら、あたしにとっては、間違いなく母こそが「やしゃ」だったのです。

死んだ父があたしたちきょうだいにとって恐い人だったことは事実です。あたしは父のことをほとんど覚えていないけれど、なぜか父が怒鳴る声だけはいまでもはっきり耳に残っています。子供たちが少しでも騒いだり笑ったりすると、父は大声で怒鳴るんです。父が怒鳴る声は大きくて家中に響き渡りました。

それでもまだあたしたちが静かにしないと、今度は父の鉄拳が飛びました。いきなり耳を殴られるんです。父は背が高かったし、こっちは子供だから体が吹っ飛びます。それでも父は決して手加減してくれませんでした。

三人きょうだいの中で一番怒られていたのは兄の秀一郎でした。たとえ怒られなくても、よく父が兄のことを、なんだ、あいつは……、と憎々しげに舌打ちしていたのを覚えています。たぶん、父は兄が嫌いだったんでしょう。でも、兄がもっと勉強ができて、もっと活発な子だったら、父の態度も違っていたかも知れないとは思います。

兄は泣き虫でした。男の子なのに意気地がないんですね。兄より年下の姉の方がずっと頼りになりました。父が兄を殴ると、必ず母が助けに飛び出して来ます。兄は昔からお母さんっ子でした。それで、今度は母が父にボコボコにされるんです。

一度など、兄を抱えたまま玄関から飛び出して、転んで地面にうずくまった母を、父が傘でめちゃめちゃ叩いていたこともありました。お前は秀一郎がそんなに大事か？　親父の子がそんなに可愛いのか、って喚きながら……。首筋から血を流している母を見て、あたしは心配でたまりませんでした。父に殺されるんじゃないかって……。その時も、最後は姉が父に抱きついて止めさせたんです。

姉は父のお気に入りでした。姉は利巧《りこう》だったから……。だから、父は姉のことをあまり叱りませんでした。でもそれは、父が姉を可愛がっていたというのともちょっと違うんですね。父は、出来の悪い長男や末っ子でトロいあたしではなくて、成績がいい長女を医者にして、北川医院の跡継ぎにするつもりだったんです。兄の通知表を見ては、こんなバカは俺の子じゃない、と吐き捨てていたそうですから。姉は、この子なら医学部に行けると期待されていただけなのかも知れません。

あたしはまだ小さかったけれど、それでも時々父に張り倒されました。父が家にいる時は、あたしたちも緊張して一生懸命大人しくするんです。でもやっぱり子供だから、テレビを見ながらクスクス笑ったり、ふざけたりしてしまうんですね。父も機嫌が良さそうなのでつい油断していると、突然顔から火が出て……。それで、ああ、殴られたんだ、って気が付くんです。

父がいる時のあたしたちは、ビクビクとあたりの気配を窺《うかが》う小鹿のようなものでした。父が死んだと聞かされた日、あたしたちは一日中テレビをつけっ放しにして、大声を上げて家中を跳ね回ったんです。兄や姉がどう感じていたかは知りません。バカなあたしは、これでこれからいやなことはなくなるのだと思っていました。

父は母に対しても横暴な夫でした。父と母がいい争いをしていた記憶はありません。父が生きていた頃の母はとても大人しい女性でした。まるで昔の日本映画に出てくる女の人のようで、夫婦というより、旦那様に仕える女中のように見えました。医者と看護師なので、よけいにそうなったのかもしれませんけど。

母は外見も古風だったと思います。美人だったのかどうかは、あたしには分かりません。ただ、子供の目から見ても、陰気でどことなく暗い感じがありました。母が大笑いしている姿は、最後まで一度も見たことがありませんでした。

あたしが覚えているのは、父がしょっちゅう母を怒鳴りつけていたことと、母を殴っていたことだけです。理由はごく些細《ささい》なこととしか思えないのに、母は怒鳴られても殴られてもじっと黙っていました。母はどうしてなにもいい返さないのだろう？

なぜ抵抗しないのだろう？　あたしはいつも不思議に思っていました。

あたしはまだ子供だったので、かわいそうなのは母の方だと思っていました。母と結婚した父の方がかわいそうなのかも知れないとは、その頃は考えもしませんでした。


父が死んだ日のことは、正直あまりよく覚えていません。

姉の話だと、あの日の夕方、父はいつものように診療を終えて自宅に帰って来たものの、着替えをしてコーヒーを飲むと、またすぐ診療所に戻っていったそうです。

父は家であたしたちと晩ご飯を食べることはありませんでした。毎晩のようにどこかに出かけて、帰って来るのはいつもあたしたちが寝た後だったからです。晩ご飯だけじゃありません。朝ご飯も昼ご飯も父は家族とは別でした。それでも、父親とはそういうものだと思っていたあたしには、なんの疑問も不満もありませんでした。だから、あの日も、あたしにはなにか特別なことがあったという記憶はありません。

あたしに「そのこと」を教えてくれたのは姉の亜矢名でした。もちろん、当時のあたしはまだ小さくて、姉からその話を聞いたのはずっと後のことになりますけど……。

姉は、その日に限って、母から診療所にいる父の様子を見て来るようにいわれたそうです。夜の七時過ぎのことでした。父に用事がある時、たとえばなにかを届けなければならない時、母が自分で診療所に行かず、代わりに姉を行かせることは時々ありました。姉は小学二年生なので充分お使いが務まるし、その方が父の機嫌も良かったからだと思います。診療時間外でも、父が診療所にこもっていることは珍しくありませんでした。でも、特に用もないのに父の様子を見に行かせたことは、それまで一度もなかったのです。

母の指示が普通でないことを、姉も奇異に感じたようです。

「ちょっと診療所に行って、パパの様子を見て来てちょうだい。もし眠っていたら、体を揺すってみるのよ。それでも目を覚まさなかったら、すぐに戻っていらっしゃい」

母は姉にそういったんですね。

姉が診療所に行くと、父は診察室の患者さん用のベッドに仰向けになって眠っていたといいます。姉は、母に命じられたとおり父の体を揺すって目を覚ますのを待ちましたが、いっこうに起きる気配はありませんでした。

姉から報告を受けた母は、にっと口元を緩めて子供たちを見回すと、こういったそうです。

「亜矢名は、お母さんについていらっしゃい！　秀ちゃんは、ママが戻るまでここで待っていてね。由紀名が診療所の方へ来ないように気を付けてちょうだい」

母は、いつの間に用意していたのか大きなボール紙のお菓子の箱を手に持って、スタスタと診療所の方へ歩き出したんです。

　母が姉を一緒に連れていった理由ははっきりしています。自分の娘に夫殺しの手伝いをさせるためです。姉はしっかり者なので、臆病な兄よりよっぽど役に立つに決まっていますから。

　診察室に入り、ベッドで寝込んでいる父に一瞥《いちべつ》をくれると、母は持ってきたボール箱を父の足もとに置き、蓋《ふた》を開けて、中から注射器と薬品を取り出したそうです。注射器に薬品を満たすと、母はゆっくりと父の傍《かたわ》らに跪《ひざまず》き、自分の左手で父の左腕を支えながら、静かに静脈に薬品を注入し始めました。慎重な手つきで、でも、少しもためらうことはなかったといいます。

　姉は、母が父の腕に薬品を注射するのを黙って眺めていました。母がなにをしているのか、訊かなくても姉には分かっていたからです。

　姉はあたしと違って、子供の頃からとても勘が鋭かったようですから、止めても無駄だということを知っていたんですね。

　父は苦しんだそうです。父の呼吸が完全に止まってしまうと、母と姉は力を合わせて、父の身体をベッドから下ろし、あたかも椅子からずり落ちたかのように床に座らせました。意志をなくした死体はぐんなりと扱いにくくて、そして信じられないほど重たかったそうです。

父は太ってはいないけれど背が高くて、母はどっちかというと小柄な方でした。母一人では、父の体を動かすのは大変だったと思います。でも、母が姉に父の殺害を手伝わせた理由はそれだけではありません。あたしにはよく分かります。

母は姉の存在を恐れていました。だからこそ、姉を自分の共犯者にしておきたかったのです。

「亜矢名はね、ママと一緒にパパを殺したのよ。これは二人だけの秘密にしておきましょうね」

診療所から戻る途中、母は姉の肩に手を置いてこう囁《ささや》いたそうです。

母は上手に先手を打ったのです。そして、姉もそのことをよく承知していました。

父の死は公式には病死ということになりました。くも膜下出血という脳の病気がその病名です。

あたしが父の死を知らされたのは、翌朝起きた時のことでした。後になって姉から聞いたところでは、父が死んだ晩は、何人もの人たちが診療所にやって来て、夜中までいろいろとやっていたのだそうです。

「パパはね。昨日の夜、急に病気になって亡くなりました。これからは人が大勢来てママは忙しくなるから、あなたたちは大人しく遊んでいなさい」

母の話を聞いても、あたしにはなにがなんだかさっぱり分かりませんでした。

たしかに、家の中に父の姿はありません。でも、つい昨日まで、たとえ留守でも家の隅々《すみずみ》にいたるまで巨大な根を張っていた大木のような存在が突然消えてなくなるなんて、あたしには到底信じられませんでした。あたしはまだ、人が死ぬとはどういうことなのか理解できなかったのです。

その瞬間の兄や姉の反応も覚えていません。兄はともかく、姉はなにが起きたのか正確に知っていたわけですけれど……。

「パパは死んじゃったからね」

葬儀社の人が来て、母が診療所の方へ行ってしまうと、兄は嬉しそうにリビングのテレビをつけました。

今日は学校を休んでもいいといわれたのです。兄も姉も無邪気に喜んでいるように、あたしには見えました。テレビの音量ももう気にする必要はないのです。幼稚園がお休みになるので、あたしはまるで祝日気分でした。でも、あたしはなにも分かっていませんでした。あたしの本当の受難はその時から始まったのです。

父の死の真相について、姉があたしになにもかも打ち明けてくれたのは、比較的最近のことでした。

そうですね……。姉が死ぬ半年ほど前だったでしょうか。

「パパが死んだ原因はくも膜下出血なんかじゃないよ。ママが殺したんだもん」

あたしにとって、それは意外な話ではありませんでした。だって、母はそれくらいのことは平気でやる人ですから。

父を殺した後のことです。母は兄と姉を寝かしつけてから、こっそりと木島先生を診療所に呼んだそうです。

木島先生というのは父の知り合いのお医者様で、同じ新宿区の木島病院の院長先生でした。いまはどうか知りませんけど……。うちにも何度か来たことがあったそうですから、あたしも会っているはずですが、記憶はありません。姉によれば、父とはぜんぜん違うタイプの賑《にぎ》やかなおじさんだったようです。

その木島先生を母がなぜ呼んだのかといえば、もちろん、木島先生を自分の共犯者に仕立てるつもりだったからです。

あの晩、姉はベッドに追いやられた後も、そのまま眠らずにじっと下の様子を窺っていたそうです。姉は年齢よりずっと大人びていました。殺人現場に立ち会った直後ですから、目が冴《さ》えて眠れないのは当たり前といえば当たり前ですけど……。

あの頃、姉とあたしは二階の子供部屋で一緒に寝ていました。二階には、ほかに父の書斎とかなり広い寝室があって、父はそこで寝起きしていましたが、母と兄は一階の八畳の和室に蒲団を敷いて寝ていました。父と母は、少なくともあたしが物心ついた時には別々に寝ていたんです。

姉の話では、夜が更けてから、母が階下で電話をかけている話し声が聞こえたそうです。そしてしばらくしてから、今度は誰かが車で診療所に乗り付けた物音がしました。

深夜の診療所でこれからなにが始まるのかと考えると、とてもじゃないけどじっとしてはいられなかった……。姉はそういっていました。

姉は度胸がある人です。姉はあたしには優しかったけれど、その点だけは母に似ていました。

「その時は、あたしもママと一緒にパパを殺したんです、っていえばいいでしょ」

もし見つかったらどうするつもりだったのかと訊くと、姉は平然と答えたものです。

姉は子供部屋をすべり出て階段を下り、母が階下にいないのを確かめると、渡り廊下を通って、そっと足音を忍ばせながら診療所に向かいました。

診療所の廊下には電気が点いていて、父の死体がある診察室のドアは閉まっていたけれど、中から話し声が聞こえたそうです。それが木島先生と母の声であることは、姉にはすぐ分かりました。

「ところでね、奥さん。こうなったからには僕も隠さずに話すけど、実はちょっと厄介な問題があるんですよ。

奥さんも気が付いているかも知れないけど、北川君はこのところずっと、新宿のとあるフィリピンパブに通いつめていてねえ……。馴染みの女がいるんですよ。アウローラって娘なんだけど、その女が北川君の子を妊娠しちゃってね。本人はどうしても産むっていってたのを、頼まれて僕が二人の間に入って交渉しましてね。手切れ金として一千万円を払う約束で、僕の知ってる産婦人科医のところで堕胎《だたい》手術を受けさせたばかりなんです。

北川君の経済状態は僕も知らないわけじゃなかったから、そんな約束をして大丈夫なのか、正直不安はあったんだけど、北川君が必ずなんとかするといっていたもんでねえ。北川君が亡くなったからといって、あの女が一千万円を諦めるとは思えない。女だけなら無視することもできるけど、なにしろあのパブの経営者は暴力団だからなあ。約束の金を払わないとなったら、なにをされるか分かったもんじゃないですよ」

木島先生はそんなことをいっていたそうです。

それに対して、母の方は声を上げて笑ったといいます。

「まあ、先生！　そんなまだるっこしいお話をなさらないでも、単刀直入におっしゃって下されば、一千万円くらい、生命保険が下りさえすれば、すぐにでもご用立ていたしますのに……。木島先生とそのアウローラさんという女性の件でしたら、主人の素行調査をしたついでに、少しばかり先生のお身の回りを調べさせていただきましたので、よく存じております。お可愛い方だそうですわね？　よろしゅうございます。承知いたしました。一千万円お支払いさせていただきます。もちろん、奥様には内緒にいたしますけど。これで、先生とは貸し借りなしでございますわね？」

院長先生を相手に、母は余裕たっぷりだったようです。

どうやら取引が成立したようなので、二人が診察室から出て来るかも知れないと思った姉は、急いで家に戻ろうとしました。

ところが、渡り廊下に通じるドアの手前で、床の上に置かれていた空のバケツをうっかり倒してしまったそうなんです。カタンという音が診療所中に響き渡って、息が止まりそうだった、といっていました。

「あの時は思わず逃げちゃったけど、よく考えたら、二人に貸しを作っておけば良かったかもね」

姉はそういっていたんです。

父のお葬式に関する記憶は、あたしにはまったくありません。それどころか、ちゃんとお葬式をしたのかどうかも知りません。実は、父には莫大な借金があったようなんですね。診療所も住まいも競売にかけられていて、あの時父が死ななくても、北川医院はどのみちつぶれていたそうです。

　父が死んで半年くらいしてから、あたしたち一家は、茨城県の浜南市にある母の親類の家に引っ越しをしました。菱沼という、母の叔母さんにあたる人の家です。浜南市といっても実際は田舎で、本当になんにもないところです。菱沼の家も農家でした。そしてそこには、あたしの目には老人としか見えない五十代の夫婦が二人きりで暮らしていました。

　家は平屋なのですが、とにかくとても広くて、玄関に誰かが来ても奥にいると聞こえないほどでした。田舎では、お金持ちでなくてもあんな大きな家に住んでいるなんて、東京の人はきっと想像ができないと思います。

　母にはきょうだいはいなくて、母の父、つまりあたしのお祖父さんは、あたしが赤ん坊の頃に死んだそうです。お祖母さんは、母が小さい時に病気で死んだと聞きました。あたしは、だから祖父母の顔は一人も知りません。伯母さんとしては、父の姉という人がいるそうですけど、どうやら母と仲が悪かったようで、もう長い間音信もありません。

　母は親戚付き合いをしない人です。それなのに、どうして菱沼の家に引っ越しをしたのかといえば、それはあたしを厄介払いするためでした。あたしは最終的に菱沼の家の養女になったのです。

　自宅が競売になったために、母はとりあえず三人の子供を連れて菱沼の家に転がり込みましたが、もちろんずっとそこにいるつもりではありませんでした。少しして、港区に賃貸マンションを見つけて引き移ったのです。もっとも、菱沼の叔父さんや叔母さんには、マンションではなくて、勤務先の病院の寮だと話していたようですけれど……。

　後になって分かりましたが、新しい住まいは三ＬＤＫでとてもきれいでした。以前の家と比べれば狭いにしても、リビングは広々としてベランダもあるし、家族四人で暮らすには充分な物件でした。

　それでも、母はあたしをそこに連れていってはくれなかったのです。

「健一叔父さんと美恵子叔母さんはね。どうしても由紀名が欲しいんだって。だから、由紀名は残ってここの子供になりなさいね」

　東京に出発する朝、兄と姉に身支度をさせながら、母がまるでついでのようにいった言葉が忘れられません。

　母は普段から子供に細々といい聞かせることはしない人です。父のように怒鳴ることこそないけれど、一度母が口に出したことは、少なくともあたしには「絶対」でした。母にここの子供になれといわれたら、もうどうしようもありません。あたしはその時六歳でしたが、こうなった以上、泣いても頼んでも無駄なことは理解していました。母がなぜ菱沼の家に自分の子供を置いていくのか、その時のあたしには分かりませんでした。ただ、三人のうちで誰を置いていくかといえば、それはあたし以外にはないことは分かっていました。母は兄を愛していましたし、姉は頭が良くて優秀でした。あたしが捨てられるのは当然だったのです。

母は兄と姉を連れ、あたし一人を残して出て行きました。

母が兄と姉を連れて出て行った後、叔父さんと叔母さんはあたしのお父さんとお母さんになりました。

母とお父さん、お母さんの間でどんな話があったのかは知りません。でも、お父さんもお母さんも、一度だってあたしにいやな顔を見せたりはしませんでした。時々あたしは、かぐや姫を育てたおじいさんとおばあさんというのはあんな感じだったのではないか、と思うことがあります。お父さんもお母さんも、それはそれはあたしを大切にしてくれていたからです。

気が付くと、あたしはお母さんが大好きになっていました。それまでのあたしの人生で、実の母も含めて、あたしをあんなに可愛がってくれた人はいなかったのです。

農家だから当然ですが、お母さんが炊いてくれるご飯はすごくおいしくて、おかずがいらないくらいでした。玄関の脇の畳の部屋があたしの部屋で、毎晩、寝る前にお母さんが蒲団を敷いてくれます。朝起きると、その蒲団を畳んで押入れにしまうのもお母さんで、着替えをして居間に行くと、あったかい朝ご飯が炬燵の上に並んでいるのです。

家の周りは田んぼと畑ばかりですが、車に乗って少し行くと、大きな駐車場のあるスーパーや量販店があって、いろいろなお店や食べ物屋が並んでいる商店街もありました。そこでお母さんが買ってくれるおもちゃやお菓子は、あたしがそれまで見たことがないものばかりで、おそらく安モノだったのでしょうが、あたしはすっかり夢中になりました。

あたしがテレビでなにを見ても、家中をどんなに走り回っても、怒る人はいませんでした。あたしは小さなお姫さまでした。菱沼の養女になってあたしはとても幸せだった……はずです。それでもあたしは、心の中ではいつも、自分の本当の家に戻りたいと願っていました。もう東京には「あたしの家」はなくて、「あたしの家族」もいないのだということは知っていました。ただ、それを認めたくはなかったのです。

それに、菱沼の家にも不愉快な部分がまったくなかったわけではありません。そこには、北川の父と母が醸《かも》し出していたあのピリピリと尖った酷薄《こくはく》な空気はなかった代わりに、お父さんとお母さんが放出する無警戒で無教養な生温い空気が澱《よど》んでいたからです。いい歳をした大人がテレビの下品なお笑い番組に笑い興じる姿は、北川の家ではついぞ見たことがないものでした。

お父さんとお母さんはお酒が大好きでした。ほとんど毎日のように、お父さんとお母さんは晩ご飯の後にお酒を飲みました。テレビを見ながら居間で二人の酒盛りが始まると、その時間だけあたしは取り残されました。八時になると、お母さんはあたしを寝かしつけます。だから、その後のことは分かりません。ただ、夜遅く目が覚めて、トイレに行くついでに居間を覗いて見たことはあります。お父さんとお母さんは、コップや徳利が居並ぶ乱雑なお膳を前に正体もなく眠り込んでいました。

その場に充満しているむっとするようなお酒と食べ物の匂い……。そして薄汚れたポロシャツの前をはだけたお父さんの寝姿に、あたしは気持ちが悪くなりました。

生意気に思われるかも知れません。でも、あたしは子供心に、この人たちを尊敬することはできないと思いました。死んだ父もお酒は好きだったと思います。ですけど、父は子供たちの前で酔いつぶれて寝込んだりはしませんでした。あたしは父が好きではありません。それでも、父がだらしのない人でなかったことは確かです。あたしは、お父さんと比べて、それを父の「知性」だと感じたのです。

年が明けて六歳の四月に、あたしは浜南市の日野《ひの》原《はら》小学校に入学しました。

東京にいた時は近所の私立幼稚園に通っていたあたしですが、浜南市に来てからの五ヵ月あまりは、幼稚園はおろか近所に遊び相手もいない生活が続いていました。たぶん、最初のうちはまだ、親たちの間で養子縁組について結論が出ていなかったのだと思います。小学校入学を控えて正式な手続きが取られたようで、一年生になったあたしは、北川由紀名ではなく菱沼由紀名の名で呼ばれることになりました。

小学校までは片道だけでも歩いて四十分以上かかります。都会育ちの、それも、それまで家の中にばかりいたあたしにとって通学は大変でしたが、同じ年齢の子供たちと接するのは新鮮で、あたしはすっかり学校生活に夢中になりました。学校の建物は新しくてとてもきれいでした。それに、お天気の悪い日には、お父さんが学校まで車で送ってくれました。

お父さんは一年生の父母の中では一番の年寄りだったけれど、本当の父はもっと若くてスラリと背が高かったことを知っているあたしは、ちっとも恥ずかしいとは思いませんでした。あたしが子供のいない年寄り夫婦の養女になったことは、すでに同級生全員が知っていました。だからといって、いじめられたことはありません。逆に、菱沼の家の実子ではなくて養女だというので一目置かれていたくらいです。

「由紀名ちゃんは、本当は東京の大きな病院の院長先生の子供なんだってさ。生まれつき体が弱いから、東京じゃなくて空気のいいところで育てることになったんだってよ」

あたしについて、そんな噂が流れていたようです。噂の出所は分かりません。ですけど母は、あたしが菱沼の養女になった後も、時々ピカピカに磨いた車に乗ってあたしに会いに来ていました。泊まることはなくて、お父さんとお母さんとなにやら話をして帰っていきます。兄を連れて来たこともありますが、たいがいは、きれいなワンピースを着た姉の亜矢名と二人でした。そして、母は父が生きていた頃よりずっとおしゃれで華やかになっていました。

母はあたしのことが心配だったわけではなく、菱沼の家を偵察しに来ていたんですね。きょうだいと面会させてやりたいといえば、お父さんもお母さんも断れないことを母は知っていました。

父が死んだ後、母が看護師として働いた形跡はありません。母は、姉があたしに教えてくれたとおり、父の生命保険金で食べていたのです。

姉と会えるのは嬉しかったけれど、あたしはだんだんと田舎の暮らしに慣れてきて、最初の頃ほど、東京にいる兄と姉が羨ましくはなくなっていました。

飲んでいない時のお父さんは決して嫌いではなかったし、お父さんは、あたしがなにか欲しいといえば、たとえお母さんが反対しても必ず買ってくれました。晩酌をしては泥酔する両親の姿にも、知らず知らずのうちに慣れてきたのでしょうか……。黙々と田んぼで農作業をしているお父さんは、死んだ父とはまた違って、とても頼もしい存在に見えたのです。

なにもかもがうまくいきそうだったのに、事件は起きました。

それは、あたしが小学一年生の九月のことでした。

その頃には、あたしはすっかり菱沼の家に溶け込んでいました。このぶんなら家を留守にしても大丈夫だと思ったらしく、お母さんが、お彼岸に相澤の伯母さんの家に泊まりがけで出かけることになったのです。

相澤の伯母さんというのはお母さんのお姉さんで、つまり母の伯母さんにあたります。同じ浜南市に住んでいて、あたしも何度か会ったことがありますけど、この人は母のことが嫌いらしいんですね。あたしの目から見てもしっかり者という感じで、ちょっときつい感じの人でした。

その相澤の伯母さんと一緒に、久しぶりに近くの温泉まで足を延ばすというので、お母さんは出かける前から興奮気味でした。

冷蔵庫にあたしとお父さんのご飯を用意して食べ方を教えてくれたり、着替えの下着を引き出しから出して部屋の隅に重ねてくれたり、ソワソワとせわしなく家中を歩き回ります。

「あたしは大丈夫だってば！　お母さん」

あたしがいうと、お母さんは嬉しいような物足りないような顔をしました。きっと、行っちゃいやだ、と駄々をこねて欲しかったのでしょうが、あたしはもう幼稚園児ではありません。子供を産んだことのないお母さんは、そんなこともよく分からないようでした。

お母さんが出かけた後、お父さんは居間で退屈そうにテレビを見ていました。あたしは少し前に買ってもらった自転車に乗るのが面白くて、午後中ほとんどを外で過ごしていたので、お父さんが昼間からビールを飲み始めたことには気が付きませんでした。

夕方薄暗くなってから慌てて家に戻ったあたしは、テレビの前ですっかりできあがっているお父さんを見て拍子抜けしました。いつも、暗くなったら外で遊んではいけないと注意されていたので、てっきり怒られると思っていたからです。

それでも、あたしの顔を見ると、お父さんはのっそりと立ち上がって晩ご飯の支度を始めました。支度とはいっても、お母さんが作っておいてくれた海苔巻きのお皿のラップを剝がして、冷蔵庫から出したトリの唐揚げと野菜の煮物を電子レンジで温めるだけなのです。お父さんはもちろんビールで、あたしの飲み物は、やはりお母さんが作っておいてくれた冷たい麦茶でした。

居間に充満している汗とビールの匂いを嗅いで、あたしはだんだん気が滅入ってきました。酔っ払うとお父さんは話がしつこくなり、動作が鈍重《どんじゅう》になるからです。やっぱりお母さんが出かけるのを止めれば良かったと、後悔の念が湧きあがりました。

二人でテレビを見ながらご飯を食べ終わると、お父さんが後片付けをして、あたしのためにお風呂を沸かしてくれたので、あたしはさっさとお風呂に入って早く寝ることにしました。翌日にはまた朝から自転車に乗りたかったし、お昼には、お父さんが商店街でラーメンを食べさせてくれることになっていたからです。

すっかり眠り込んでいたあたしが目を覚ましたのは、掛け布団がいつの間にか剝がされ、代わりに、じとっと湿った熱い大きな手がパジャマの下のあたしのお腹を押していたためでした。

あたしの顔に酒まみれの荒い吐息と汗のしずくが降りかかり、あたり一帯に濡れた日向のようなお父さんの匂いが充満しているのに気付いたのは、お腹の上の手が次第に力を増し、ねっとりと肌に絡みつきながら下がって来た時でした。

あたしはびっくりして……。でも声は上げませんでした。部屋の電気は消えていて、廊下の薄明かりの中でお父さんの黒い影が覆いかぶさって来るのを感じながら、それでもあたしは身動《みじろ》ぎもせずにじっとしていました。お父さんがなにをしようとしているのか、あたしは、なにも訊かなくても本能的に知っていたからです。

いまお父さんを拒むことはしてはいけないことだと、あたしの頭がはっきりと告げていました。そしてもちろん、これはお母さんにいってはいけないことだということも……。あたしが、目を覚ましたのにそのままじっとしていることを知って、お父さんの息遣いは波のような唸りを上げました。

お父さんの指は太くてざらざらとささくれていました。ですが、あたしが嫌悪を感じたのは、その指の動きそのものではなくて、お父さんの暑苦しい濡れた肌の感触でした。あたしは逃げ出したい思いに囚われながら、でもその一方では、この秘儀を最後まで見極めたいという好奇心に駆られていました。

お父さんが最後に放心したように仰向けになった時、あたしには歓びもなかった代わり、怒りも悲しみもありませんでした。正直にいって、それまでも……、そしてその後も、お父さんを男として好きだと思ったことは一度もありません。お父さんの体臭と濡れた皮膚はいま思い出しても嫌いです。でも、決して恨んではいません。

あたしがなにをいいたいのか分かってもらえるでしょうか？　あたしはただ、あたしにとって、お父さんとの体験が不幸なことではなかったといいたいだけです。

翌日、お父さんは約束どおりラーメンを食べに連れていってくれました。

あたしもお父さんも、前の晩のことについてはなにも話しませんでした。お酒を飲んでいない時のお父さんは、普段からいつも俯き加減で口数が少ないのです。たとえ内心では後ろめたい気持ちがあったとしても、なにを考えているのか、お父さんの気持ちは読めませんでした。

お父さんは、子供のあたしからすればもちろん大きいけれど、背の高さはお母さんとさほど違いません。背中を丸めてラーメンを啜るお父さんは、子供の目にも老け込んで侘しく見えました。

夕方、お土産をたくさん持ったお母さんが帰って来て、なにごともなかったかのような日常生活に戻ると、あたしの中には、面白かったのによく思い出せない夢を見た後のような、おぼろげな記憶の断片ともどかしさだけが残りました。

お母さんが家を空けることはあれ以来なかったし、お父さんが昼間からお酒を飲むことも滅多になかったからです。お父さんの態度にも特に変わったところはありませんでした。考えてみると、お父さんは、普段からあたしの顔をまともに見ることはなかったような気がします。

ところが、そのおぼろげな記憶すら日々の生活の中で曖昧になり始めた、その年の暮れのことでした。

お母さんが、中学のクラス会で半日家を留守にすることになったのです。帰りは夜になるので、お母さんは、あたしとお父さんの晩ご飯を用意して出かけることになりました。

その日、学校から帰ったあたしは、お父さんが昼間から居間にいるのを見て、自分の予感が当たったことを知りました。お父さんは酔っ払ってはいなかったけれど、テレビを見ながらビールを飲んでいたのです。

あたしの姿を目に留めると、お父さんはコップを置いてやおら立ち上がりました。

「なにか飲むかい？」

お父さんは、そういいながら台所に立って、あたしの返事も聞かずに冷蔵庫からジュースの紙パックを取り出しました。

ガラスのコップに注がれたジュースはあたしの大好きなピーチジュースで、いつもお母さんが買って来てくれるオレンジジュースではありませんでした。コップとストローを受け取ったあたしは、お父さんの息遣いがすでに荒く熱を帯びて、まるで風のような音を立てていることに気付きました。

お父さんが玄関の鍵を閉める音を片耳で聞きながら、あたしはペッタリと居間の畳の上に座り、ジルジルと音を立ててストローを吸っていました。

お父さんもあたしも、結局はまたこうなることを知っていたのだと思います。お父さんはどっかりとあたしのそばに腰を下ろすと、あたしを膝に抱き上げたのです。

お父さんはこの日はそんなに酔ってはいなかったのに、この前ほど抑制が利きませんでした。この三ヵ月間、お父さんが片時もあの夜のことを忘れていなかったことを、あたしは確信しました。

あたしはただじっとしていただけだったけれど、お父さんもきっと同じことを感じていたに違いありません。この次には、もう三ヵ月も待てないことは明らかでした。

あたしが想定外の出来事に気付いたのは、夕方近くになってトイレに行った時のことでした。

それまで経験したことのない焼けつくような痛みに驚いて、パンツを調べてみたあたしは、そこに見慣れない茶色の染みを見つけてドキンとしました。そういえば、さっき微かな痛みはありました。でも、それは決してこんな沁《し》みるような激しい痛みではなかったのです。

お母さんに見つかったらどうしよう……。あたしが真っ先に考えたのはそのことでした。

運が悪いことに、その日あたしが穿いていたのは、引き出しの中にたくさんある近所のスーパーで買ったパンツではありませんでした。あたしの誕生日プレゼントの一つとして、お母さんが買って来てくれた三色組下着セットで、ブルーとピンクと白の布地にきれいな動物の模様が浮き出ているものです。

あたしは急いで自分の部屋に戻って、とりあえず別のパンツを取り出して穿くと、そのブルー地のパンツを引き出しの奥深くに押し込みました。お父さんに相談することは思いもよりませんでした。あたしは、当面、お母さんの目をごまかすことしか念頭になかったのです。

その二日後のことでした。

母が姉の亜矢名を連れて菱沼の家にやって来ました。母の訪問の目的が単なる暮れの挨拶だったのか、それともなにか用事があったのかは知りませんが、姉が来てくれたことは天の助けに思えました。あたしにとって、姉は、あたしがすべてをさらけ出して頼れる唯一の存在だったからです。

母が居間でお母さんと話をしている隙に、あたしは姉を自分の部屋に連れていき、引き出しの奥に隠してあったブルー地のパンツを見せました。

姉なら必ずなんとかしてくれる……。あたしは必死でした。

姉はさすがでした。たどたどしいあたしの説明にも眉ひとつ動かさず、じっくりとパンツの染みを点検しました。

「これは洗濯しても駄目かも知れないね。でも、大丈夫だよ。これと同じパンツを見つければいいんだから」

姉はそういって、自分の手提げバッグの中にパンツを押し込んだのです。

しかし、結果的にあたしの見込みはみごとに外れました。

その時の姉は小学三年生でした。当時のあたしにはとてつもなく大人に思えましたが、しょせんまだ子供だったわけです。軽く請け合って問題のパンツを預かったものの、自分一人ではどうすることもできず、結局、母に相談しました。姉なりに、母ならなんとかしてくれると考えたのでしょう。

母にとって、それは願ってもないチャンスの到来でした。

いまになって思えば、母は、最初、血のついたパンツを証拠にお父さんを強請《ゆす》ることを考えたのかも知れません。母はそれくらいのことは平気でやる人です。でも、最終的に母が思いついたのはもっとうまい方法でした。お父さんを強請ったところでたかが知れています。母は、お父さんの代わりにこのあたしを脅迫することにしたのです。

母と姉はとうとう年内には姿を現しませんでした。幸いブルー地のパンツがなくなっていることは発覚していませんが、あたしは、お母さんが下着の入った引き出しを開けるたびに息が止まりそうでした。あたしは、一刻も早く、姉が同じパンツを買って来てくれることばかりを祈って過ごしました。

母がやって来たのは、お正月の三日のことでした。姉は風邪で熱が出たという話で、一緒ではありません。

あたしは姉が来ないのでがっかりしましたが、お父さんが用事で近くの親戚の家に行き、お母さんが晩ご飯の買い物に出かけてしまうと、誰もいない家の中であたしと向かい合った母は、おもむろに口を開きました。

「亜矢名から話は聞きました。あれから方々のお店を探してみたけれど、あれと同じパンツはどこにも売ってませんでしたよ。諦めなさい。

第一、そんなことで叔母さんを騙せると思ったら大間違いです。いつか必ず叔母さんに見つかります。普段はどんなに優しくても、あの叔母さんが本当に怒ったら、なにをするか分かりませんよ。あんたが叔母さんに殺されたって、私は助けてあげられませんからね。

それに、たとえ叔母さんに見つからなくても、私は絶対に叔父さんを許しません。二度とこんな悪いことができないように警察に訴えます。そうなったら、叔父さんだけでなく、あんたも警察に連れていかれて調べられますからね。新聞やテレビに大きく顔が出ることは覚悟しなさい」

子供だったあたしは、簡単に母の脅しに乗ってしまいました。

あの優しいお母さんがあたしを殺すなんてとても信じられないのに、なぜか、恐ろしい顔をして向かって来るお母さんの姿が目に浮かびました。

報道陣のカメラのフラッシュを浴びながら警察の車に乗り込むお父さんとあたしの姿も、テレビの前でクラスのみんなが大写しになったあたしの顔写真を眺めている光景も、近所の人たちが菱沼の家を指さしてヒソヒソとお喋りをしている光景も、すべて目に見えるようでした。

あの日、母が姉を一緒に連れて来なかった理由がいまになるとよく分かります。姉がいたら、事態は変わっていたかも知れません。でも、あたし一人では到底母の策略は見抜けませんでした。

「お願い！　警察にはいわないで！」

あたしは懇願しました。

結局、あたしは母の指示に従う以外にはなかったんです。

正月の三が日は誰もが夜更かしをするから、今夜は止めておいた方がいいという母の意見に従い、翌一月四日の夜、あたしは計画を実行しました。

ためらいや不安は当然ありました。でも、グズグズしているうちに母が警察に訴える恐怖の方がはるかに勝っていました。母に証拠の品を握られていることが致命的に思えたのです。

母の指示は簡単明瞭でした。

お父さんもお母さんもお酒が大好きで、晩ご飯の後、酒盛りをしたまま居間で寝込んでしまうことはしょっちゅうでした。おツマミはたいてい佃煮やイカの塩辛で、いつも大量の瓶詰めを買い置きしてあります。あの日のおツマミは海苔の佃煮で、晩ご飯の後、黒くべっとりした海苔の佃煮が小鉢に盛られて台所に置いてあるのを見たあたしは、こっそりと自分の部屋に戻り、ランドセルの底に隠してあった小さな紙袋を取り出しました。

お父さんとお母さんは大音量でテレビのお笑い番組を見ているので、あたしが台所でなにをしているのか気付かれる心配はありませんでした。

あたしは、母に教わったとおり、紙袋の中身を箸《はし》で上手に佃煮と混ぜてしまうと、緊張で真っ赤に火照った顔を見られないためにトイレに入りました。用もないのにトイレにいると、時間が経つのが恐ろしく長く感じられるものです。ドッキンドッキンという心臓の音が、トイレの外に聞こえそうなほどでした。あたしは自分を落ち着かせるために、必死になって母にいわれた手順を頭の中で繰り返していたのです。

幸いなことに、お母さんはなにも不審に思わなかったようでした。普段どおりにあたしをお風呂に入れ、蒲団を敷いてくれました。さっさとあたしを寝かしつけて、二人でゆっくり飲みたかったのかも知れません。

蒲団に入ったあたしは、うっかり眠ってしまわないように電気をつけっ放しにしました。母から、十時になるのを待つように厳命されていたからです。もっとも、緊張と興奮で眠いどころではありませんでしたけど……。

時計の針が十時を指すのを確認して、あたしは部屋を出ました。もしお父さんかお母さんのどちらか一人でも意識があるようなら、あたしはトイレに起きたことにして、計画は中止することになっていました。ところが、幸か不幸か、あたしが恐る恐る顔を覗き込んだお父さんとお母さんは、二人とも泥のように眠り込んでいたのです。

いつの間にかあたしは、目を開けたお母さんが、あら、由紀名。どうかしたの？と訊いてくれることを期待していました。いざとなると、やっぱり怖くてたまらなかったからです。

でも、母がくれた薬が効かないはずはありません。なにしろ母は看護師です。お父さんもお母さんも死んだように眠っていて、あたしが体を揺すっても起きる気配はまるでありませんでした。

お母さんはお膳にうつ伏せで、お父さんは畳の上に大の字になっていました。吸い殻が山になった灰皿が無造作に置かれて、少し離れたところに石油ストーブが赤々と燃えていました。

「大丈夫！　あんたはまだ十四歳にならない子供だからね。たとえ失敗しても、刑務所に入れられることは絶対にないから……。それに、なにか困ったことになったら、ママが必ず助けに来てあげます」

母の言葉が耳に蘇りました。

母が助けに来てくれると信じていたのではありません。母の期待を裏切ったらどうなるか、考えただけでも恐ろしかったのです。

あたしは勇気を奮い起すと、畳の上に転がっていたライターを取り上げ、石油ストーブの火を消しました。あたしでも運べるような小さなストーブでしたが、火がついたまま動かすのは怖かったからです。あたしは呼吸を整え、石油ストーブを少しずつお父さんの方に近付けました。そして、お父さんの体からおおよそ五十センチまで来たところで、渾身の力でストーブを倒すと、石油が畳の上にこぼれ出たのを確認して、ライターで火を点けたのです。

パッと火が燃え上がったことは分かりましたが、あたしはその場を逃げ出すのに夢中で、後ろを振り返る余裕はありませんでした。あたしは自分の部屋に駆け込むと、蒲団の中で寝ていた仔猫のミーヤを抱き上げ、そのまままっしぐらに玄関の戸を開けて外に飛び出しました。

ミーヤというのは、二日前にうちの庭に迷い込んで来た猫で、お母さんに頼んでうちで飼うことにしたばかりでした。母は猫が嫌いです。火事の後、あたしを引き取りにやって来た母は、あたしがミーヤを抱いているのを見ると露骨に嫌な顔をしました。結局、ミーヤは母に捨てられてしまって、その後どうなったのかはまったく分かりません。

母にいわれたとおりに火は点けたものの、それで本当に家が燃えるものかどうか、あたしは半信半疑でした。家が燃えたら、お父さんとお母さんが焼け死ぬことは分かっていました。けれどあたしは、お父さんと一緒に警察に連れていかれるのも絶対に嫌でした。

あたしは、自分が究極的にはどっちを望んでいたのか、いまでも分かりません。菱沼の家が大きく燃え上がるのを眺めて、あたしはひたすら震えていました。あたしは、その瞬間に自分も壊れたのだと思っています。

それからのあたしはずっと堅い殻の中で生きてきました。

火事の直後、周囲の人たちは勝手に、あたしがショックのあまり口が利けなくなったのだと解釈してくれました。緊張と恐怖で固まっていたあたしは、誰からなにを訊かれようと、絶対に口を開かなかったからです。突然の悲劇で家と養父母を失った少女に誰もが同情し、お陰であたしは火事の状況についてあれこれ追及されずに済みました。

実母である母のこれ見よがしの非常識で邪険なふるまいも、あたしへの同情を掻きたてるのに充分だったと思います。おそらく、あれは母の計算だったのでしょう。母は、火事の夜、連絡を受けても駆けつけて来さえしませんでした。あたしは内心ホッとしたけれど、もちろん、周囲はそうは思いません。あたしは悲劇のヒロインになったわけです。それはあたしにとっては予想外の展開でした。あたしは、消防や警察や先生や親戚の誰彼から問い詰められ、責め立てられるものとばかり思っていたからです。

翌朝やって来た母も、意外なことには、二人だけになっても火事についてはなにもいいませんでした。忠実に任務を果たしたあたしを褒めるでもなく、労わるでもありません。あれはなかったことにしよう……。母の無言のメッセージを感じたあたしは、これでこの事件が無事終了したことを確信しました。

これに味をしめたあたしは、以後、周囲の世界を完全に無視することに決めました。繭《まゆ》に包まれた蚕《かいこ》になることにしたのです。沈黙は他のなによりも強力な防御方法でした。

そうやって心のシャッターを閉ざしてしまうと、あたしはそれがとても楽なことに気付きました。たとえ努力して元の自分に戻ろうとしても、一度こうなったが最後、もう不可能です。当時のあたしは七歳の子供には重過ぎる荷物を抱えていました。自分自身にどう言い訳しようが、あたしがお父さんとお母さんを殺した事実は変わりません。いま考えれば、あたしは自分を意識的にコントロールしているつもりで、知らず知らずのうちに本当に病んでいたのだと思います。

火事の後少しして、あたしは東京に住む母ときょうだいの元に戻りました。母が具体的にどういう手続きを取ったのかは知りませんが、あたしは名前も菱沼由紀名から北川由紀名に戻され、東京都港区立の小学校に転校することになりました。もっとも、その小学校には結局一度も登校しませんでした。理由は、あたしがいわゆる引きこもりになったからです。

母は、初めのうちは、あたしの引きこもりを芝居ではないかと疑っていたようです。そうでないとしても、ちょっと薬が効き過ぎた程度に思っていた節がありました。でも、その母もしだいにこれが本物の病気であることを理解し始めたように見えます。あるいは、母にとってもその方が都合が良かったのかも知れません。母はあたしを放置することに決めました。母が賃借している自宅マンションの一室、六畳の洋室があたしの繭でした。

あたしは、その繭の中でだけ、思う存分息を吸うことができたのです。

あたしが心を開いた唯一の人間は母でも兄でもありません。姉の亜矢名でした。姉はあたしの母親であり、教師であり、友達でした。学校に行かなくなったあたしに勉強を教え、話し相手になり、本を読ませ、欲しいものを与えてくれたのは姉だったんです。姉がいなかったら、あたしはとっくの昔に廃人になっていたに違いありません。

　姉は頭が良くてスポーツも万能でした。中学でも高校でも、成績は学年でトップクラスだったし、部活もいろいろやっていましたから……。結局、きょうだい三人の中で、まともに学校に通って普通の生活をしていたのは姉だけでした。姉だけが、母に負けない強い人間だったのです。

　いま姉が生きていてくれたら、どんなにか心強いのに、と思わずにはいられません。姉はいつでもあたしを守ってくれました。あの母ですら、姉には一目置いていたんです。

　仔猫のミーヤを取り上げられたあたしに、ぬいぐるみの猫を買ってくれたのも姉でした。ママが大の猫嫌いだから、本物の猫じゃなくてごめんね、って……。あたしが姉にミーヤの話をしたのは、事件からずいぶん経ってからのことだったのに、姉はちゃんと対応してくれたんです。

　いいえ。兄の秀一郎があたしを精神的に支えてくれたことはありません。いじめられたこともなかったですけど……。兄という人は、気持ちは優しいけれど気が弱かったんですね。母と姉が留守で、あたしがお腹を空かせてるような時、兄はコンビニでおにぎりやお菓子を買って来てくれたし、姉やあたしのパソコンのトラブルを解決してくれたりもしました。兄は器械をいじったりするのはけっこう得意だったんです。

ですけど、兄があたしの心の中に入って来たことは一度もありませんでした。いま思えば、兄は自分の問題で手一杯だったんでしょう。兄は、あたしとはまた違った意味で母の犠牲者でしたから……。

兄が不登校になって家でブラブラするようになったのは、たしか高校一年の夏前のことだったと思います。あたしが菱沼の家から戻った当時、兄は小学五年生で、その頃はまだ普通に学校に通っていました。よく風邪を引いたとか、お腹が痛いといってはお休みしていましたけど。

はい、小学校も中学校も近くの区立でした。私立中学の受験はしたようですけど、落ちたみたいなんですね。みたい、っていうのは、あたしは正式にはなにも知らされてないんです。母は、こと兄に関しては、姉にすら秘密主義を守っていましたから。

高校も、志望していた私立高校には行けなくて都立高校に入ったんですけど、入学して間もなく学校に行かなくなって、結局退学しました。不登校になった原因ですか？　それは兄本人に訊かないと分かりません。ですけど、あたしが思うには、母との関係が年を経るごとに重荷になってきて、ついには背負い切れなくなったんじゃないでしょうか。

姉やあたしと違って、兄には昔から自分独りで過ごせる部屋がありませんでした。小さい頃喘息の気味があったという理由で、母は兄を自分の寝室に寝かせていました。それも一つのダブルベッドに……。要するに、寝てる時も起きてる時も、兄の体にはまるで蛭《ひる》のように母がぴったり張り付いていたんです。

いいえ。母に反抗できるくらいだったら、最初からそんなことにはなっていません。それに、母が兄にしがみついていたのは事実ですけれど、兄の方も母に依存していました。結局、あの二人は持ちつ持たれつ生きていたんです。

友達ですか？　中学時代までは仲の良い同級生がいて、家にも時々遊びに来ていましたね。小学校も同じクラスで、兄にとっては唯一の友達だったみたいです。名前ですか？　さあ、なんていったかしら……。ちょっと覚えていません。

ただ、仲が良かったといっても、兄が自分の悩みや苦しみをどこまで打ち明けていたかは疑問ですね。高校は別々だったから、中学卒業以降は付き合いがなかったと思うし、そもそも、高校を退学してからの兄は誰も寄せ付けませんでしたから。

しいていえば、姉の亜矢名だけですね。兄と心が通じていたのは……。姉だけは、兄の口を開かせることができたんです。その姉が死んで、兄もさすがにショックを受けたに違いありません。

そして、その日以来、あたしを守ってくれる人はいなくなりました。

姉は、マンションの五階のベランダから墜落して死にました。一昨年の三月のことでした。

酔っ払って、夜中に一人でベランダに出たらしいんですけど、手すりのボルトが抜け落ちているのに気が付かなかったんですね。姉が手すりにもたれた瞬間に、その重みで桟が外れたようです。

そうです。姉にとっては、正真正銘の不慮の事故でした。

母にとっても、姉の死は予想もしない事態だったはずです。それは疑いがありません。けれど、ベランダの手すりの桟が外れたこと自体は、決して想定外の事態ではありませんでした。なぜなら、その手すりのボルトは、このあたしを殺すために、母の手で故意に抜き取られていたのですから……。

事故が起きたマンションは、それまであたしたちが住んでいた港区のマンションではありません。足立区にある狭くて古いマンションで、あたしたちは事件の直前に引っ越したばかりでした。

父が死んで以来、母はいっさい仕事をしていませんでした。それまで住んでいた家を追い出されてなんの稼ぎもないというのに、あたしたち一家が裕福な暮らしを続けられたのは、父の生命保険に加えて、あたしが菱沼の親から相続した財産があったからでした。菱沼のお父さんはけっこう広い田畑を持っていたし、あの火事による保険金も相当な額になったはずです。

ですけど、やっぱりそれにも限界があったようで、母はだんだん経済的に苦しくなってきたのだと思います。姉が大学に進学することが決まると、母は突然、引っ越しをするといい出したのです。

姉は区立中学から都立三羽高校に進学しました。同じ都立高校でも、都立三羽高校は兄の高校とは違って有数の進学校なんですが、姉は成績優秀だったので、推薦で私立の成英大学理工学部に入学が決まったんです。それで、四月から学生寮に入ることになったんですけど、母が、これからは家族三人になるし、姉の学費にお金がかかるから、もっと家賃の安いマンションに移るといい出して……。

あたしは、最初、そういう事情なら転居は仕方がないと思っていました。住む場所自体にはべつに執着も関心もありません。どうせ姉はいなくなるのです。姉がいない世界ならどこでも同じだと思いました。

ところが、実際に新しいマンションに移ってみて、あたしはびっくり仰天しました。これは、家賃の節約などという説明では到底納得できるものではありません。

建物の外観のあまりのみすぼらしさに、引っ越しの日に初めて現地に行ったあたしたちは声も出ませんでした。中に入ると、これまた前のマンションとは比較にならない汚い部屋で、入口からして狭くて暗く、足を踏み入れた瞬間に、なんともいえない嫌な臭いがしました。いくらお金がなくなったとしても、母がこんなところで満足できるとは到底信じられませんでした。

　母に対して文句をいったことがない兄も、さすがにショックを隠しませんでした。もっとも姉だけは、きっともう家に戻って来るつもりがなかったからでしょう。比較的平然としていたことを覚えています。

　それにしても、母はいったいぜんたいどうしてこんな古ぼけたマンションを選んだのか……。あの時点では、あたしたちきょうだいの誰も母の意図に気が付きませんでした。

　築年数の経過した手入れの悪い物件で、空室が多く、家主が一人暮らしの老女である。それらすべてが、母にとっては最高の条件でした。ベランダの手すりが壊れていたから転落事故が起きたことにして、家主からお金をせびり取る……。それが母の計画だったからです。

　北川の父を殺し、菱沼のお父さんとお母さんを殺して味をしめた母にとって、あたしを殺すことは、賠償金と厄介払いの一石二鳥だったわけです。

　事故が起きたのは、引っ越しからちょうど一週間目の深夜のことでした。

　姉は大学入学を目前に控えて毎日とても忙しく、買い物や荷物の整理に余念がありませんでした。ですから、あたしともほとんど話をしていませんが、あの晩、姉は夜中になってからお酒を飲み始めたようです。

姉はお酒が好きで、高校時代からよく缶ビールや缶チューハイを飲んでいました。母は、自分はほとんど飲まないのですが、兄や姉が飲酒するのを注意したりはしません。直前まで一緒にリビングにいた兄の話では、姉は相当酔っていたそうです。

少し風に当たるつもりだったのか、ふらふらとリビングからベランダに出た姉は、まさか手すりが壊れているとは知らずに、うっかりもたれ掛かってしまったんですね。そのとたんに手すりの桟が外れて、姉の体もろとも崩れ落ち、もろにコンクリの通路に激突したそうです。酔っ払ってさえいなければ、そんなことにはならなかったと思いますけど……。

自分の部屋で寝ていたあたしは、兄の叫び声で目を覚ましました。自分でも不思議なんですけど、なぜかその瞬間、本能的に姉に異変が起きたことを感じたんです。あたしが部屋から顔を出すと、母もちょうど寝室からリビングに出て来たところでした。

あたしが真実を知ったのはその時のことです。

その瞬間、あたしとしっかり目が合った母の顔はいまでも忘れることができません。

「しまった！」

それ以外に表現しようがない表情でした。

そして、

「まさか、亜矢名が落ちるなんて！」

間違いなく、母はそう呟いたのです。

母はベランダから人が転落したことに驚いたのではありません。あたしを突き落とす前に、誤って亜矢名が転落してしまったことにショックを受けたのです。

たぶん、母は隙を見てこっそりベランダの手すりに細工をしておいたのでしょう。兄と姉が寝てしまうのを待って、あたしをうまいことベランダに連れ出して、手すりもろとも突き落とす計画だったと思います。

ところが、具合が悪いことに、あの晩は、兄も姉も二人してお酒を飲んでなかなか寝ようとはしなかった……。母はじりじりしながら待っていたはずです。母は絶対に眠ってなんかいませんでした。なぜって、あたしは母の寝起きの顔は何度も見てよく知っていますから。

兄ですか？　兄はいつも変わりません。自分からはなにもしないし、なにも感じようとはしないんです。

兄が姉を嫌っていたことはないと思います。あたしを殺すつもりもなかったでしょう。その点はいまでも信じています。でも、仮に母が手すりに細工をしたことを知っていたとしても、兄には母を告発する度胸も意思もありません。あの人は母の人形に過ぎないのですから……。

　姉は即死だったそうです。

　救急隊や警察官がやって来て大騒ぎになっている一方で、母が、娘は家主に殺されたとヒステリックに喚いている声が聞こえました。どうやら警察の人は、ショックのあまり母親が錯乱状態に陥ったと思ったようです。丁寧に応対してくれていましたが、とんでもありません。娘を殺そうとしたのはほかならぬ母自身で、ちょっと手順が狂っただけなのです。殺されるはずだったのは、もちろんこのあたしでした。

　母はどんな事態にも臨機応変に立ち回れる人です。天性の詐欺師なんですね。さっそく、姉が将来有望で、子供たちの中で唯一期待できる存在だったことを利用し始めました。

　計画の最初から、手すりに欠陥があったと家主を責め立て、賠償金をせしめる方針ではあったのでしょうが、結果的に姉が死んだことによって、母は予定よりはるかに多額のお金を手に入れたはずです。あたしは役立たずの引きこもりですが、姉には前途洋々たる未来が待っていたというわけです。

　事件の後しばらくは、警察の人が何人も出入りして現場を調べていたようです。ですが、肝心の手すりが壊れた原因に関しては、結局うやむやのままに終わりました。

警察はあたしからも話を訊きたがりました。一度など、あたしの部屋の中まで刑事さんが来ましたが、あたしは一言も口を利きませんでした。姉を殺したのは母だと告発したところで、証拠はないし、警察が本気で相手にしてくれるとは思えません。そうでなくても、警察はあたしを「イカレた娘」だと決めつけていました。

家から逃げ出そうとは思わなかったか、ですか？ そうですよね。それが普通の感覚なんですね。

ですけど、気安くそんなことがいえるのは、母という人を知らないからです。「蛇に睨《にら》まれた蛙」って言葉がありますよね？ まさにそのままです。当時のあたしは、あの人から逃げるなんて、考えることすら不可能でした。

姉の死後間もなく、あたしたち家族はまた引っ越しをしました。今度の引っ越し先は東京ではなくて、マンションでもありません。神奈川県沼井崎市の林の中の淋しい一軒家が、あたしたちの新しい住まいでした。母と兄とあたしの三人は、そこでひっそりと暮らすことになったのです。

どうしてまた、突然、母が東京を離れる気になったのか……。マンションはもうこりごりだ。亜矢名の事故を思い出して辛い、というのが表向きの理由でした。でも、本当は違います。

母には、都会を敬遠するきわめて明確な理由がありました。一つは、庭のある家で、犬を飼いたいという兄の望みを叶えてやるため、そしてもう一つはもちろん、新しい土地でもう一回娘殺しにトライするためです。

転居した先は、想像していた以上に古い家でした。母はこの中古の別荘用物件を、家主から貰った賠償金の一部で買ったようです。良かったのは、広々としていることと空気が清冽なことだけで、田舎の一戸建てと聞いて、明るくどっしりとした菱沼の家を思い描いていたあたしは、じめっとカビ臭い部屋の中に足を踏み入れたとたんにがっかりしました。

ですけど、あたしが落ち込んでいたのはそのためばかりではありません。これから先はずっと、姉の亜矢名のいない生活が続くという重苦しい現実が目の前を覆っていたのです。

もちろん、あの時死なかったとしても、姉は大学の寮に入る予定でした。どのみち離れ離れになることは決まっていたわけですが、それでも、もうあたしの存在を気にかけてくれる人は誰一人いないのだと思うと、本当に生きる気力がなくなりました。正直、母に殺されても構わないという気にすらなっていました。

あの勘の冴えた母のことです。あたしのそういう心の変化をしっかり見抜いていたはずです。

母は家が古いことはさほど気にならないようでした。あの人にとっては、食べ物や着る物の方がずっと大事な問題だったのです。引っ越した当日に、さっそく、特大の冷凍庫と冷蔵庫が届きました。東京のデパートやスーパーでどっさり食料品を買い込んでこられるようにするためです。それに加えて、母はこだわりの食材や老舗《しにせ》の味を取り寄せるのが大好きでした。

犬がやって来たのも、引っ越して間もなくのことです。捨て犬だったのを、母がどこからか貰い受けてきたようで、もう仔犬ではありませんでした。ジャーマン・シェパードという種類だそうです。

ゴンという名前をつけたのは兄でした。あたしはあまり犬が好きではないし、そもそも犬小屋は庭にありました。ですから、あたしはゴンの面倒を見たり、一緒に遊んだりはしていないんです。

そのゴンは、うちに来てたった五ヵ月で死んでしまいました。前の日まで元気だったのに、朝には犬小屋で冷たくなっていたそうです。獣医には見せていません。だから死因は分からないままでした。母は、たぶん腸捻転だろうといっていましたけど……。いいえ、家には遺骨もお墓もありません。母が電話をして、ペットの葬儀屋に引き取りに来てもらったんです。

ゴンが死んで、兄はがっかりしていましたけど、母は少しも悲しんでなどいませんでした。それは確かです。母の自動車転落事故について、愛犬の死がショックで自殺したんじゃないかといっている人がいるそうですけど、本気でそう考えているとしたら、そんなバカげた話はありません。

母があの晩、なぜわざわざ暗い西沼井港の岸壁に行ったのか、なぜ車止めを乗り越えて転落するほどのスピードを出したのか、保険会社はそこのところを問題にしていると聞いています。

自殺するつもりで意図的に事故を起こした場合は、死亡しても保険金は出ないそうですね。ですけど、もし殺人をするつもりで事故を起こしたのだとしたら、どうなるのでしょうか？　保険会社は、きっと母の行動の本当の理由を想像することすらできないと思います。

沼井崎市での生活が軌道に乗ると、母は毎晩のように兄を乗せて深夜のドライブに出かけるのが日課となりました。兄が自分から積極的にドライブをしたがったとは思いません。でも、嫌がってはいなかったと思います。夜、それも車なら誰にも顔を合わせないで済みますから。

いいえ、あたしが一緒に出かけたことは一度もありません。行きたいとも思いませんでした。車は好きじゃないんです。

夜ごとのドライブで、母と兄がどこに行って、なにをしていたのかは知りません。興味もなかったですし……。あの日だって、あたしは二人が出かけようがどうしようが気にも留めていませんでした。戻って来たかどうかも確かめないまま、翌朝警察の人に起こされるまで寝ていたくらいです。

ええ。家には電話がなかったんです。あたしは携帯も持っていなかったし……。だから、あの事故が起きるまでは、あたしは本当になにも気が付かずにいました。

ですけど、暗い岸壁から母と兄が乗った車が転落したと聞いた瞬間、あたしは、母がその時なにをしようとしていたのかをはっきりと理解したんです。

母は、なんの気なしに暗い夜の港まで車を走らせたわけではありません。その時間にその場所に行くべき、明確な理由と目的が母にはあったのです。

あたしは車のことはぜんぜん分かりません。アクセルとブレーキを踏み間違えるということが、よくあることなのかどうかも知りません。

でも、母が運転する車がスピードを出し過ぎて、岸壁から深夜の海に向かって飛び出したのだとしたら、それは間違いなく単なる事故です。母には、兄と心中するつもりなどさらさらありませんでした。

なぜなら、母は、いつかあたしを殺す時のために、あの日、あの場所に下見に出かけたのですから……。

児童公園

約束の時間きっかりに児童公園に現れた由紀名は、相変わらずのすっぴんにグレーのセーターとジーンズ……。手にはどこかの店で貰ったらしい紙袋を提げている。まだ引きこもり時代の感覚のままなのか、この年頃の女性相応のおしゃれをするには至っていないようだ。それとも、そもそも洒落っ気のない性質なのか？

由紀名が二人掛けベンチに腰を下ろすと、どこからともなく一匹の猫が姿を見せた。まるで由紀名を待っていたかのようだ。丸々と太った茶トラで、首輪をしているところを見ると野良猫ではないらしい。

猫は迷わずベンチに飛び上がると、由紀名の右隣に腰を落とし、由紀名の顔を見上げてニャーと一鳴きした。その無警戒な態度は、この「二人」が昨日今日の顔馴染みではなく、飼い主と飼い猫並みの信頼関係を築いていることを窺わせる。

計算しつくした甘えの中に、断固たる要求を滲《にじ》ませた匠の技……。猫は、由紀名が紙袋からキャットフードの袋を取り出すのをじっと待っていた。

「ずいぶん慣れてるんだね」

榊原が声をかけると、

「仲良しなんです。いつもこの時間におやつをあげてますから」

由紀名が、袋からつかみ出した粒々のキャットフードを、手のひらから直接食べさせながら答えた。

ふと、昔由紀名が可愛がっていた仔猫が母親の郁江に捨てられた話を思い出した。この様子だと、本当に猫が好きなのだろう。

「どこの家の猫なの？　まさか君が飼ってるわけじゃないよね？」

「違います。誰が飼っているのかは知りません」

他人の飼い猫に勝手にエサをやってもいいものだろうか？　榊原は疑問に思ったが、口には出さなかった。

猫に会いに公園に来ることが日課となり、やがて、猫の玩具やキャットフードを探すためにペットショップを覗くようになる。そういう小さなことが積み重なり、徐々に社会復帰を果たしていくのならけっこうなことだ。

由紀名は、キャットフードを食べ終わった猫をひょいと膝に抱き上げると、榊原に自分の横に座るよう目で促した。猫はよほど由紀名を信頼していると見えて、由紀名の右腕に頭を預けたまま目を細め、喉からグルングルンと低いエンジン音を発している。頬ずりされようが腹を触られようが、されるがままだ。

榊原は、くまなく猫の体を撫で回す由紀名の白い指先をじっと見つめながら考え込んでいた。

「この間話をしたものは見つかったかな？」

腰を下ろしながら榊原が尋ねると、由紀名は頷いて、紙袋の中から一通の封筒を取り出した。

「これです」

榊原はさっそく、由紀名が差し出した封筒の中身を確かめた。クレジットカード会社からの利用代金明細書である。宛名は北川郁江……。一昨年の九月利用分の代金明細一覧が記載されている。

「探すのに時間がかかったけど、捨ててしまわないで良かった！　これを見れば分かると思いますけど、母は東京のデパートやスーパーで、カードを使っていろいろな買い物をしているんです。沼井崎市に移ってからは、近所ではほとんど買い物をしませんでしたから。ゴンが死んだ後だって、自分の服や靴を買っています。

事故当日にも、ほら、京都のお菓子屋さんからお取り寄せの注文をしていますよね？　注文したこのお菓子が結局どうなったのか、あたしは知りませんけど」

「ふん。なるほどね」

「母は栗羊羹とか最中《もなか》とかの和菓子が大好きだったんです。こんな風に自分の好きな食べ物を注文していた人が、その夜に自殺をするなんて、あり得ないと思いませんか？」

それはそのとおりである。

前回、母親と兄の死が絶対に事故であると主張する由紀名に対し、榊原は、保険会社を説得するに足る材料を探すように依頼した。たとえば、事故直前まで郁江が生きる意欲満々であったことを示す証拠はないか？

由紀名はしばし考え込むような表情をしていたが、

「ないこともないと思います。母はポイントが貯まるからって、なにを買うにもクレジットカードを使っていたし、事故の直前までいろいろな買い物や取り寄せをしていたはずです。探せば、カード会社から送られて来た書類があると思うんですけど、そんなんじゃ駄目ですか？」

なかなかいいところに目をつけた。

「そいつはいい！　買い物の中身にもよるけど、今度会う時までに探して私に見せてくれないか」

榊原は答えたのだが、それを受けて由紀名が今日持って来たのが、この利用代金明細書なのである。

なるほど、転落した車から見つかったドーナッツの箱より説得力がある。

「たしかに、その日の晩に死ぬつもりの人間が、数日後に届く菓子を注文するのはおかしい。保険会社に見せる価値は充分ある。でもまあ、人間の行動は自分でも予測がつかないことがあるからね。直前まで精力的に活動していても、発作的に死にたくなる可能性は否定できない」

榊原の言葉に、由紀名は露骨に不満そうな顔を見せた。

「ですけど、母が事故直前まで生きる意欲満々だったことを示す証拠がないか、っていったのは榊原さんじゃないですか！」

「そうだったね。いや、悪かった……。もちろん、この明細書が見つかったことは大きいよ。

ただね、今回の保険金請求の争点が自殺か事故かという点だけなら、保険会社だってこんなに頑張りはしない。自殺だという明確な証拠はなにもないんだから。高額の借金があったわけじゃないし、郁江さんも秀一郎さんも生命保険に加入していない事実は、これが保険金目当ての偽装事故ではないことを窺わせる強力な材料だ。

じゃあ、保険会社はいったいなにを問題にしているのかといえば、やっぱり事故の態様に不自然な点があることと、最後まで遺体が揚がらなかったことだろうね」

「事故の態様が不自然だというのは、母の本当の目的を伏せたまま説明しようとするからです。母は事故に見せかけてあたしを殺すのが目的だったんです。あたしは海どころかプールにも入ったことがありません。泳げないあたしを海の中に残して、自分だけ助かる予定だったんでしょう……。その下見に出かけて実験をしているうちに、誤って転落してしまったんです」

「由紀名さんはそういうけどね。たとえそれが事実であるとしても、そんな話を普通の人間に納得させることは難しい。それにね。証拠云々の話は別にしても、その説には大きな難点があるんだ。保険金詐欺で偽装事故を起こすための実験をしていたら、その最中に本当に事故が起きてしまった。だから保険金を寄こせと要求しても、保険会社が素直に支払いをすると思うかい？」

由紀名は唇を嚙《か》んだ。

どうやらこの世間知らずの女性は、真実を暴露しさえすれば、世間は納得してくれると信じていたのだろう。

「それとね。仮に、お母さんが由紀名さんを殺すつもりだったとしても、どうしてその下見に秀一郎さんを連れていく必要があったのかな？　秀一郎さんは、べつに由紀名さんを憎んでいたわけじゃないだろう？　お母さんは、秀一郎さんに計画を知られたら困るとは思わなかったんだろうか？」

「その答えなら簡単です。それが母のやり方だからです。あの人はいつだって誰かを共犯者に仕立てるんです。姉もあたしも、そして木島先生もその被害者でした。周囲の人間を自分の共犯者にしてしまえば、それだけ自分の身を守れると考えているからです」

「うーん、なるほどね。そうかも知れない。でも、それによって、最愛の息子から軽蔑されたり嫌われたりするとは考えなかったんだろうか？」

「考えなかったと思います」

いいながら、由紀名は座ったまま榊原の方に向き直った。

それが合図であるかのように、膝の上からぽーんと猫が飛び出した。向こう向きに着地すると、そのまま振り返りもせずにゆっくりと立ち去っていく。本日の行事は終了したということらしい。いやはや現金なものだ。

「兄には母に楯突《たてつ》く気概も気力もありません。邪魔なあたしがいなくなって、可愛い兄と二人できままに暮らせれば、それだけで母は満足でしょう。兄の歓心を買うことには熱心でしたけど、兄の心の中なんて、母にとってはどうでもいいんです」

だが、本当にそうだったのだろうか？

「念のために訊くけどね。お母さんが秀一郎さんを愛していたことは疑いがないんだろうか？」

「そうですね」

「突拍子《とっぴょうし》もない話かも知れないが、お母さんは秀一郎さんを殺すつもりだった、という可能性がゼロだといい切れるかな？」

まったく予想外の質問だったらしく、由紀名は目を見開いて見せた。

澄んだ、強い意志を感じさせる瞳だ。

一瞬考える素振りを見せた後、由紀名はゆっくりと口を開いた。

「榊原さんは普段のあの二人を知らないから、無理もありませんけど……。もう一ついうと、母は茨城県の海沿いの漁師町の出身なんです。だから泳ぎは得意です。兄を助ける必要がなかったら、あの程度の事故であの人が溺れ死ぬことはあり得ないんです。兄は泳げませんでした。そもそも水が苦手で、プールに入るのも嫌がって、中学時代はいつも水泳の授業をサボっていたほどです。そんな兄のことだから、車が海に転落しただけでパニックになったに決まっています。車内から脱出するのがやっとだったんじゃないでしょうか？　母は暗い海の中で兄を探し回って、兄を助けようとして一緒に溺れてしまったとしか、あたしには考えられません」

「なるほど……。ところでね。変なことを訊くようだけど、車を運転していたのは、本当は秀一郎さんだったということはないんだろうか？」

それは、実は当初から榊原が抱いていた疑問である。

由紀名はきっぱりと首を振った。

「兄は運転免許を持っていません」

「それは分かっている。きっと教習所に通ったこともないだろう。でも、無免許で運転するということはあり得るからね。お母さんと秀一郎さんは、沼井崎市の家に引っ越しをしてから毎晩のように深夜ドライブに出かけていたんだろう？」

「そうですけど……」

「毎晩二人は、どこに行ってなにをしていたんだろう？」

「それは……分かりません」

「だろう？　だったら、夜、人気のない場所で、秀一郎さんが運転の練習をしていたかも知れないじゃないか。お母さんは秀一郎さんに甘かった。秀一郎さんがやりたいといえば、こっそり運転をやらせた可能性は高いだろう」

「それで、兄が操作を誤って海に落ちたということですか？」

「そう、それもある。なにも証拠がないから口にこそ出さないものの、保険会社もたぶん同じことを考えているんじゃないかな？　無免許運転は違法行為だから、その結果事故が起きても、保険会社には保険金支払義務はない」

「そういうものなんですか……」

「もっといえば、秀一郎さんが、故意に岸壁から車を転落させた可能性だって否定はできない」

「兄が自殺しようとしたというんですか？」

由紀名の声が高くなった。

口紅をつけない桜色の唇を震わせている。ただでさえ肉の落ちた頰がますます引き締まって、表情が険しい。そんな可能性は微塵《みじん》も考えたことがなかったのか、それとも内心では秘かに案じていたことなのか、榊原には判別がつかなかった。

最初に理恵子から話を聞いた時には、かたくなに無感動・無表情を貫く少女を思い浮かべたものだが、目の前にいる現実の由紀名は感情の起伏が激しい。「引きこもり」という言葉から受ける先入観は完全に誤りであると痛感せざるを得ない。

「秀一郎さんが自殺する理由が絶対にないとはいえないだろう？　彼も彼なりに悩んでいたはずだ。計画的な母子心中ではなくても、夜の港をドライブしているうちに、発作的に死にたくなることだってある」

「…………」

由紀名もすぐに反論はできないらしい。じっとなにかを考えている。

と、突然、由紀名の顔がパッと輝いた。

「でも、兄はあの事故の直前にマウンテンバイクを買ってもらったばかりだったんですよ。ほら、さっきのクレジットカードの利用明細を見れば出ていると思いますけど」

急いで手元にある利用代金明細書を覗き込む。

なるほど、事故の四日前の日付で、通販による三万一千円の購入代金の記載がある。

「これに間違いありません。事故の五日前、飼っていた犬のゴンが突然死んだんです。兄はそれまでゴンの散歩を担当していて、母は、兄が外出するようになったのをとても喜んでいたんですね。それで兄に、別の新しい犬を探してやるといったんですけど、兄は『当分ほかの犬の相手をする気にはなれない。その代わりに、一人で外に出る時のために自転車が欲しい』っていったんです」

「それで、そのマウンテンバイクは届いたの？」

「はい、もちろん。兄は、届いたその日からさっそく乗っていたようです。昼間は寝ているから、乗るにしても夕方からですけど。

もし榊原さんがいうように、兄が車の運転をしていたとすれば、一人で外出するために自転車を買う必要はないですよね？　自動車の方が他人と顔を合わせないで済むし、よっぽど便利なんですから。とにかく、兄が事故当時、特別落ち込んでいたということはありません。いまさら自殺するくらいなら、とっくの昔に自殺していたはずです」

「なるほど。で、そのマウンテンバイクはいまでもあるの？」

勢い込んで喋っていた由紀名だが、そこでトーンが落ちた。

「いいえ。事故の後、あたしが施設にいた間も沼井崎市の家に置きっ放しだったんですけど、東京に戻って来ることになった時に、建物と一緒に、母と兄の荷物は全部処分しちゃったんです。アパートは狭いから、書類とかのかさばらないものしか持って来れなくて……。いけなかったですか？」

「いや……。保険会社との交渉にはあった方がいいけど、まあ仕方がない。じゃあ、最後にもう一つだけ。お母さんと秀一郎さんが実は現在もどこかで生きているという可能性は、万が一にもないんだろうか？」

「ありません」

由紀名の返事は明快だ。

この利発な女性がほとんど学校に行ったことがないというのなら、学校教育とはいったいなんだろう……。榊原は嘆息したい気分になった。

「母と兄が、家もお金もなしにどこでどうやって生きているというんですか？」

まったくその通りだ。

もっと現実的な話をするべきなのである。

「それじゃあ、ここでちょっと話を元に戻そうか。

これまでの由紀名さんの話を整理すると、ざっとこういうことになる。由紀名さんの母親の北川郁江さんは、まず最初に夫の北川秀彦氏を毒殺し、木島医師の協力を得て生命保険金を手に入れ、次に、菱沼家の養女となった由紀名さんに放火殺人を強要して菱沼健一・美恵子夫妻を殺害させ、火災保険金を含めた菱沼家の財産を奪い取った。それだけでは飽き足らず、郁江さんは今度は事故死に見せかけて由紀名さんを殺害することを企て、誤って長女の亜矢名さんを死なせてしまうが、そのぶん家主から高額の賠償金をせしめることに成功した。そして、新たに自動車の転落事故を偽装した由紀名さん殺害計画を練るに至るが、現場で下見をしている最中に誤って岸壁から転落し、同乗していた長男の秀一郎さんもろとも溺れて死んでしまった……。これで間違いないかな？」

「はい、そのとおりです」

由紀名が頷く。

その姿を横目で見ながら、榊原が続ける。

「だけどね。問題は、それが真実だとして、はたしてそれをそのまま保険会社や第三者に話すことが妥当かどうかということだ。そりゃあ、その話を聞けば、保険会社も北川家の特殊な事情を理解はするだろう。でも、さっきもいったように、保険金を払ってくれるかどうかは別の話だ。保険金詐欺を企てた者が、その計画実験段階で誤って本当に事故を起こしたとしても、保険会社が、はい、そうですか、と支払いに応じるとは思えないな」

「そうなんですか」

由紀名が肩を落とした。

「それに、これまで繭の中で生きてきた由紀名さんには想像するのは難しいかも知れないが、いずれ世の中に出て行けば、世間の目というものから逃れられない。刑事責任年齢とか、親に強要されたとかいったところで、由紀名さんが菱沼のご両親にしたことは放火殺人に変わりはない。もちろん、由紀名さんの話を聞いて同情してくれる人はいるだろう。だけど、それ以上に由紀名さんを非難したり迫害したりする人間が大勢いるはずだ」

由紀名は俯いたまま返事をしない。

その表情は見えないが、正直に事実を語ることのなにがいけないのか、不本意な気持ちの方が強いのではなかろうか？　かわいそうだが、ここで事実をいってやらなければ、いずれ本人がもっと痛い目に遭うだろう。

「人間って動物はね、弱い者に対しては恐ろしいまでに残酷だ。この話が世間に広まったら、間違いなく由紀名さんはマスコミの餌食になる。菱沼のお父さんとのことも、実の母親から命を狙われたことも、奴らは絶対に由紀名さんを純粋な被害者として扱っちゃくれない。面白可笑しく話題にして、好奇の目で見るだけならまだいいが、下手したら血祭りに上げられる。悪いことはいわない。私に話してくれたことは、今後は自分の胸だけにしまっておいた方がいい」

「でも、それじゃ保険会社は……」

「そう、保険会社は相変わらず支払いをしぶるかも知れない。だが、敵だって確たる証拠を握っているわけじゃない。強気を装っても、本音は裁判で争いたくはないはずだ。今日持って来てくれたクレジットカードの利用明細書でも、充分交渉材料になると思うよ」

「そうでしょうか？」

由紀名はようやく安堵《あんど》の表情を見せた。

繭の中で生きてきたという由紀名にも経済感覚は備わっているのか、それとも経済に疎《うと》いだけに目先の金が頼りなのか、榊原にはいま一つこのうら若い女性の心の内が読めなかった。

もし自分の娘と面会したとしても、こんな感じなのだろうか？

「でもまあ、無事保険金が下りたとしても、一生預金で食えればいいというもんじゃないからね。自分の生きていく道は決めないといけない。由紀名さんはこれからどうするつもりなの？」

榊原が尋ねると、

「まだ決まっていません」

由紀名はゆっくりと首をふった。

「ですけど、とりあえず勉強をしなくちゃ、とは思っています。あたし、小学校も満足に通っていないので、大学に行くなんて到底無理だと思い込んでいたんですけど、養護施設で聞いたら、けっこういろいろな方法があるみたいなんです」

そうなのか？　榊原は驚いたが、考えてみれば、本人の病気や親の都合その他様々な理由で、学校に行けなかった人は少なくないだろう。そういう人々が、成人してからもう一度勉強したいと思った時、小・中学校を卒業していないことが致命的な障壁になるようでは困る。

だがまあ、そういった問題は教育関係者の専門分野だ。具体的にどんな方法があるのか、榊原には見当もつかない。

「由紀名さんとしては、どういう方法を考えているのかな？」

「高等学校卒業程度認定試験という制度があるそうなんです。略して高認っていうんですけど、十六歳以上の人は誰でも受けられることになっていて、それに受かれば、高校はもちろん、中学校や小学校を卒業していなくても大学や専門学校に進学できるんです。あたしはちゃんと先生に教わって勉強したことはないんですけど、姉が家で勉強を教えてくれていました。施設の先生は、高認のレベルはそんなに高くないから、やる気があれば、あたし程度の学力でも充分受かるっていうんです」

「ほう！　それはいいね」

「でも、高認に受かっても、それから先が大変みたいです。大学にしても専門学校にしても、入学試験は一般の高校卒業生と一緒に受けるわけだから、あたしみたいに一人で教科書を読んでいる程度じゃダメなんです。塾とか家庭教師について相当勉強しなきゃならないし、あたしみたいな経歴の受験生はやっぱり敬遠されるかも知れないし……」

「なにを勉強したいの？」

　話をしているだけでも、由紀名の聡明さは明らかだ。知識の質・量はともかくとして、理解力では並の高校生に負けないどころか、優っているといってもいい。由紀名がどういう将来を心に描いているのか、純粋に興味が湧いた。

「姉が成英大学の理工学部に進学する予定だったんです」

「亜矢名さんは秀才だったんだね。それで、由紀名さんも同じ理系を目指すの？」

「やってはみたいです。でも、あたしは姉みたいに頭が良くないから……」

「そんなことはない。さっきから気になってたんだけど、由紀名さんが大の勉強家だということは、その指のペンだこを見れば分かる。亜矢名さんのことは知らないけど、由紀名さんだって決して負けないと思うよ。これはお世辞なんかじゃない。ほんとのことだ」

が覗いている。

由紀名はほんのり顔を赤くして目を細めた。薄く開いた唇の間から、小さな白い歯

榊原が初めて見る由紀名の笑顔だった。

「ところで、由紀名さん。仕事を始める前に、一つ断っておきたいことがあるんだが……」

そろそろ本題に入らないといけない。

保険会社との交渉材料を集めるのは、依頼人のために当然果たすべき業務だが、そのために由紀名の周辺を調査して回るのだとしたら、事前に本人の了解を取っておくことが必要だ。その「調査」には榊原の個人的な興味も加わっているとなれば、なおさらである。

急に榊原の口調が改まったせいか、由紀名が訝《いぶか》しげにこちらを見つめた。

「正直にいってもいいかな？　実は、この間由紀名さんに聞かせてもらった話は、なにもかもがあまりにも衝撃的で、私はにわかには信じられなかった」

「嘘だというんですか？」

由紀名が気色ばんだ。

「あ、いや、そういう意味じゃない。申し訳ない。どうも表現がまずかったね。にわ

かには信じられないほど、衝撃的な話だったといいたかったんだが……」

由紀名はまだ不満げだ。

「由紀名さんサイドに立っている私にしてこれだ。保険会社に限らず、北川さん一家を直接知らない人たちが由紀名さんの話を聞いて、百パーセント信じてくれるかどうかはまったく分からない。

由紀名さんだって、警察や施設の人たちにはこの話をしていないようだが、やっぱり、その点に一抹の不安があったんじゃないのかな？」

「その人たちには話す必要がなかったからです」

「そうか……。でもね。私はただびっくりしただけじゃない。非常に興味を惹かれたことも事実なんだ。

私は仕事柄、これまでずいぶん特殊な世界も覗いてきたが、現代の日本にこんな家族関係が存在するとは知らなかった。私は、北川家でなにが起きたのかをもっと正確に知りたい。そして、周囲の人間が、郁江さんという人やその家族をどういう目で見ていたのかも知りたいんだ。

だから私は、由紀名さんの話に登場した人たちと直接会って、彼らから話を聞いてみたいし、事実関係について自分なりの調査もしたいと思っている。これは由紀名さんの話の裏付け調査としても重要なことだ。ただし、そうなると、調査の過程で由紀名さんにとってさらに不愉快な事実が浮かび上がってくることも考えられる。いうまでもなく、調査によって知り得た秘密は厳守するけれど、由紀名さんはそれでも構わないだろうか？」

由紀名は思案する素振りを見せた。

当然といえば当然の反応である。必要以上に過去の出来事をほじくられるのは、誰だって嫌に決まっている。

しかし、由紀名は突如としてアッと声を上げた。なにごとか思い出したらしい。急いで脇に置かれていた紙袋を取り上げると、中から細長い書簡用の白封筒を取り出した。表にも裏にもなにも書かれていない、なんの変哲もない白封筒である。黙って榊原に手渡した。

封筒の中身は白い便箋《びんせん》が一枚……。榊原が手に取って見ると、ボールペンの手書きで、

借用証

金壱千万円也

本日、確かに借用致しました

木島敦司

北川郁江殿

と記載があり、十三年前の日付が書かれている。

返済期日や利息については、なにも記述がない。

「母の書類を整理していて見つけたんです。これ、木島先生が母宛てに書いた借用証だと思いますけど」

由紀名が榊原を見上げていう。

「そのようだね。ただ、もう時効だな」

「時効……ですか？」

「ああ。由紀名さんは知らなくて当然だけど、債権の消滅時効っていってね。たとえば、誰かが他人に金を貸したのに、借りた奴が返さないとする。貸主には当然、貸した金の返済を要求する権利があるんだが、そのままほっておいて十年以上経過すると、返せという権利がなくなってしまうんだ」

「そうなんですか……。ずいぶんひどいですね」

「法律でそう決まっているんだからしょうがない。権利の上に眠る者は保護する必要がない、ってことらしいね。時効になるのを防ぎたかったら、裁判を起こすなりなんなりちゃんと手を打て、ということだ。たしかに、貸した者の立場で考えるとひどい話だけど、逆に、死んだ父親が二十年も三十年も前に書いたという借用証を持った奴が現れて、子供たちが返済を要求されたら困るだろう？　本人に確認しようにも、肝心の親父はもういないんだから」

「いわれてみれば、そうですね。なら、この借用証も、木島先生に自分が書いたんじゃない、って否定されたら、それっきりということなんですね？　母が死んでいる以上、木島先生になにいわれてもあたしは反論できないですから」

「いや、そうとは限らないよ。これは木島先生本人の自筆だからね。筆跡鑑定という方法もあるけど、仮に筆跡が決め手にならない場合でも、指紋を鑑定すれば、少なくとも木島先生がこの書類に手を触れたことは証明できるからね。まあ、いずれにしても、十三年前では無理だ」

由紀名が黙ったので、榊原は思わず顔を覗き込んだが、

「ですけど」

由紀名の瞳は真剣な光を帯びている。

「この借用証が存在するということは、つまり、姉があたしに話したことは本当だったということですよね？　そういう意味で、これはあたしの話の裏付け証拠にはなら

ないでしょうか？」

　そのとおりである。

　いやはや、由紀名という娘は世間知らずどころではない。充分に探偵事務所の助手が務まりそうだ。

　これは面白いことになってきた。

　榊原の興奮を知ってか知らずか、由紀名は続ける。

「榊原さんが調査をすることは構いませんけど、もし誰かと会っても、あたしの名前は絶対に出さないと約束して下さい。あたしはもう過去の誰とも関わりたくないんです」

　榊原は請け合った。

第三章

元北川医院事務員　瀬戸山妙子の話

あーら、アンタ、本当に探偵さんなの？　こんな老人ホームにいるお婆さんになんの用事かと思ったら、北川医院の調査か。やっぱりね。アハハハ……。そりゃ、アンタみたいないい男がアタシに用があるわけないわよね。

遠くからわざわざご苦労様なこったけど、いま頃とっくの昔になくなった医院のことなんか調べてどうすんの？　息子の方が死んでからだって、十年以上にはなるはずだよ。アタシがあそこを辞めてからも、噂はいろいろと耳に入ってたけどね。やっぱりまだ秀彦先生の借金の問題が片付いてないの？　困ったもんよねえ。

北川医院はね、新宿区ではまあまあ名門の開業医だったんだよ。医院といっても、入院患者のいない単なる町医者だけど……。

まあね、以前は東京中にそういう開業医がたくさんいてね。昔の町医者は自宅で診療するだけじゃなくて、往診っていって、患者の家を一軒一軒診察して回ったからね。白衣を着て、やっぱり白衣で聴診器や注射器の入った鞄《かばん》を持った看護婦を従えて、町中を歩いていたもんだよ。

アンタくらいの年代だとどうだか知らないけどね。アタシが子供の時分は、庶民の家庭じゃ、最後まで病院なんかに行かないで、自宅で死ぬ人がほとんどだったよね。だから、医者といやあ町内じゃ名士で、尊敬されてたわよね。そういや、昔はお寺のお坊さんも、お盆の時期になると、袈裟衣《けさごろも》の裾をひるがえして自転車で檀家を回ってたもんよね。あの頃はお葬式もみんな自分の家で挙げてたんだもの。変われば変わったもんだねえ。

ああ、そうだった、そうだった。アンタ、北川医院の話を訊きに来たんだったね。それにしても、北川医院も最後はひどいことになったもんだよねえ。秀彦先生は秀才だって、学生の頃から評判だったんだけどね。その秀彦先生が北川医院をつぶすなんて、下手に才走って本業以外のことに手を出すと駄目なのよねえ。

そこいくと大先生は、医学的には多少アレかも知れないけど、町医者としてはまあ立派だったわよね。アタシが入った頃には、さすがにもう往診はしてなかったけど、診療時間外でも患者がやって来れば診てあげてたし、それが風邪だの胃炎だのって軽症でも嫌な顔しなくてね。だから患者の評判は悪くなかったね。そこだけは、なかなか大したモンだったけどねえ。

ま、アタシは結局北川医院に十六年勤めたけど、使用人にとっちゃ、決して居心地のいい職場じゃなかったね。中から見ればどこだって同じだっていうけどね、アンタ。やっぱり違うよ。でもさ、歳いって資格もなにも持ってないと、辞めてもほかに行くとこがないからさ。まあ、お世話になったとこの悪口はいいたくないけど、こうしていまだに揉めてるってことは、やっぱり人間の問題よね。

それで、アンタ、このアタシに北川医院のなにを訊きたいわけ？

アタシが北川医院に事務員で入ったのは、もう三十年以上も昔のことになるね。あそこは代々医者の家系なんだけど、あの頃、秀彦先生はまだ医学部の学生でね。父親で大先生の直彦《なおひこ》先生が一人で診療をしてたのよ。ああ、一人でといってもね。もちろん、看護婦は別にいたよ。途中で何度も入れ替わったけどね。

いや、アタシは事務員だから診療の手伝いはしないの。もっぱら受付と雑用だわね。経理なんかはやってないよ。お金のことは、ホラ、大奥さんが握ってたから。大奥さんって人は、細面《ほそおもて》でほっそりした日本的美人で、もともとは北川医院の患者の娘だったたって話でね。だから、実家は普通の会社員。そいで、秀彦先生の上にもう一人娘がいたんだけどね。その人も会社員に嫁いだよね。

開業医の奥さんはどこもみんなそうだけど、あの奥さんもお金には細かくてねえ。どんな弱みがあるんだか知らないけど、旦那には頭が上がらなくてね。いつもビクビクしていたよね。旦那に叱られると、すごすご引き下がって家の中に隠れちゃうんだけど、そのぶんアタシらにはきつくてさ。若い看護婦はもちろんだけど、出入りの業者もよく泣かされたもんだったよ。

なんせ人使いが荒くて、特にアタシなんかは、資格がある看護婦と違ってただの事務員だろう？　診療時間が終わって、さあ帰ろうかと支度をしてると、自分の用事でスーパーまで買い物に行かせるなんてのは朝飯前。自宅の大掃除や片付けまで、女中代わりにこき使われちゃってね。ほんとに腹が立ったわよ。

大先生の方は奥さんほど口うるさくはなかったけど、その代わりに女癖がね……。秀彦先生もその血を引いたらしいけど、若い看護婦が来ると、見境なく手を出すのは困ったもんだったよね。銀髪に縁なしメガネをかけて聖人君子みたいな顔してたけど、根っからの女好きなんだろうねえ。別嬪《べっぴん》だろうが醜女《しこめ》だろうが、歳さえ若けりゃお構いなしときてるんだから。

どうしてアタシにそんなことが分かるのか、っていうのかい？　そりゃ、アンタ。中にいて、見てりゃイヤでも分かるよ。女ってのは、体の関係ができるとたんに態度が変わるからね。それまで、先生に用をいい付けられると、はい、はいって動いてた子が、返事もしないでホイって物を渡したり、ブスっとした顔をし始めたら、間違いないね。アタシのいうことだって素直に聞かなくなるしさ。

それに、こんな話をするのもなんだけど……。まあ、いいか。診察室には、ホラ、診察用のベッドがあるだろう？　毎朝シーツや枕カヴァーを取り換えるのはアタシの仕事なんだけど、時々、変な染みや毛がついてるんだよ。いや、いや、絶対そんなことはないさ。患者の毛かどうかくらい、区別はつくよ。きっと、アタシや奥さんの留守を見計らって、診察室で手軽に済ませてたんだろうね。

あそこは診療所と自宅が同じ敷地だけど別々になっていてね。アタシは通いだけど、家が遠い看護婦は近くのアパートに住まわせてたんだよ。まあ、寮みたいなものだね。だけど先生が看護婦のアパートを訪ねたりしたら、そりゃ、いくらなんでもまずいからさ。

奥さんはとにかく旦那が恐いもんで、文句一ついえないんだけどさ。当然面白くないから、その看護婦に当たり散らすよね。だから来る看護婦、来る看護婦ちっとも居つかなくてねえ。そん時は、次の子が見つかるまで大変だから、こっちが大迷惑！　旦那がそんな風だもんで、奥さんは一人息子の秀彦先生を頼りにしていてね。そりゃもう、高く買ってたわよ。北川医院の跡継ぎじゃなかったら、大学に残って将来は教授になるはずだったって、口癖のようにいってたね。

教授になったかどうかはともかく、秀彦先生は見るからに頭が切れそうでさ。おっしゃるとおり、町医者にしとくにはもったいない感じだったよね。っていうか、はっきりいって、町医者向きじゃなかったね。とっつきも悪いし、患者に説明するのだって、木で鼻をくったみたいな喋り方でさ。アタシもうっかり冗談なんかいえなかったわね。

その自慢の一人息子もまた看護婦に引っ掛かったもんだから、大奥さんもあん時はもう猛《たけ》り狂って大変……。それも自分とこの看護婦だなんて、飼い犬に手を噛まれたようなもんだからね。

そうそう。それが、結局北川医院の若奥さんに納まった郁江さんだよ。

なーんだ、アンタ。郁江さんのことを知りたかったの？　いっとくけど、玉の輿に乗ったからって、そんなたいそうな別嬪じゃないよ。色黒でべつだん愛嬌もないし……。目端《めはし》が利くしっかり者だから、看護婦としちゃ悪くないけどね。茨城かどっかの田舎の出で、小さい頃から男手で育てられたっていうから、そりゃ、北川家の嫁には不足だわね。

本人がいうには、母親が病弱で早くに死んだから、看護婦になろうと思ったそうだけど……。まあ、それだって分かりゃしないね。若奥さんになってからだって、郁江さんの家族や親戚が訪ねて来たことなんか、一度だってないんだから。

アタシ？　アタシもあの女は好きじゃないね。大人しそうに見せかけてはいるけど、アレは腹黒い女だよ。

郁江さんが北川医院に来たのは、秀彦先生が大学病院から戻って診療を始めて間もなくのことでね。郁江さんの方も、看護学校を出てすぐだったはずだよ。初めて会った瞬間から、アタシは、これは用心した方がいいと思ったね。なんだかこう、体温が低そうでさ。トカゲみたいな女だったよね。

若い男なんて、どんなに頭が良くても、こと色恋となれば、女の方がはるかに上手だからね。こりゃ危ないと思ってたら、案の定捕まっちゃったね。どんな手を使ったか知らないけど、子供ができたら女の勝ちだもの。秀彦先生にすりゃ、ほんの遊びのつもりだったんだろうけどさ。郁江さんから妊娠の二文字を突きつけられて、逃げようがなかったんだろうね。

だけど、そこまではいいんだよ。これと狙った男をモノにするのは女の腕だから……。アタシが驚いたのは、その後だよねえ。まさか、若先生を手玉に取る一方で、大先生とも寝てたとは、さすがのアタシも想像もしなかったね。

どうしてそういい切れるか、っていうの？　アンタもずいぶん慎重だねえ。まるで警察みたいじゃないか。大丈夫！　ちゃんと証拠があるんだよ。だけど、これはアタシも他人には話してないんだよ。まあ、もう時効だからいいとは思うけどね。医者は秘密厳守にはすごくうるさくてね。大先生からも、院内での出来事はうかつに外で喋っちゃいけないって、さんざん注意されてたからさ。

そう。あれは、秀彦先生が郁江さんと結婚するっていい出したもんで、家中大騒ぎになってた頃のことでね。大奥さんはショックのあまり半狂乱だったけど、大先生もこの結婚話が気に入らないらしくて、渋い顔だったわよね。

そんな中、たまたま秀彦先生がなにかの用事で診療を休んだ日があったんだけどさ。ちょうどその日、仕事が終わって家に帰る途中で、アタシは忘れ物に気が付いてね。診療所に引き返したんだよ。

そしたら、いつもは仕事が終わったらさっさと帰る郁江さんがまだ残っていてね。大先生と二人で診察室にいたってわけよ。

いやいや、違うんだよ！　まさか、アンタ、アハハ……。アタシは覗き見なんかしやしないよ。

アタシが玄関の戸をそっと開けて廊下に上がったら、診察室から話し声が聞こえて来たんだよ。

「それじゃ先生は、息子の彼女をご自分で強姦しておきながら、そんな女は息子の嫁にはさせられないとおっしゃるんですか？」

紛れもなく郁江さんの声だったね。

アタシはもうびっくりしちゃってさ。

その場を動けなくなっちゃったんだけど、今度は大先生の声で、

「バカな！　なにが強姦だ」

って、聞こえてね。

強がってはいるけどさ。いつもの威厳がなくて、弱々しい物言いだったね。

「いいえ。お言葉ですけど、あれは強姦でした」

あの女の自信たっぷりな口調といったら、傍で聞いていても、「勝負アリ」だったよ。

大先生の悪い癖は、アタシだって知ってるもの。いまでいえば、セクハラだよ。出るとこに出られちゃったら、いい逃れはできっこないよね。

大先生にすりゃ毎度のことだからさ。ちょっと小遣いでも握らせりゃそれで済むと思ってたんだろうけど、まんまと脅しのネタに利用されたんだからねえ。まあ、息子があの女に狙われてるのに気が付かなかったのが、一世一代の不覚だったんだよ。アタシが大先生だったら、もっと用心するけどね。

結局、大先生は二人の結婚を認めざるを得なくなってね。あの女は北川医院の若奥さんに納まったんだよ。もっとも、大奥さんが最後の最後まで抵抗したからねえ。結局、新婦のお腹が大きくなり過ぎちゃって、披露宴はやらなかったけどね。

だけど、そういうアタシもバカだよね。一度なんか、あの女に向かって、アンタもやるねえ、っていっちゃってね。それこそ、トカゲが両手を広げてじぃーっと見つめるような眼で睨まれちゃってさ。きっと、あん時に、いつか機会を見てコイツの首を切ってやろう、って決めてたんだね。アレは、本当に怖い女だよ。はっきりいって、アタシはね。秀一郎ちゃんは大先生と秀彦先生と、どっちの子か分かりゃしないとまで思ってるよ。

秀彦先生と郁江さんが入籍して間もなく、秀一郎ちゃんが生まれて、それからしばらくして亜矢名ちゃん、由紀名ちゃんと続けて女の子が二人できたけど、大先生が生きてるうちは、さすがの郁江さんもそうそう勝手なことはできなかったね。さあね。秀彦先生が、父親と女房との関係に気付いていたかどうかは分からないねえ……。大先生だって、郁江さんが正式に息子の嫁になってからは、いくらなんでも手は出してないだろうからさ。

ただ、夫婦仲がしっくりいってなかったことは間違いないね。北川医院の若奥様になってからは、赤ん坊がいることもあって、郁江さんは看護婦の仕事はしなくなったんだけどさ。仕返しとばかりに、今度は秀彦先生が遊び始めたからねえ。看護婦にちょっかいを出すところは親子でおんなじでね。困ったもんだわ。しかも、最近の若い子は昔みたいに泣き寝入りしないからね。ちゃっかり見返りを要求するから始末に悪いよ。

そのうちの一人なんか、自分だって下心があったんだろうに、当てが外れたとなったら、職場のセクハラだって新宿区の法律相談に行っちゃってね。弁護士が出て来てえらい騒ぎになって……。相当ふんだくられたらしいからね。まあ、遊ぶと高くつくよね。

大先生の体の具合が思わしくなくなったのは、ちょうどその頃だったね。結果的にはすい臓がんだったんだけど、入退院を繰り返して、由紀名ちゃんが生まれて間もなく亡くなってね。いろいろ注文もなかったわけじゃないけど、なんといっても大先生が北川医院を支えてたからねえ。大先生がもっと長生きしてたら、北川医院はあんなことにはならなかったと思うよね。

大先生が亡くなってから二、三年して、後を追うように大奥さんも亡くなってね。北川医院は以前とはすっかり変わっちゃったね。「医は仁術」なんて時代じゃないことは承知してるけどさ。合理的一辺倒ってのもどうかねえ。

まあアタシは、大先生が死んで、これ幸いとあの女にクビにされちゃったからね。

「後は野となれ山となれ」だよ。

そうなの。アタシは、本当なら六十五まで働かせてもらう約束だったんだよ。だけどホラ、文書になってるわけじゃないから……。口約束だから、当の大先生が死んじゃったらそれまでだよね。それにアタシも、どう頑張ったところでどうせ後一、二年だったしね。

大奥さん？　ああ、あの人は駄目。ぜんぜん頼りになりゃしないよ。それに、旦那に死なれてがっくりしたせいかねえ。最後は少しおかしくなってね。周りも持て余してたみたいだね。

アタシのところにも、もうとっくに北川医院を辞めてるのに、時々電話がかかってきてさ。よく愚痴を聞かされたよ。

もともとが意に染まない嫁だったからね。最後の頃は、郁江さんが淹れるお茶は変な匂いがするとか、夜寝ようとすると、蒲団や枕が黄ばんでぐっしょり濡れてるとかいってねえ。まあ、年寄りがそういうことをいい始めたら、まずボケの始まりよね。自分で粗相しといて、分かんなくなるんだよね。ああ、いやだ、いやだ！　歳は取りたくないねえ。

結局、大奥さんの死因はなんだったのかねえ？　だんだん食が細くなって、最後は痩せて来てたわよね。アタシが辞めた後のことだから、詳しいことは知らないけど……。でもまあ、息子が医者だからね。

その秀彦先生も借金まみれのあげくに早死にしちゃったしさ。郁江さんみたいな女を「さげまん」っていうんじゃないかしらねえ。おや、「さげまん」なんて言葉、いまは使わないの？

あーら、こんな話で良かったの？

ほんとに？ こっちこそ探偵さんのお役に立てて嬉しいねえ。また、いつでもいらっしゃいよ。待ってるからさ。

まあね、こんな年寄り相手じゃ嫌だろうけど。アハハハハ……。

大学院生　星拓真の話

ああ、そういうことですか。いや、僕は構いませんけど。ちょうど、暇だし……。

それじゃ、北川秀一郎君はやっぱり亡くなったんですか？

誰から聞いたのか、って、べつに誰からも聞いたわけじゃないです。でも僕、いま親の仕事の関係で横浜に住んでるんですけど、一昨年の秋頃だったかな？　たまたま新聞の神奈川版で、北川郁江さん・秀一郎さん親子が乗っていた乗用車が海に転落して、二人が行方不明になってる、って記事を見たんですよ。それで、これはきっとあの北川君のことに違いない、って親とも話をして、その後どうなったか気にしてたんです。

だけど、それっきりなにも報道されなかったじゃないですか。だから、きっと無事見つかったんだろう、って勝手に想像してたんです。だって、海中を捜索して遺体が見つかったら、普通ニュースになるでしょ？　たまたま別の大きな事件と重なったのかも知れないけど。

でも、もうずいぶん前の話なのに、いま頃になって私立探偵みたいな人が情報収集をしてるということは、なにか事情があったってことですよね？　ひょっとして、単なる事故じゃなくて自殺だったんですか？

あ、いや、べつにそういうわけじゃないんですけど。ただなんとなく、彼ならそういうこともあるかな、って……。

北川君は長い間引きこもりだったんですよ。ご存知かも知れないけど、高校を中退して仕事もしてなかったし、家庭内のこととかいろいろ悩んでいたようだから……。

最後に彼と会ったのは一昨年の三月で、彼の家が、それまでいた東京の港区のマンションから足立区に引っ越しをする直前でした。わざわざ二人で会ったんじゃなくて、僕の家もまだ横浜に移る前だったんで、たまたま近所のコンビニで顔を合わせたんです。僕たちは家がわりと近くて、だから小学校も中学校も一緒だったし、高校は別々だったけど、二人ともよく夜、雑誌とか読みにコンビニに行ってましたから。その時もそんな風で、互いに買い物した後、店の前のベンチに腰掛けてしばらく喋ったんです。その時、彼の家が引っ越しするって聞いたんで、じゃあ、もうあまり会えなくなるな。元気でな、っていったのが、本当に最後になっちゃったんですね。

いや、メールアドレスの交換なんてしてません。それほど付き合いがあったわけじゃないし、第一、彼、携帯を持ってなかったんじゃないかな？　高校中退後も家にこもっていて、親しい友達がいる風でもなかったし。

そんなんだから、僕は本当になにも知らないんですよ。引っ越した先の足立区からまた引っ越して、同じ神奈川県に来てたことだって、あの新聞記事を読んで初めて知ったくらいなんですから。

僕と北川君との付き合いは、小学校で同じクラスになったのが始まりです。といっても、最初から一緒だったわけじゃなくて、彼は四年生の途中で転校して来たんです。その前は、同じ東京だけど新宿区に住んでたという話でした。親父さんは医者だったんだけど、病気で亡くなったそうで、お袋さんと上の妹さんの三人で港区に移って来たんです。後からもう一人、親戚の家に預けられてた下の妹さんが戻って来て四人家族になったけど、実をいうと、その戻って来た妹さんというのがやっぱり引きこもりで……。でも、彼の引きこもりとは違って、ちょっと知的障害っていうか、精神的に問題があるみたいでした。

たぶん家が近かったからだと思うんですけど、転校して来た北川君の席が僕の隣になって、通学路が一緒だし、たまたま互いに好きなゲームが一致したのをきっかけに喋るようになったんです。その当時の北川君は、風邪とかで欠席することは多かったけど、まあ普通でしたよ。僕以外にクラスで友達がいなかったのは事実だけど、転校生だから仕方ないかな、って感じで……。

でも、彼のお袋さんというのがまた変わった人で、母親仲間では当時から有名だったんです。顔は普通のおばさんなんだけど、口を開くとすごくて……。要するに、とてつもなくエキセントリックって感じの人なんですよ。その母親の息子なんで、彼も悪目立ちしてた部分はあるかな。彼本人はいたって大人しくて地味なんですけどね。どんな風に目立ってたのか、っていうと、そうだなあ。小学校は給食だから、食い物の問題はなかったけど、公立だから制服がないんですよ。彼の着てる物や持ち物は、とにかく超高級というかピッカピカで、僕だったらとても恥ずかしくて着られないようなのばっかりなんです。かなり周囲から浮いてましたよね。ウチの母親は、あれはぜんぶなんとかいうブランドだっていってたけど……。あれで転校生じゃなかったら、いじめられてたかも知れないですけどね。高級マンションに住んでいかにも金持ちって感じだったし、そういうのって子供同士でもけっこう意識するじゃないですか。いじめの対象にするかどうか、周りの子たちも遠巻きに眺めてるうちに高学年になって、受験だなんだとバタバタしてるうちに卒業しちゃった、ってとこですかね。

中学校でも、僕と北川君は同じクラスになりました。はい、区立中学です。彼の方は、本当は公立じゃなくて私立に行きたかったみたいですけど、どうも試験に落ちたようなんです。いや、彼から直接聞いたわけじゃなくて、噂なんですけど。でも、かなり信憑性《しんぴょうせい》のある噂ではあるんですよ。入試の試験会場で彼を見かけた奴がいたらしくて……それもただの私立じゃなくて、かの有名な慧星《けいせい》中学なんですよね。そいつは進学塾でも上位表彰の常連だった奴で、自分も落ちたんだけど、北川君が受けてたのにはびっくりしたそうです。だって、あんな超難関校、悪いけどアイツが受かるわけないじゃないですか。

彼の成績ですか？　中の上とかじゃないかなあ。できない方ではなかったけど……。本を読むのは好きみたいで、国語は得意だったけど、英語が苦手だから入試はキツいですよね。

高校も、結局受けた私立はぜんぶ落ちて都立高校に行ったんですけど、それも第一志望のところは受けさせてもらえなくて……。高校は別々になったので、入ってからのことは知りませんけど、彼本人もお袋さんも希望した学校じゃなかったので、よけい登校拒否になったのかな、って僕は思ってるんです。

中学時代の彼は、一言でいえば地味な存在かなあ？　中学はいちおう制服がありますからね。服装で目立つことはないし、部活もやってなかったし。たぶん、僕くらいだったと思いますよ、彼と話をしてたのは。

僕は彼のことは嫌いじゃなかったです。決して悪い奴じゃないですから。お互いオタクっぽいところがあったんで、ゲームの話なんかすると気が合ったし……。だけど、やっぱりクラスの中ではなんとなく浮いてましたよね。サボるというか休みも多くて、お袋さんが甘やかしてるって声はあったみたいです。

てか、もっというと、アイツはマザコンだって噂はありました。母親のいいなりだ、って……。父母会で、お袋さんが娘のことには一言も触れず、「秀ちゃん」「秀ちゃん」と息子のことばかりネチャネチャ嬉しそうに話してるとか、弁当にハートマーク入れてると公言してたとか、ウチでも母親が話題にしてましたし。いわれてみると、たしかにアイツ、弁当はいつもフタを取るや否や、中身も見ないでグシャグシャにかき混ぜて食うんですよ。本当にハートマーク入れられて、他人に見られないように苦労してんのかなあ、って思ったら、なんだか気の毒になっちゃいました。

でも、僕が知る限りでは、クラス内であからさまないじめはなかったですよ。担任が「いじめゼロ運動」に熱心な先生だったこともあるけど、そもそもウチのクラスは大人しい生徒が多くて、そんなに陰険な奴がいなかったから。だけど、卒業後のクラス会では、みんなで当時の話で盛り上がってる時でも、北川君の名前が上ることはまずないですね。僕がなにかで話題に出しても、北川って誰だっけ、っていわれる有様で……。それくらい、影が薄かったんです。

北川君の家に遊びに行ったことは何回かあります。全部で五、六回だったかな?

中学時代の話で、お袋さんが留守の時を狙ってはゲームをやりに行ってたんです。お袋さんは北川君に甘くて、欲しいといえばゲームでもなんでも買ってくれるんだけど、友達と一緒に遊ぶのは駄目ってことらしいんですよ。彼の家はマンションで、間取り的には三ＬＤＫですけど、普通の三ＬＤＫより広くてすごくきれいなんです。いかにも金持ちの家って感じでした。

それで、前にもいったように、彼には妹が二人いるんです。上の妹さんは同じ小学校にいたから、僕もよく知ってます。僕の弟とクラスは違うけど学年が同じで、すごくできるって評判でした。学年でもトップクラスの成績だとか……。活発なタイプらしくて、僕が遊びに行った時も、水泳教室とか英語塾とかでいないことが多かったなあ。

逆に、下の妹さんはいつ行っても家にいるんですけどね。自分の部屋に閉じこもっちゃってるんで、トイレに出て来た時チラッと見かけた程度で……。北川君によると、病気だって話だったけど、寝間着じゃなくて普通の服を着てたし、本当に体が悪いんなら、病院に入ってるはずですよね？

親たちの噂では、なんらかの知的障害があるらしい、ってことでした。そうでなきゃ、親が小学校に行かせないなんてことがまかり通るはずがない、って……。本当に、学校にはぜんぜん行ってないらしいんですよ。だから、僕は下の妹さんのことはよく知らないんです。

北川君の家には広いリビングがあって、僕たちはいつもそのリビングでゲームをしていました。僕が彼の家に行くのは、あくまでもゲームをするのが目的で、だから家の中を見て回る気は毛頭なかったんですけど、一度だけ、北川君の部屋に入ったことがあったんです。最後に遊びに行った日のことでした。

べつに、北川君が僕に入るようにいったわけじゃなかったけど、彼がゲームを探しにリビングと自分の部屋を行き来してたんで、ついなんの気なしに、彼の後にくっ付いて中に入ったんです。一緒に探してやろうかと思って……。それにしても、あの時はたまげたなんてもんじゃないです。

彼の部屋といっても、到底子供部屋ってレベルじゃありません。広さは十畳か十二畳くらいあって、カーテンも壁もカーペットもローズ系っていうのかな、全部赤い色で統一されていて……。それで、壁に設置された彼の勉強机と本箱には、教科書とかのほかにゲーム類がズラーッと並んでるんですけど、それ以外はどうしたって女の人の部屋としか思えないんですよ。

大きな鏡のある化粧台とか、造り付けのクローゼットがあって、部屋中に香水みたいな匂いがしていました。それで、窓際には大きなベッドが一つだけ。それにもバラの模様の赤いカヴァーがかかってるんです。

思わず、

「すげえな！　お前、こんなとこで寝てるのかよ？」

って訊いてしまいました。

後になって考えると、勝手に他人の部屋に入ってあんなことをいっちゃって悪かったな、と思うんですけど、その時の北川君は、

「うん」

と一言答えただけで、特に気まずそうな様子も見せませんでした。

ですけど、どう考えてもあの部屋、というかあのベッドは、彼とお袋さんの二人共用としか考えられないんですね。あのマンションはほかにもう二部屋あるんですけど、一つは上の妹さんの部屋で、もう一つがさっきいった引きこもりの妹さんの部屋なわけです。だから、よく考えれば、残りの一部屋をお袋さんと彼とで使ってることは、当然予想できたはずなんですけどね。僕は到底そこまで頭が回りませんでした。

その後も、北川君は平気な顔でゲームを続けてましたけど、僕は、なんだか見ちゃいけないものを見ちゃった気がして……。だって、もう中学生ですよ。たとえ女子でも、母親と一つベッドで寝たりしないですよね？

とてもじゃないけど落ち着かなくて、早々に引き揚げたんですけど、結果的に、それが彼の家に遊びに行った最後になりました。中学二年の一学期のことです。

彼のお袋さんが僕の家に怒鳴り込んで来たのは、その翌日のことでした。昼間、僕たちが学校に行ってる間のことです。母親から聞かされた話だと、北川君のお袋さんは、僕がお袋さんの留守を狙って彼の家に上がり込んでいる、と苦情をいいに来たそうです。

「ウチには宝飾品や高価な品物もいっぱいあるし、特に下の娘は病気ですから、知らない人間が来ると怯えてしまうんですよ。絶対に刺激をしないように、お医者様から厳重に注意されているんです。それなのに、ウチの子が大人しいのをいいことに、お宅の息子がゲームをやらせろ、って、アタクシの留守中に強引に上がり込んで……。あげくは家中を引っ掻き回して帰っていったんですよ。

本当にお宅ではどういう教育をしているのか、ゲームくらい、他人に迷惑をかける前に親が買ってやればいいでしょうに！　もしなにか紛失しているようなことがあったら、どうされるつもりですか？

それに、下の娘は恐怖のあまりすっかり神経過敏になっているんです。なにかあった時には、そちらに責任を取っていただきますから」

最初は玄関で普通に話してたらしいけど、興奮するにつれてだんだん声がデカくなってきたそうです。

そうなると、ウチの犬はキャンキャン吠えまくるし、北川君のお袋さんは目は血走って鼻まで赤くして、まるで鬼みたいな形相《ぎょうそう》だったらしいんですよ。

実は僕、ウチの親には、北川君の家に遊びに行ったことは話してなかったんです。ウチの母親が、北川君のお袋さんにいい感情を持ってないことは分かってたから……。それで、ウチの母親はその場では反論ができなくて、今後は二度とお宅に遊びに行かせません、って約束させられたらしいんです。そのぶん、後で僕がさんざん怒られましたけど。

僕から話を聞いた母親は、もう猛り狂ってましたね。「一方的に向こうから責められっ放しだったのが悔しい。ひと言いってやらないと腹の虫が治まらない」って、北川君の家に電話しようとしたんですけど、父親が止めたんです。「そんな奴の相手はするな。逆恨みでもされたらこっちが損するだけだ」って……。それで僕も、北川君とは今後いっさい付き合わないことを約束させられたんです。

だけど、その後も僕は彼と絶交したわけじゃないですよ。もちろん、家に遊びに行ったりはしないけど、学校で口も利かないなんてことはありませんでした。

僕が思うには、彼は、お袋さんがウチに怒鳴り込んで来たことは知らないんじゃないかな？

翌日学校で会った時、彼は、

「ウチの親が、妹が怖がるから家に他人を連れて来ちゃいけない、っていうんだ……。悪いけど、もう家では一緒に遊べない」

って、とても辛そうな顔でいっていました。

あの日、たしかに僕は彼の部屋の中に入ったけど、絶対にどこも触ってはいませんん。だから、あの日に限って、僕が来たことがお袋さんにバレたんだとしたら、彼は、僕の前では平静を装っていたけど、やっぱり、僕に寝室を見られて動揺してるのが顔に出ちゃったんじゃないのかな、って思うんですよね。

本当なら、こっちも相当ムカついてたから、

「お前、ふざけるなよ！　俺がいつお前の家に強引に上がり込んだんだよ？」

って、いってやるつもりだったんですけどね。

なんだか彼がかわいそうになってきちゃって、責めるなんてとてもできませんでした。彼が悪いわけじゃないんだし……。

それでもやっぱり、一度そういうことがあると、なんとなく気まずい感じって残るじゃないですか。結局その後卒業するまで、前みたいに親しく話をすることはなかったなあ。

中学卒業後は、それぞれ違う高校に進学したんで、北川君と顔を合わせる機会もめっきり減りました。時々コンビニで夜ばったり会うくらいですね。会えば、いつも挨

拶程度の立ち話をしていました。

だけど、高校一年の夏休みだったかな？　たまたま、中学時代の部活の仲間で、彼と同じ高校に行った奴と話をする機会があったんですよ。そいつから、北川君が不登校になっているという話を聞いたんです。

「お前、中学で北川と同じクラスだっただろ？　アイツ、引きこもりになっちゃってよ。五月頃からずーっと休んでるぜ。たぶん、このまま退学じゃないか？」

「そうなんだ……。だけど俺、時々アイツとコンビニで会うけどな」

「まあ、べつに体が悪いわけじゃないからな」

「なんだ？　いじめか？」

「いじめ、ってか……。お前、聞いたことない？　アイツ、母親とデキてる、ってもっぱらのウワサだぜ」

そいつによると、その話は入学当初からあちこちで広まっていて、どうやら噂の出所は父母会だということでした。

父母会の誰かが内装業者で、たまたま北川君の家に出入りしていたみたいです。北川君のお袋さんと、支払いかなんかの件で揉めたらしいんですけど、その人の奥さんが父母会の役員をやっていて、率先して噂を広めているというんです。

「アイツの家って、なにからなにまでピンクで頭おかしくなりそうなんだってよ。

本当に頭のおかしい妹もいる、って話だし」

そいつは僕が北川君と親しかったことは知らないんで、僕も黙って聞いてましたけど、いずれこうなるのは時間の問題だったのかもなあ、と思って……。どう考えても、あのお袋さん、異常ですもん。

そんなことがあった後の秋頃だったかな？　ウチには犬がいるんですけど、犬を連れて夜の散歩に出た時、ばったり北川君に会ったんですよ。

「お前、学校に行ってる？」

この機会に訊いたら、チロッとこっちを見てから、すぐに目を逸らしたんです。それで、ああ、やっぱり行ってないんだな、って思って……。

彼は僕の質問には答えないで、僕が連れている犬に目をやると、ぼっそりひと言、

「俺もこんな犬、欲しいな」

呟くようにいったんです。

ウチの犬はゴールデンレトリバーなんですけど、犬はとっても利巧だし、ペットがいれば、彼にとって色んな意味でプラスなんじゃないかと思ったから、

「お袋さんにいって、買ってもらえよ」

気楽にいっちゃったんですよ。

そしたら彼は、淋しそうな顔で、

「犬は駄目だ、っていわれてるんだ」

って……。

まあ、彼の家はマンションだから、ペットを飼うのは無理なのかも知れないけど、その程度の望みも叶わないなんて、つくづく哀れな奴だと思いましたね。


その後も、北川君とは何度かコンビニで顔を合わせましたけど、新発売のゲームのこととか、特になんてことない雑談しかしてません。彼が結局あのまま高校を中退して、就職もせずに引きこもりをやっているという噂は、僕の耳にも入っていました。それだけに、二人とも意識的に無難な会話をしてたという部分はありますね。

だから、最後に彼と会った日、彼がコンビニの入口で僕が出て来るのを待ってたのはちょっと意外でした。当時は、彼は相変わらずのニートだったけど、僕の方はもう大学生になっていました。

僕に話があるというんで、とりあえずコンビニの前のベンチに並んで腰を下ろしたんですけどね。

彼が、

「俺、引っ越しすることになった」

っていったんで、ふーん、そうなんだ、と思ってたら、続け様にいきなり、

「お前、俺が母親と寝てると思ってるんだろ？」

ときたんですよ。

「俺について色んなウワサが流れてることは、当然知ってるよね？」

って……。

突然そんな話題を振られたら焦りますよね？

それに、噂を知ってるもなにも、僕は実際にこの目で彼の部屋を見てるじゃないですか。まさか空々しくとぼけることもできないし……。

だけど、彼はお構いなく、

「俺は母親と一緒に寝てるけど、ただそれだけだよ。子供の時からずっとそうだし、べつになにもしていない……。だから、ほかの連中にどう思われても、それはいいんだけどね。俺、どうしても分からないんだ。仮に母親となにかあったとしてもだよ。家族同士で寝るとなにがいけないんだろう？」

真顔で訊いてくるんですよ。

「そりゃ、やっぱりまずいんじゃないか？」

どういったらいいか分からないんで、仕方なく適当に答えると、彼、とても不満そうでした。

「みんな、近親結婚だと、生まれて来る子供に優生学上の問題が生じるとかいうけどさ。それじゃ子供を産まなければ構わないのかな？」

僕が黙ってしまうと、彼もそれっきり口をつぐんで、僕の返事をじっと待っているんです。

重苦しい妙な雰囲気に耐えられなくなって、もうなんでもいいから喋って話題を変えようと思った瞬間でした。

「お前、イモセってどういう意味か知ってる？」

突然、彼が訊いてきたんです。

「イモセ？　なんだ、それ？」

逆に僕が質問すると、彼は両手を首の後ろに回してベンチにもたれ掛かり、暗い夜の空を見上げながらいったんです。

「古い日本の言葉で夫婦のこと。万葉集にも出てくる。漢字で妹に兄と書くんだ。だけど、どうして妹と兄と書いて夫婦の意味になるのか分かる？

それはね、太古の日本では、男は自分の姉妹と、女は自分の兄弟と夫婦の関係にあったからなんだって……。少なくとも、そういう説があるらしい」

まるで自分にいい聞かせているみたいでした。

実際、彼は自分にいい聞かせてたんじゃないかなあ？

僕は彼の真意を測り兼ねて……、てか、どう反応すべきか分からなくて下を向いちやったけど、彼はそのまま独り言のように喋り続けてましたから。

「たとえば、妹と俺は父親が違う……。それでも、きょうだいには違いないけどね。それで、もし俺と妹の間に子供が生まれたとしたら、それは絶対にまずいことなのかな？　そんなこと、いったい誰が決めるんだろう？」

なんだか話がどんどん変な方向に行くんです。

返事に困って、そーっと顔を上げて盗み見ると、なんとアイツ、声を出さずに泣いてるんですよ。

こりゃあ無理やりにでも話題を変えなきゃ、と思って、気が付かないフリしてわざとさり気なくいったんです。

「それよりさあ。お前、なんで引っ越しするんだよ？」

「もっと家賃の安いとこに移ることになったんだ。いまいるマンションは高いからね」

「遠くに行くのか？」

「いや、都内だけど……。足立区の西潮南駅近くのボロいマンションらしい」

「らしい、って、お前、まだ行ったことないの？」

「ない」

考えてみれば、北川君のお袋さんって働いてないんですよ。親父さんが医者だったと聞いてたんで、なんとなく金があるんだろうと思ってたけど、どうもそうでもなかったらしくて……。

妹さんとは父親が違うなんて初めて聞いたけど、けっこう複雑な事情があるみたいだし、冷たいようだけど、あの時の僕はあまり深入りしたくない気分だったんです。だから、その後逃げるようにサラッと別れちゃって……。結果的に、それが最後になっちゃいました。

北川君の不幸は、あのお袋さんと離れられなかったことだと思いますね。優しい性格だったこともあるだろうけど、彼自身がお袋さんにもたれ掛かってた部分もあると思うんですよね。

最後も結局お袋さんと一緒だったわけでしょ？　死ぬのまで母親と一緒だなんて、悲し過ぎると思いませんか？

榊原さんでしたっけ？　北川君の妹さんたちはいまどうなってるんですか？

特に上の妹さん。活動的な子で、兄貴とは正反対だったけど、あれはやっぱり父親が違うせいだったのかなあ？　そうですか。職務上の秘密ですか。

自分にないものを持っているから、彼は妹に惹かれたのかも知れないですよね？

最後に会った時、彼が妹さんの話をしながら泣いてたことを思い出すと、僕、ちょっと後悔しちゃうんです。あの時もう少し話を聞いてやれば良かった、って……。結局、アイツは僕になにを訴えたかったのかなあ？

えっ！　水泳ですか？　いや、彼はおそらく泳げないと思いますよ。体育の授業でプールがある日は、いつもサボって見学したり休んだりしてましたから。水に入るとすぐ中耳炎になるとかいってたけど、幼稚園児じゃあるまいし……。本当は、泳げないんで嫌だったんじゃないかな。

車の運転？　えっ！　あの事故って、北川君が運転してたんじゃないんですか？　新聞を読んでも、地方版のちょこっとした記事だったから、どっちが運転してた、とか書いてなかったんですよ。僕はてっきりアイツが運転していたのかと……。そりゃまあ、教習所に行かなきゃ免許は取れないですけどね。

それじゃ、引きこもりはまだ治ってなかったんですね？

でも、お袋さんが運転していたんだとすると、どうしてあんな事故が起きたんですかね？　僕は本当に分からないなあ。

保険外交員　田中寿々子の話

はあ、私立探偵……ですか。あのう、失礼ではございますが、お宅様は本当に探偵さんでいらっしゃるんですね？　まあ、さようでございますか。それはお見逸れいたしました。まさか、あたくしのような者のところに、私立探偵の方が訪ねて見えるとは思ってもいなかったものですから。ご無礼申し上げました。

ですけど、探偵とおっしゃいますからには、興信所の結婚調査とは違いますわよねえ？　なにかの事件について調べるとか、犯人を追うとかでございましょう？　あら、さようでございますか。でも、その筋の人たちが関わっているとか、危険なこともありますでしょう？　お仕事とはいえ大変ですわねえ。よくなさること。

それで、今日はわざわざあたくしを訪ねていらして、いったいなにをお知りになりたいのでしょうか？　さようでございますか……。亡くなられた北川亜矢名さんについて調査をされているんですね。

あの方もお若いのにお気の毒なことでございました。ということは、当然、お宅様は哲《てつ》と亜矢名さんのことをご承知のうえでここにいらしたわけでございますね？　ですけど、あたくしは、実は亜矢名さんというお嬢さんとはお目にかかったことがないんですのよ。ですから、お話しするほどのことはなにもございませんの。申し訳ございませんねえ。

ご存知かと思いますけれど、哲は亡くなりました。一昨年の八月のことでございました。亜矢名さんの後を追いまして……。さんざん苦しんだ末の、覚悟の自殺でございました。

でも、哲も亜矢名さんも亡くなってかれこれ二年が経ちますのに、いま頃なにが問題なのでございましょうか？　亜矢名さんにはごきょうだいがいらっしゃるそうですから、もしかしたらそちらのご縁談の関係ですかしら？

嫁もあれから実家に戻りまして、いまでは他人も同然になっております。孫の俊《しゅん》が来年は小学校に入学ですけれど、あたくしの方へはなんの連絡もございませんのよ。

もっとも、嫁はもともと、あたくしを俊の祖母とは認めておりませんでしたけれど……。本当に、いま思い出してもひどい嫁でございました。

いつでしたかしら？　あたくしが俊に買ってやりました飴《あめ》を、あの嫁は、当てつけがましくあたくしが見ている前で吐き出させましてね。

「おばあちゃんから貰ったものは、ママに見せないで食べちゃいけません」

と叱りましたのよ。

こちらだって、なんの考えもなしに、歯に悪いチョコレートやキャラメルをやったわけではございません。ちゃんと、ビタミンCの入った甘過ぎないキャンディーを選んでおりますのに……。

間もなく哲の三回忌になりますけど、寂しい法事になりそうでございますわ。あちらは、お寺さんでの法要にも参列する気がないらしゅうございますから……。

嫁の親戚関係だけではございません。哲の件があってからというもの、田中《たなか》の親戚縁者までもが手のひらを返したように寄りつかなくなりましてね。主人が生きていれば、また違いますでしょうけど、本当に世間は冷たいものですわ。

そんな有様で、哲の思い出話をする相手もいなくて淋しい思いをしておりますから、あたくしの知っていることでよろしければなんでもお話しいたしますわ。さあさ、こちらにどうぞ。ゆっくりなさって下さいな。

あたくしは、いまは保険の外交員をしておりますけど、亡くなりました主人は銀行員でございましてね。ひので銀行の竜仙寺《りゅうせんじ》駅前支店長までいきましたんですのよ。まだ五十四の若さで早死にいたしましたけれど、主人が生きておりましたら、哲の不幸もなかったのではないかと思いますと、主人に申し訳なくてなりませんの。

哲はあたくしどもの一人息子で、主人が亡くなりました時は、まだ二十七でございましたのよ。すでに獣医にはなっておりましたけど、まだ独立する前のことで、動物病院に勤務しておりまして。もちろん、結婚前でございました。

あの子は小さい時からとにかく動物が大好きでしたの。幼稚園の頃には、大きくなったら動物園の飼育係になりたい、と申していたくらいでございますけど、主人が、どうしても動物関係の仕事に就きたいのなら、資格を取って獣医になれ、と申しましてね。本人もそのつもりになりまして、大学は迷わず獣医学部を受験いたしましたんですのよ。

獣医といいますと、医者になるよりずっと易しいとお考えかも知れませんけど、そんなことはまったくありませんのよ。医学部と同じに六年かかりますし、なまじっかな医学部より、むしろ入るのが難しいくらいで……。

高校の担任の先生からも、君の偏差値からすれば、東京にこだわらなければ医学部でも充分狙える、って勧められたくらいなんですの。お陰様で、結果は東京農政大学獣医学部に合格いたしまして……。ご存知でいらっしゃいますかしら？　東京農政大学は、獣医学部としては名門なんですのよ。

哲が突然結婚するといい出しましたのは、主人が亡くなって四年後のことでございました。あたくしには事前にひと言の相談もなく、寝耳に水の話でございましてね。報告を受けた時には、本人同士で決めているのはもちろんのこと、もう相手の親御さんの了解も取っているというんですの。こちらはまったくの事後承諾でございました。それで、お相手はどんな方なのか訊きましたら、なんとあなた、「合コン」で知り合った女性だというじゃございませんか。ショックのあまり寝込んでしまいましたわ。だって、「合コン」なんてものは、まともな家庭の娘がすることじゃありませんでしょう？　そりゃあ、世の中には親がほったらかしで、結婚は好き同士で一緒になればいい、という考えのお宅もありますでしょうけど……。あたくしは反対ですわ。いまは時代が違いますから、昔のようなお見合いをしろ、とは申しませんけど、しかるべき方からのご紹介で一対一でお会いするならいざ知らず、グループでワイワイ品定めをするとなりますとねえ。どんな子が紛れ込んでいないとも限らないじゃございませんこと？

哲は学生時代から勉強一筋でやって参りましたから、ああ見えて奥手でございましてね。それが「合コン」などに出て行けば、いいカモになるに決まっておりますでしょう？　嫁の琴美《ことみ》は、それでも親が自営業で、コンビニの経営ではございますけどね。まあちゃんとした家の娘なだけマシでしたけれど、本人の素行は分かったものではございませんから……。

だって、最近の若い女の子というのは、親も学校も自由放任で、躾《しつけ》もなにもあったものじゃない。男友達と遊び放題で処女なんかいないという話じゃありませんか。嫌ですねえ。ですけど、こちらも主人が亡くなって片親になっておりましたでしょう？　そう強いこともいえませんで、結局二人に押し切られてしまったんですの。

結婚を契機に、哲はそれまで勤めていた動物病院を辞めましてね。港区内で開業いたしましたの。開業医は競争が激しくて大変でございますけど、勤務医はなにしろお給料が安いものですから……。それに、あの子にしましても、いつまでも勤務医を続けているわけにも参りませんでしょう？

問題は資金でございましてね。開業費用は、哲の貯金は結婚費用にあらかた消えてしまいましたものですから、あたくしが三百万円を出しまして、残りは嫁の実家に一時融通していただくことにいたしましたんですけどね。結果的には、それが間違いの元でございました。あちらの父親の発言力が強くなって、琴美がすっかり増長してしまいまして……。姑のあたくしのいうことなど、はなも引っ掛けなくなりましたからねえ。

本当でしたら、部屋数があるんですから、ここで一緒に住んで、開業もこの近所ですれば、住居費はかかりませんし、家賃もずっとお安く済んだはずなんでございますけどね。琴美が、姑と同居は絶対に嫌だと駄々をこねたらしいんですの。

二ＬＤＫのマンションを、それもあちらの実家のすぐ近くに借りさせて、あげくに、早く開業しろ、開業しろ、でございましょう？　哲も哲で、港区はこのあたりとは違ってペット関連の需要が多いからと申しましてね。すっかり琴美のペースにはまってしまって……。

こうして開業した「田中ふれあいアニマルクリニック」でございますけど、五階建てマンションの一階を半フロアー分借りましてね。ペットの犬と猫を中心に週六日診療いたしまして、入院患者も受け入れますのに、獣医は哲一人ですから、勤務医時代とは違って大変な忙しさになりました。当然、こちらには滅多に足を運べなくなってしまいまして……。

嫁でございますか？　琴美は、最初の三、四年こそ哲の事務員兼助手を務めておりましたけど、家事とクリニックの両方では遊ぶ時間がなくなるからでしょうねえ。まあ、俊が生まれたこともありますけれど、だんだんクリニックの手伝いはしなくなったようでございます。もともと、動物が好きではないようですし。

孫の俊が生まれたのは、結婚四年目でしたでしょうかしら？　たしか、哲が三十五の年でございますから……。なかなか子供ができないので、心配しておりましたんですけどね。

元気な男の子が生まれて喜んだのも束の間、あたくしが病院に見舞いに参りまして、生まれたばかりの俊に手を差し伸べた途端、琴美が、

「お義母《かあ》さんは触らないで下さい！」

って……。信じられます？

これは哲にもさんざんいったことでございますけど、実を申しますとね。俊の父親が本当に哲なのかどうかも怪しいんですの……。いいえ、血液検査などはしておりません。証拠があるのか、といわれれば、それまででございますわね。でも、ほかの人はともかく、あたくしは騙されませんわ。

だって、俊がお腹にできた当時、哲は朝から晩までクリニックに缶詰めになって、アルバイトの助手がいない日などは泊まりがけで働いておりましたのよ。一方の琴美は、その間、実家の手伝いをするという名目で、しょっちゅう家を留守にしていたんですの。実家の手伝いをしてバイト代を貰う方が、クリニックで働くより割がいいなどと申しましてね。実際、あたくしが夜自宅に電話をしましても、誰も出ないことが何度もございましたから……。

哲ですか？　あの子はお人好しですからね。自分の嫁を疑いたくはないようでしたけれども……。

琴美は子育ても「ほったらかし」でございましてねえ。

赤ん坊がお腹を空かせて泣いているのに、時間が来ないとミルクをあげないどころか、抱っこもしてやりませんのよ。自立心を養うとかで、転んでも手も出さずに見ているだけですし、夜は真っ暗な子供部屋に独りで寝かせっ放しで……。

それで、あたくしがなにかいおうものなら、

「お義母さんの頃とは時代が違います。よけいな口出しをするなら、来ないで下さい！」

って、もう大変な剣幕ですから。

口を出すどころか、あたくしは可愛い初孫を抱かせても貰《もら》えませんでしたのよ。それでいて、教育ママというんでしょうか？　まだ口もよく回らないうちから、やれ公園デビューだ、やれ幼児教育だ、やれリトミック教室だといっては、あちこち俊を連れ歩きましてねえ……。それでしたら、家にいる時くらいは好きに遊ばせてやればいいものを、なんとかいう高価な教育おもちゃを買いそろえて特訓でございましょう？　夫そっちのけで子供にかかりきりなものですからね。俊のために離乳食を作る手間はかけても、哲のためには、おかずにお刺身の一皿も添える気はありませんのよ。哲の好きなお野菜の煮物だって作ってくれませんし……。

ある時、見兼ねてあたくし、申しましたの。

「夫と子供と、どちらが大切なのかしら？」

そうしましたら、平気な顔で、

「そりゃ、子供です」

ええ、そうなんですよ。それはもう「過保護」で。

哲は我慢強い子でございますから、あたくしにはひと一言も愚痴を申しませんでしたけど、家庭が面白くないぶん、よけい仕事に打ち込んだんでしょうね。

亜矢名さんのような若くて純真なお嬢さんに心を惹かれたのも、嫁が嫁なだけに、仕方のないことだったのではありませんかしら?

亜矢名さんは、哲と知り合った時はまだ高校生で、都立三羽高校の三年生でしたそうですのよ。三羽高校といえば、都立高校の名門ですわねえ。卒業後は、成英大学の理工学部に進学される予定だったそうで、優秀なお嬢様でしたのにねえ。お父様はだいぶ前に亡くなられたけれど、お医者様だったというお話ですから、こういう方が琴美と替わってくれていたら……。いえ、ほんとでございますよ。

哲と亜矢名さんが知り合ったきっかけでございますか? 聞くところによりますと、亜矢名さんが偶然道で病気の捨て犬を拾いましてね。たまたま近くにありました哲のクリニックに、なんとか治療して欲しいと連れていらしたそうなんですの。

亜矢名さんのお宅は、クリニックから歩いてほんの十分ほどのところだそうでございますけど、マンションですから、ペットは飼えませんでしょう? おまけに、高校生でお小遣いも限られていますので、治療費を少しまけてもらえないかと頼まれたそうで……。

哲はそれを聞いて感動いたしましてね。

「自分の飼い犬を捨てる人間がいるかと思えば、こうやって捨て犬に情をかける人間もいる。高校生の君ですら自分のできる限りのことをしているのに、獣医の僕が君から治療費を取ることなんかできない」

と答えたそうでございますの。

それからというもの、病気のワンちゃんの様子を見に、毎日のように、亜矢名さんがクリニックに通って来るようになりましたそうで、しだいに入院中のほかの犬の面倒も見たりと、助手のような形になったんでございますね。哲にいわせますと、亜矢名さんは動物の心がよく読めますのだそうで……。

実を申しますと、琴美がクリニックを手伝わなくなってからは、何人かアルバイトの女性を頼んでおりましたんですけどね。動物病院はただでさえ過当競争で、クリニックの経営は相当厳しかったようでございます。二十四時間アルバイトを雇いますと、経費だけで収入を上回ってしまうんだそうですの。なにしろペットには健康保険がありませんからねえ。犬や猫のために何万も払える飼い主が、そうそういるはずございませんもの。

それで哲は、経費節減のために夜間ですとか、昼間でも比較的暇な時間帯は、自分一人で頑張っておりましたので、亜矢名さんが手伝いに来てくれるようになってずいぶんと助かったと思いますのよ。亜矢名さんの方も、ワンちゃんの病気が治っても引き取れない事情があるということで、哲にたいそう感謝していらしたようですし……。

そんな状態が続いていれば、若い二人の間に愛情が芽生えるのは当然ではございませんこと？

哲は、亜矢名さんに出会って初めて、女の優しさに触れた気がしたそうですの。いい加減な気持ちでは絶対にない。琴美ときちんと話をつけて、将来は正式に結婚するつもりだったといっておりました。

二人は純な気持ちで結ばれたんですの。あたくしは存じております。世間がどういおうと、あたくしはあの人たちの味方ですわ。

哲の話では、とりあえず亜矢名さんの高校卒業まで待って、琴美にすべてを告白するつもりだったそうですの。亜矢名さんの方も、まだ親はもちろんのこと、親しい友達にも打ち明けておりませんで、クリニックに来る時には、お母様には、部活やアルバイトで遅くなると説明していたそうで……。

高校生の娘を持つ母親にしましたら、いくら将来結婚するといわれても、妻子ある男の人とのお付き合いは心配でしょうから、当然でございますわね。このあたくしにいたしましても、哲は忙しゅうございましたからね。あたくしのところには三ヵ月に一度顔を出してくれればいい方で、そんなことになっているとはつゆ存じませんでしたのよ。

それが、忘れもしない一昨年のお正月でございます。亜矢名さんの存在が琴美に発覚してしまいましてねえ。かえすがえすも悔やまれることでございました。

発覚した原因でございますか？　あたくしは存じませんけど、女の勘じゃありませんかしら？　頭の悪い女ほど、とかくそういう嗅覚だけは発達しておりますからね。

哲によりますと、二人ともとっても慎重に行動しておりましたそうですの。世間的に見れば、やはり不倫には相違ございませんし、特に亜矢名さんは指定校推薦を受けますので、学校に知れたら大変でございますからね。万一琴美に通話履歴を調べられても大丈夫なように、決して電話やメールでは連絡を取らず、ましてや二人そろって表を出歩いたことはないそうで……。

連絡方法でございますか？　亜矢名さんはクリニックの合鍵を持っておりましたでしょう？　入口を入ったすぐの壁に掛かっている額の裏側が秘密の隠し場所で、互いの手紙やメモを挟んでおいたそうなんですの。手紙でしたら、読んだ後捨ててしまえば、なにも残りませんですものね。

ところが、普段はそれでも良かったんですけれど、年末年始は診療がお休みでございますからね。クリニックで一緒に過ごせないだけに、わずか六日間の間でも、二人はひんぱんに連絡を取らずにはいられなかったようでして……。

　亜矢名さんが拾ったワンちゃんとか、ほかにもクリニックで飼っている猫がおりますから、休診日だからといってクリニックに行く用事がないわけではございませんけど、日に何回も足を運べば、そりゃ琴美に怪しまれるのは当然ですわねえ。

　その正月の二日のことでございました。哲は、家で夕食を済ませてからクリニックに行ったそうでございます。

　その日は親子三人、琴美の両親と連れ立って初詣に参りまして、そのままあちらでお昼をいただいた後、琴美がデパートに福袋を買いに出かけてしまいまして……。午後からは、哲が俊の子守りをさせられていましたのよ。

　前日の元日は、三人でここに参りまして、お夕食を一緒にいただきましたんですけどね。その帰り途、哲が様子を見に立ち寄りました時には、なにも異状はなかったそうでございます。

　正月の二日ですから、人通りもありませんし、周囲のお店ももちろん閉まっておりますわね。あたりがシンと静まりかえっているのは当然ですけれど、入口の鍵を開けて待合室に足を踏み入れましても、いつもでしたら大喜びで吠える犬の鳴き声がしませんので、その瞬間に異常事態の発生を察知した、と哲は申しておりました。

急いで奥の部屋に参りますと、なんとまあ、あなた！　ケージに入っているはずの亜矢名さんのワンちゃんが、種類は秋田犬で、まだ仔犬だったそうでございますけど、無残にも、頭をざっくり切り落とされて床の上に倒れていたんでございますよ。首の付け根から血溜まりが広がって、それはもう、外科手術に慣れている獣医の哲でさえ正視できない惨状でしたようで……。しかも、それだけではございません。転がされた犬の頭上の床には、なにやら血文字らしきものが記されておりまして、よく見ますと、片仮名でたしかに、「ア」「ヤ」「ナ」と読めたのだそうでございます。

それでも、さすがに哲は冷静でございましてね。まずは、やはりケージに入っている猫の無事を確認したそうですの。こちらはさいわいどこも怪我をしていなかったそうで……。そのうえで、死んでいる犬の状態を観察したと申しておりました。

それによりますと、どうやら犬は死んでから首を切られましたようで。なんでも、生きているうちに首を切り落としますと、血溜まりができるどころの騒ぎではありませんで、そこら中に大変な血飛沫《ちしぶき》が飛び散るはずだそうでございますの。

使用された刃物は、クリニックで使っております手術用のメスで、これは血がついたまま床に落ちていたそうでございますが、そうでなくても、傷口の具合から単なる包丁やナイフでないことは一目瞭然だった、といっておりました。手術用のメスというのは、当たり前でございますけれど、たいそうよく切れるのだそうでして……。琴美は、哲の助手として外科手術の手伝いもしておりましたから、メスの扱いには慣れていたのでございましょうね。

死因でございますか？　これも、哲はひと目見ただけで薬物だとピンと来たそうでございますよ。動物病院では、末期の患者を苦しみから救うために、安楽死させる場合がありますでしょう？　調べてみますと、やはりクリニックの薬品が使われた形跡があったそうですの。

はい。最初は、哲も警察に通報しようといたしましたのよ。ですけど、改めて部屋中を見回しますと、なにかを盗まれたり、荒らされたりした形跡がございませんでしょう？　それに、仮に犬に吠えられたとしましても、わざわざ首を切るなんて残虐なこと、到底泥棒の仕業とは思えませんし、ましてや血文字を残したりするはずがありませんものね？

ええ、そうなんですの。結局、この事件は亜矢名さんのワンちゃん、と申しますか、亜矢名さん本人に対する報復が目的だったのでございますよ。こうなったら、疑う余地はございません。犯人は琴美以外にはあり得ませんわね。

それから後のことは、いま思い出しましても、はらわたが煮えくり返る気がいたしますわ。

琴美は、帰宅した哲が問い質しますと、あっさりと自分がやったことを認めたそうでございます。

「君はいやしくも獣医の妻じゃないか！　獣医の妻が、どうしたら罪もない動物の首を切り落とすなんてことができるんだ？」

哲が申しましても、琴美は泣いて赦《ゆる》しを乞《こ》うどころか、かえって開き直ったそうでございます。

「あなたはなにかっていうと動物、動物って騒ぐけど、それじゃ、犬の代わりにあの女の首をちょん切れば良かったわけ？　獣医がなにさ？　獣医なんて、捨て犬が毎日大量に殺されてるの、黙って放置してるくせに！」

ひどく喚き散らしましてねえ。話にもならない状態だったようですの。

哲としましては、いくら嫉妬に駆られたとはいえ、あんな残虐なことをする女とはとても一緒にやっていけない。頭を下げて、どんな条件でも飲むから離婚してくれ、と頼むつもりだったんでございますけど、まあ、とんでもない！　琴美はそんな生易しい相手ではございませんでした。

あくまでも哲に対する嫌がらせなのか、それとも慰謝料を吊り上げる魂胆なのかは存じませんけど、琴美は断固離婚を拒否いたしましてね。それもさんざん口汚く罵《ののし》った後に、しらじらしく、愛しているから別れたくない、などと泣いて見せましたそうで……。

結局、夫婦二人では埒《らち》が明きませんで、最後は両家の親を交えて話し合いの機会を持つことになりました。

ですけど、「この親にしてこの子あり」ですわねえ。どういう事情があったにせよ、クリニックで預かっている他人様の犬を殺した以上、立派な犯罪でございましょう？　当然、あちらの両親からひと言詫びを入れてしかるべきですのに、あの父親ときましたらね。

開口一番、

「妻と息子をこれだけ傷付けて、この償いはどうするつもりだ？」

哲に詰め寄る有様ですの。

開いた口がふさがらないとはこのことでございました。

あまり腹が立ったものですから、あたくし、

「妻と息子を傷付けたとおっしゃいますけど、哲がそうなったにはそうなっただけの理由があることは、どうお考えなのでしょうか？

この際ですから、はっきり申し上げますけど、琴美さんは田中家にとって決して満足のいく嫁ではございません。あたくしは最初からこの結婚に反対でございました。

琴美さんの落ち度を棚に上げて、哲だけを責めるのは筋が通らないと存じますけど」

きっぱりいってしまいましたのよ。

そうしましたら、あちらはグッと言葉に詰まっておりますのに、

「お母さん、そんな失礼なことを！」

なんと、哲が横槍を入れるんですの。

すると、すかさず琴美がここぞとばかりに、

「あたしにも落ち度はあるかも知れませんけど、あたしはいまでも哲さんを愛しています。絶対に離婚はしません。哲さんがあの女ときれいに別れてさえくれれば、あたしは過ぎたことについてはなにもいうことはないです」

哲に媚びて点数を稼ぐ意図が見え見えなんですのよ。

そこで、

「きれいに別れる、って簡単におっしゃいますけどね。相手は犬や猫ではありませんのよ。ちゃんとしたお家のお嬢様で、しかもまだ高校生なんですから、結婚を前提にお付き合いをした以上、それこそこちらに責任がございますでしょう？　おまけに、その北川さんからお預かりしている大切な犬の首を切ったのは、いったいどなたでしたのかしら？　もし先方様に警察にでも行かれたら、どうなさるおつもりですの？」

牽制《けんせい》するつもりで申しましたら、

「いや、それならそれでこちらにもやりようがありますよ。私も気になって、知り合いの弁護士に訊いてみたんだが、他人の飼い犬を殺した場合は、刑法の器物損壊罪というのに該当するんだそうです。

犬は人間じゃないから、殺人罪や傷害罪は関係ない。要は、品物と同じ扱いということですな。それでも犯罪には違いないが、今回の件では、犬の首を切ったことはともかく、琴美があの犬を殺したとは限らんでしょう？ なにかの病気で死んだのかも知れないじゃないですか。焼却する前に解剖したわけじゃないんだから……。

要するに、私がいいたいのはですね。獣医である哲君が検察側の証人になるというなら話は別だが、たとえ琴美が告訴されても警察は死因を特定できないということですよ。哲君だって、琴美を前科者にしたくはないでしょう？ なんてったって、琴美は俊の母親だ。留置場行きは困る。死んだ犬を傷付けただけなら、大したことにはなりませんからね。

それより、お嬢様だかなんだか知らないが、向こうの娘は大した跳ねっ返りのようですよ。哲君より一枚も二枚も上手かも知らん。

弁護士によれば、まだ未成年だとはいっても、十八歳の高校三年生ともなれば、十四や十五の小娘とはわけが違う。充分にことの善悪の判断がつく年齢だから、場合によっては、不貞行為を理由に慰謝料の請求ができるという話でしたよ。日本の法律では、妻は夫の浮気相手に対して、損害賠償を求める権利があるんだそうです。向こうが哲君の責任を問うというなら、こっちも向こうに責任を取ってもらう以外にありませんな」

待ってましたとばかりに、父親が滔々《とうとう》とまくし立てたところを見ますと、あちらはしっかり対策を講じて来たらしいんですの。

しかも、それだけではございませんでした。

「あの北川という家については、私も少し調べましたがね。母子家庭にしては裕福に暮らしているようだが、とかく噂がある一家ですよ。母親の評判も芳《かんば》しくないが、子供たちがまたろくでもなくて、どうやらまともに学校に行っているのはあの娘だけらしい。兄貴も妹も精神病だかなんだか知らないが、勉強もしなけりゃ仕事もせずに家に閉じこもっているそうです。

あの亜矢名という娘にしたって、勉強はできるらしいが、これまでに付き合った男はなにも哲君だけじゃあない。それどころか、内緒でいかがわしいバイトをしていたという話もあるし……。

だいたいね、いまどき清純な女子高生なんて、どこにもいやしませんよ。うちのコンビニにやって来る娘たちを見たら分かる。哲君が騙されたんだ。もっと詳しく知りたいなら、後で哲君には調査結果を教えてもいいけどね。田中さんのお母さんが聞いたら卒倒しますよ。

第一、あの娘は指定校推薦で成英大学に入学が決まってるそうじゃないですか。相当成績が良くなきゃ、成英大学の推薦は取れないそうだけど、素行だって評価の対象になるんじゃないのかな？　今回の騒動も含めて過去の行状が表沙汰になったら、学校だって困る。推薦取り消しってこともあるでしょ？　先方もバカでなかったら、騒ぎ立てないはずですよ」

さすが商売人だけあって、口から出まかせを並べ立てましてねえ。あたくしくらいになれば、年の功で騙されませんけど、哲は学問一筋で世間知らずなものですから、それを聞いて青くなってしまいましたの。後になって聞きましたんですけど、哲がなにより心配しましたのは、亜矢名さんの指定校推薦が取り消されることだったそうで……。あの父親はそこに付け込んだんでございますわ。

恫喝《どうかつ》が効を奏したものですから、あちらはがぜん勢い付きまして、

「哲君にいっておくけどね。琴美はもう一度やり直したいと思っている。俊もいることだし、私らだって離婚はして欲しくない。あの娘ときっぱり手を切るなら、今回の件はきれいに忘れて、今後ともできるだけの援助は惜しまないつもりだよ。

だいたい、一度や二度の浮気でいちいち夫婦別れしてたんじゃ、日本中から夫婦が

いなくなっちゃうよ。ねえ、そうでしょ？　お母さん！」

　このあたくしに向かって卑猥な顔で笑いかけますの。

　ぞっとして思わず身震いいたしましたわ。

　それを知ってか知らずか、父親は続けて追い打ちを掛けて参りました。

「でもね。もし哲君がどうしても琴美と離婚するというんなら、こっちも徹底的にやりますよ。哲君は琴美をバカにしてるだろうが、なにも気付いてないと思ってたんなら大間違いだ。琴美は、仮に裁判になっても勝てるだけの証拠はちゃんと押さえている。なんなら、ぜんぶコピーして学校に送り付けてもいいんだけどね」

　これでは話し合いではなくて、被告席に座らされているようなものでございます。

　若い哲が、海千山千の父親に太刀打ちできるはずもありませんで、青菜に塩……などと申しましても、いまの若い方はお分かりになりませんわね？　哲はすっかり意気消沈してしまいまして、早々と無条件降伏が決まったのでございます。

　亜矢名さんやそのご家族にマイナスになる行為は絶対にしない、ということだけが、哲の唯一の「お願い」でございました。

　二年前の二月のことでございます。

　その後、哲と亜矢名さんの間でどんな話し合いがありましたのか、あたくしは詳しくは存じませんけど、哲は男らしくいっさいの言い訳をせずに、黙ってこのまま別れて欲しい、とひたすら亜矢名さんに懇願したそうでございます。

亜矢名さんへの気持ちは少しも変わっていないけれど、自分にはこれしか選択の道がなかった、と……。

それに対して、亜矢名さんは、涙も見せず、無言のまま気丈に哲の話を聞いていたそうでございます。

そして、最後にひと言、

「あなたはあたしを捨てるわけね」

とだけ……。

いっそ罵詈《ばり》雑言《ぞうごん》を浴びせてくれた方がどれほど気が楽だったか、と哲はいっておりましたわ。

実を申しますと、ワンちゃんの死骸を発見しました時、あまりにも無残な殺され方でしたものですから、哲はとっさに、なんとか亜矢名さんの目に触れさせずに処理をしなければ、と思ったそうですの。当然でございますわね。

ところがでございます。哲がとりあえず血に濡れた床を拭きまして、死骸を段ボールの箱に入れようとした、その瞬間のことでございました。突然入口のドアが開きまして、亜矢名さんが入って来たことを知った時は、もう隠しようもなかったと申しておりました。

なんとも間の悪いことですけれども、亜矢名さんは、お休みの間も時々ワンちゃんの顔を見にクリニックを訪れていたそうでしてね。その晩も、口実を見つけて家を抜け出して来たというわけでございました。

亜矢名さんは、凄惨な現場を目の前にして、しばらく放心したように立ち尽くしていたそうでございますが、やがて、

「奥さんなのね？」

静かに尋ねましたそうで。

「分からない……。でも、たぶんそうだ」

「まるで鬼畜ね。人間のすることじゃない……」

「こんなことになって済まない。僕がうかつだった」

お互い、それ以上の言葉は出て来なかった、と哲は申しておりました。

二人は黙々と死骸を箱に納め、血腥《ちなまぐさ》い床を洗い清めたそうでございます。あたくしでしたら、気が動転してパニックになるところですのに、亜矢名さんは本当に冷静な方で……。じっと悲しみに堪えていたのでしょうけど、ついに涙は見せなかった、と哲も感心しておりました。

ワンちゃんの死骸はそのままにはしておけませんから、哲が出入りの業者に頼みま

して、ペットの火葬場で焼いてもらったそうですの。それが後になりまして、犬の死因を特定する証拠がない、などと琴美側に利用される羽目になりましたことは、いま思い出しても悔しゅうございますわ。

ですけれども、この事件を契機に、哲の気持ちの中で、琴美に対する後ろめたさが消えたのでございますから、琴美もバカなことをしたものでございます。亜矢名さんの言葉ではありませんけど、こんな鬼畜のような女とは、一日だって暮らせるものじゃございませんわ。亜矢名さんも、二人のなおいっそうの絆を信ずればこそ、ワンちゃんを殺された悲しみも乗り越えられたのだと思いますのよ。

それが、たとえ亜矢名さんの名誉と推薦入学を守るためのやむを得ない選択だったとはいえ、結果的に哲の心が変わりましたのが、事情を知らない亜矢名さんにとってどれほどショックでしたことか……。想像にあまりあるものがございます。

亜矢名さんが亡くなりましたのは、その大学入学を直前に控えた三月末のことでございました。

亜矢名さんと別れてからの哲は、仕事に打ち込むことですべてを忘れ去ろうとしたようでございます。

哲はバカが付くほどの正直者でございますから、あちらの父親に約束しましたとおり、その後二度と亜矢名さんとは会いませんでしたのよ。哲の自宅とクリニックは歩いて六、七分の距離ですし、亜矢名さんのお宅はクリニックを挟んで反対方向ですけれど、近所には違いありませんでしょう？　それでも哲は律儀に誓いを守りまして、北川さん一家の住むマンションには近寄りもしなかったようでございます。

　琴美でございますか？　琴美も少しは懲《こ》りましたのか、以前よりは、家事やクリニックの手伝いに身を入れるようになりましてね。内情を知らない方が見れば、夫唱婦随の夫婦に見えたかも知れませんわねえ。

　そんなわけでしたから、哲は亜矢名さんが亡くなったことを知りませんでしたの。亜矢名さんは、哲とお付き合いしていることを学校関係のお友達には秘密にしていたもので、知らせて下さる方もいませんでしたし。

　その哲のところへ亜矢名さんからの手紙が届きましたのは、別れてから半年ほど経ちました八月のことでございます。あ、いえ、亜矢名さんが亡くなったのは三月でございますから、その手紙というのは、もちろん亜矢名さんが生前に書いたものですのよ。内容的には、完全に哲に宛てた遺書ですわねえ。

　実を申しますと、哲は、このあたくしにもなにも打ち明けてはくれませんでしたの。かわいそうに、誰に相談することもできず、一人苦しんでいたらしゅうございます。

ああ、手紙でございますか？　その手紙は、哲が亡くなった時に着ていたジャケットの胸ポケットから出て参りましたのよ。哲は、亜矢名さんを胸に抱きしめながら、あの世へ旅立ったのでございますわ。

手紙の原文は、はい、あたくしが保管しておりますけど……。

では、ちょっとお待ちいただけますか？　いま、持って参りますから。

それにいたしましても、あたくしたち親子の無念さを理解して下さる方が、たとえ一人でも現れたということは嬉しゅうございますわ。やり切れない思いをどなたかに伝えたくても、これまで聞いて下さる方がおりませんでしたから。

愛する哲へ

貴方のいない世界で生きていく勇気がなくなりました
お腹にいる私たちの子供と二人、苦しみも悲しみもない世界に飛び立つことに決めました
いままで黙っていてごめんなさい
でも、貴方には心の負担なしに選択して欲しかった
思い出の八月十四日が来たら、この手紙を投函するように信頼できる人に託しま

した

二人で幸せになる約束は果たせませんでしたが、貴方はいつまでも元気な貴方でいて下さい

さようならはいいません

いつの日か、貴方が来るのを待っています

あやな

これが亜矢名さんの遺書でございますのよ。

哲の子供まで宿しながら、あの若さで……。考えれば考えるほど不憫でなりませんわ。この手紙を受け取った哲も、どんな気持ちでしたことか……。妊娠という厳粛《げんしゅく》な事実を知っておりましたら、哲は、なにがあろうと亜矢名さんとお腹の子供を守ったに決まっておりますもの。

封筒には、亜矢名さんが亡くなった事実を知らせるためでございましょうね。北川亜矢名さんの死亡日時が記載されている、戸籍謄本というんですかしら？　お役所の証明書も同封されておりましたようで、折り畳まれた書類が手紙と一緒にポケットに入っておりました。

いいえ、封筒は見つかりませんでしたの。哲が処分したのではないでしょうか？　哲はとても責任感の強い子でございましたから、この手紙を受け取った時点で、自分も後を追う決心をしたに違いありませんわ。あたくしに相談してくれておりましたら、絶対に死なせはいたしませんでしたけれど、たとえそれが無理でも、なぜあたくしに別れの言葉の一つも残してくれなかったのかと……。

失礼いたしました。人様の前で取り乱しまして、お恥ずかしゅうございますわ。あの時のことを思い出しますと、つい気持ちが昂《たかぶ》ってしまいまして。

亜矢名さんがどういう風に亡くなったかでございますか？　あたくしは存じません。調べる気もございませんでしたし……。

いまさらあたくしがそんなことを知ったところで、いったいなんになりますの？　あたくしは、哲と亜矢名さんはいまあの世で親子三人、幸せに暮らしていると信じておりますわ。

哲が亡くなりましたのは、八月十七日から十八日にかけての深夜でございました。

十七日の晩、哲は午後の診療を終えまして、いったん家に帰って夕食とお風呂を済ませた後、十時頃にまた一人でクリニックに戻ったそうでございます。琴美の話ですと、特に変わった様子はなかったということですけれど、そもそも琴美が夫の異変を察知するような妻であれば、最初からこんなことにはなっておりませんわねえ。

　午前は十時から診療が始まりますので、十八日の朝、十時十分前に事務員兼助手の女性、杉下《すぎした》さんというアルバイトの方ですけれど、その杉下さんが出勤して参りました時には、哲はもうすっかり冷たくなっていたようでございます。青酸カリによる服毒自殺でございました。

　遺体を発見した杉下さんが、真っ先に救急と警察に通報をしてくれましたのは、本当に幸運でございました。もし警察より先に琴美やあの父親が駆けつけておりましたら、亜矢名さんの遺書だけでなく、哲の遺書までもが闇に葬られ兼ねないところでございましたもの。

　杉下さんの話によりますと、哲は、奥の部屋のデスクの前の床に、椅子から転げ落ちたような感じで倒れていたそうでございます。たいそう悶《もだ》え苦しんだ様子が窺えましたうえに、デスクの上には、飲みさしのコーヒーのカップと小さな茶色の薬瓶があったものですから、とっさに自殺だと判断したといっておりました。

　警察の事情聴取の際には、杉下さんは、べつだん自殺をするような兆候はなかったけれど、なんとなく家庭がうまくいっていないのかなという感じはあった、と話していたそうでございます。結局、どんなに取り繕いましても、他人の見る目はごまかせませんのね。

救急隊の方は、死後時間が経過しているということで、遺体を病院には運んで下さいませんでした。そして、次いで到着しました警察が、琴美立ち会いのもとに現場を検証しましたところ、デスクの引き出しの中から、哲の遺書が見つかったのでございます。

比較的早い段階で、青酸カリの服用による自殺という結論が出ましたのは、検視や鑑定の結果に加えまして、哲の自筆の遺書の存在が大きかったようでございます。

短い言葉ではございますけど、いかにも哲らしく率直で……。亜矢名さんの手紙と合わせて読めば、哲が亜矢名さんの後を追った気持ちが痛いほど分かりますわ。

哲の遺書は、ほら、ここにございますわ。亜矢名さんの遺書と一緒に、あたくしが保管しておりますのよ。

あやな、すまない

許してくれ　　　哲

これだけですの。

ですけど、本人が書いたことだけは確かでございますわ。あの子の字にはとても特徴がありまして、他人の筆跡と見間違うことは絶対にございませんから。

あたくしや妻子宛ての遺書はございませんでした。琴美は不満のようでしたけど、この時の哲は、亜矢名さんに対する贖罪の気持ちでいっぱいでしたでしょうからね。ほかのことに思いをいたす余裕などなかったんだと思いますの。恨むわけには参りませんわ。

ああ、この紙でございますか？　これは、クリニックのデスクの上にいつも置いてあったメモ用紙でございますよ。卓上に備えてありましたボールペンで、きっと毒入りのコーヒーを口にする直前に走り書きをしたのでございましょうね。

コーヒーは、インスタントコーヒーにポットのお湯を注いだものでございまして、かわいそうに、哲はいつもそうやって、一人でコーヒーを飲んでいたんでございますの。

はい、あたくしは、警察には正直になにもかもお話しいたしましたのよ。亜矢名さんも哲も亡くなりましたのに、いまさらなにも隠す必要はございませんから。

ただ、一つだけ分かりませんのは、どうして哲が青酸カリなどという恐ろしいものを持っていたのか、ということですの。

刑事さんがおっしゃいますには、いまはインターネットという便利なものがあって、違法な薬物でもなんでも簡単に手に入る時代だということでございましたけど……。歯科医の知り合いには薬品を扱う業者もおりますから、もしかしたら、そういうツテで入手したのかも知れないと思っております。

哲が亡くなりまして、「田中ふれあいアニマルクリニック」は、即廃業という結果になりました。

琴美が、少しの出費でも惜しいからと申しまして、アルバイトの方たちにもその場で連絡をして辞めていただきまして……。まあ、仕方ございませんわね。

クリニックの備品やなにかでございますか？　あたくしはクリニックには関与しておりませんから、どんなものがありましたのか具体的には存じませんが、医療器具にしろなんにしろ、買った時はお高くても、中古品となりますと売るに売れませんですからねえ。お借りしていたマンションを引き払う時に、ぜんぶまとめてゴミに出しましたのよ。

保険金は五千万円が下りまして、全額相続人の琴美と俊が受け取っておりますわ。生命保険は、あたくしが保険の外交員をやっておりますでしょ？　ですからしっかり掛けておりまして……。ええ、そうですの。加入してから年月が経っておりますからね。そういう場合は、自殺でも関係ないんですのよ。

それはともかくとして、あたくしが我慢できませんでしたのは、哲が自殺をしたということで、嫁の実家から、なにか犯罪でも犯したかのように非難されたことでございますの。

哲の葬儀には大勢の方が参列して下さいましたけど、ああいう亡くなり方でございましたから、告別式の後、焼き場に参りますのは一般の方々にはご遠慮いただきましてね。琴美と俊のほかには、あたくしとあちらの両親の三人だけで参りましたんですけど、車が葬儀場を出て人目がなくなったとたんに、あちらは不愉快な顔を露わにいたしまして……。それはもう冷たい仕打ちでございました。

特に、琴美の母親などは、自分の娘が夫を追い詰めたことは棚に上げましてね。

哲の亡骸《なきがら》が茶毘《だび》に付されているその真っ最中に、

「だいたい、分別盛りの男が自殺するなんて、無責任過ぎますよ。冗談じゃありません。勝手に死んだ人間はそれで満足でしょうけど、夫に、別な女の後追い心中をされた妻の身にもなってみろ、っていいたいですよ。

琴美は、こんな中途半端な歳で未亡人にされちゃって、しかもコブ付きじゃ、再婚だって簡単にできないじゃないですか！　まったく、どう責任を取ってくれるんですか？」

空涙の一つも流して見せるどころか、憤懣《ふんまん》やるかたないとばかりにいい募りましたのよ。

自分の娘こそが被害者だという態度で、倹などは、まるで厄介者扱いでございました。あんまり口惜しいものですから、

「ほかの女の後を追ったには、追っただけの理由があったんでございましょ？　犬の首をばっさり切り落とすような嫁では、男が逃げ出したくなるのも当然ではございませんこと？

だいたい、夫の遺体がまだ灰にならないうちから、再婚できるのできないのと、どこをどう押すと、そういう下劣な発想が出て来るんでしょうかしら？」

いい返してやりましたの。

ものすごい形相で睨まれましたけれど、これでやっとこの人たちと縁が切れると思いましたら、せいせいいたしましたわ。

こちらもいう時にはちゃんといいませんとね。それまでは、二言目には、クリニックの開業資金の援助をした、援助をしたと恩を着せられまして……。哲を人質に取られているも同然でございましたもの。

それ以来、あたくしはたった一人で生きておりますのよ。

淋しい毎日ですけど、今日は思いもかけず哲の話ができましたわ。

保険の外交の仕事はいまでも続けておりますから、世間話の相手には事欠きません

ですけど、お客様にこういうお話はできませんでしょう？　長い間心に溜まっておりましたものを吐き出して、本当にすっきりいたしました。よろしかったら、またどうぞいらして下さいませね。

ああ、コピーでございますか？　哲の遺書と亜矢名さんの遺書の両方、お入り用ですの？

そうでございますねえ……。たしかに、亜矢名さんのお身内にとっては、重要なものでございますよねえ……。

分かりました。ようございますわ。お貸しして差し上げます。でも、コピーをお取りになりましたら、すぐにお返し下さいませね。

この辺でコピーを取れるところといえば、やはりコンビニですわね。コンビニでしたら、駅の近くに幾つかございますよ。さもなければ、この家を出られて、駅と反対の方に参りまして、最初の角を右に曲がって、二つ目の信号のところにもコンビニがございますけど。さあ、どちらが近いですかしら？

それでは、ここでお待ちしておりますから、どうぞ行ってらっしゃいませ。

あら、雨かしら？

いえ、大丈夫のようですわ。どうかお足もとにお気を付けて！

会社員　多田野吉弘の話

なに？　俺になにか用？

へえ、榊原さんって、アンタ探偵なのか……。もしかして隣の北川さんの件？　そいじゃ、あの二人、やっぱしまだ行方が分かんねえんだな。

だけどよ。車ごと海に突っ込んだんだろ？　遺体が揚がらなくったって、生きてねえだろ、普通。

うん。事故の直後には警察も来たし、後から保険会社の調査も来たけどよ。話すことなんかねえよ。あの家にゃ結局娘が一人残ったんだけど、その娘がイカレてるもんで、なに訊いてもダメらしくてよ。だけど、そんで俺んとこに来られてもなあ。俺はなにも知っちゃいねえからよ。

普段の北川家の様子？　そんなこた、俺に訊かれたって分かんねえよ。あの一家がここに住んでたのはせいぜい半年だし、家の中に上がったこともねえしよ。付き合いなんてねえんだから。

いや、俺は独りモンだよ。お袋はいるけどさ。もう八十近いし、リウマチだからほとんど家から出ねえよ。俺も昼間は会社だしな。

俺の仕事？　沼井崎の倉庫会社に勤めてんだ。圓山倉庫《まるやまそうこ》株式会社。ま、アンタは知らねえだろうけどよ。定年までは、後四年ってとこだな。

えっ、こんなもん貰ってもいいの？　そりゃ、どうも……。いや、特に話して聞かせるようなこたあねえけどよ。それでもいいんなら、ウチは構わねえよ。じゃ、まあ、こっちへ入んなよ。お袋が茶ぐらい淹れっからよ。


隣はね、もともとは東京の会社社長の別荘だったのよ。俺がガキの頃は、家もまだ新しくて、一家で時々遊びに来てたよね。

もちろん、遊びに来たっつっても、俺たちと付き合いなんかしねえよ。住み込みの管理人夫婦がいて、雑用はみんなそいつらがやっからね。

昔はここいらはけっこうな別荘地で、東京から近いんで人気があったんだな。夏涼しくて、冬もけっこう暖けえからよ。山も海もあるしな。その頃は海外旅行なんかできなかったろ？　だから、金持ち連中はみんな別荘を持ってたのよ。

それがいつ頃からだったっけな？　だんだん来る回数が減って、最後の方は、年に一度来るか来ねえかだったんじゃねえか？　時代が変わって、別荘なんかより面白いとこがいっぱいできたからよ。

そのうち、先代の社長が死んだらしくてな。遺産相続で揉めてたんだかどうなんだか、ずいぶん長いことそのままほったらかしになっててよ。早いとこ売っ払って金分けりゃいいのに、金持ちのやることは分かんねえな、と思ってたんだけどな。不動産屋が売りに出してる、って話を聞いてしばらくしてから、あの一家がやって来たのよ。一昨年の四月だったたっけかな?

昔は建物も庭も立派な別荘だったけど、長いことほっといたから荒れちゃっててね。当然、手入れすると思ったんだけど、そのまま入居して来たんでびっくりしてよ。金持ちも最近は変わったもんだと思ったたな。

ウチは隣っつっても、間に林があっからよ。ちっと離れてるし、こんなボロ家だから、当然っちゃ当然だけど、引っ越しの挨拶もなくてよ。たまたま会社が休みの日で家にいたから、脇から覗いて見てたけど、けっこうたくさん荷物を運び込んでたね。引っ越し屋と一緒に白のワゴン車でやって来たのは、中年の母親に若い息子と娘でさ。後から聞いて、息子と娘は両方とも頭がイカレてる、って知ったけどよ。遠目でチラッと見た限りじゃ、子供らの方はまあ普通だったたな。着てるもんもまともだったし。

母親の方は、引っ越し屋にいろいろ指図してんだけど、それが偉そうな態度でさあ。引っ越しだっつうのに、えらくめかし込んで、高そうな服着て感じ悪かったけどよ。ま、ウチにゃ関係ねえし、こっちも声はかけなかったけどな。

ところが、その晩遅くなってからよ、ウチの犬が庭先でやたら吠えるのよ。ウチのは柴犬だけど、普段はそんなに吠える犬じゃねえんだ。

やっぱし隣に人が来たんで、興奮してんのかと思ったけど、もう夜中過ぎだから、念のため隣の様子を見に行ったらよ。家に明かりが点いてて、カーテンは閉まってたから中は見えねえけど、まだ起きてるんだよな。後で分かったんだけど、あの家は普段から昼間寝てて、夜になってから動き出すのよ。ま、まともじゃねえ、ってこったな。

そいから二、三日したら、今度は隣から犬が吠える声がしてな。どうせ防犯用だろうけど、犬飼ったんだな、と思って、どんな犬か見に行ったんだよ。

そしたら、垣根越しにシェパードが庭にいるのが見えてよ。そばに母親がいたから、

「隣の多田野《ただの》だけど……。いい犬だね」

って声かけたら、ひと言、

「北川です」

ってさ。

派手なメガネかけた目で、こっちをジロッと睨んでよ。愛嬌もなにもあったもんじ

やねえけど、近目だとこれが案外若いんだな。化粧はずいぶん濃かったけどな。

「こないだの引っ越しの時、手伝おうかと思ったんだけどよ……。

お宅の子はもう大きいみてえだが、学校に行ってんのかね？」

なにげなくいったら、えらく不機嫌でよ。

「息子も娘も病気療養中なんです。他人の家のことには構わないで下さい！」

えれえ剣幕でいうもんで、シェパードに触るどころじゃなくってさ。

犬の方は構ってもらいたそうにしてたけど、怒られると怖いから逃げ出したよ。

そいからっつうもんは、たまに姿を見かけても、互いに知らんぷりだね。いつ見ても、チャラチャラめかし込んでさ。あっちは遊んで暮らせる身分だからよ。ハナから俺らなんか相手にする気はねえんだろ。

病気だっつう娘はあれっきり姿見せねえし、息子の方は、夕方薄暗くなってから犬を散歩させてんのを何度か見かけたけどよ。人目を避けてんのか、いっつも帽子を目深にかぶってサングラスしてさ。もう二十歳過ぎだろうに、普段はなにしてたんだかな？　母親もここいらの店じゃ買い物もしねえしな。

ああ、でも一度だけ向こうの庭に入ったことはあったたな。

隣が引っ越して来てから、二、三週間後だったたっけかな？　隣宛てに届いた荷物を、チャイム押しても誰も出ねえ、って配達人にいわれて、お袋が預かってやったことがあってよ。本当は誰もいねえはずはねえんだけどさ。母親が留守だと、息子も娘もいても応答しねえのよ。預かったのは果物だったっけかな？　こんなデッカい段ボール箱だったけど、会社から帰って来て、俺が担いで持ってってやったわけ。チャイム鳴らしたら、母親が顔出してよ。俺の顔見て、またジロッと睨んだけど、自分とこの荷物持って来たのが分かったもんで、さすがに門を開けたね。そいで、重いから玄関まで運んでやる、っていったら、じゃあお願いします、ってことになったんだ。

俺が庭に足を踏み入れると、すぐさまシェパードが飛びついて来てな。俺は犬は好きだけど、段ボール抱えてるとこに、いきなり大型犬に飛び掛かられたもんでよ。思わずよろけた拍子に、あそこの庭は灌木《かんぼく》が生い茂ってんだけど、俺のセーターの左の袖口んとこに枝が引っ掛かっちゃってさ。取れなくなっちまったんだよ。

そんで、荷物を下ろしてなんとかはずそうとしたんだけどよ。小枝が絡まってうまく取れねえんだ。相変わらず犬はワンワン吠えてじゃれつくし、こっちは親切でやってんだから、少しは手を貸しゃ良さそうなもんなのに、あの女、突っ立って見てるだけでよ。仕方ねえから、なにか切るもん貸してくれ、っていったらよ。家の中に走ってって、キッチン鋏《ばさみ》でいいかしら、って、バカにがっちりした鋏を持って来たのはいいが、その鋏がまたえらく使いにくくてよ。指もうまく入らねえ代物なんだ。こんだけ庭があるのに、植木用の剪定鋏《せんていばさみ》もねえのかよ、って思ったけどな。よく見りゃ、草ぼうぼうで木は伸び放題。人手が三人もあったって、やる気がねえ奴ばっかしじゃ、そりゃ駄目だわな。

そんでもって、俺が段ボールを玄関のあがりかまちまで運んだらよ。頭一つ下げずに口先だけで、どうもご苦労様、ってすぐさま追い返しやがってさ。ピシャンと音立てて戸を閉めて、まるで不審者扱いよ。こっちは別に礼が欲しいわけじゃねえけど、こんな時は、箱を開けて中身の一個や二個は寄こすのが普通じゃねえの？

そん時、たまたま玄関からチラッと見えたんだけどよ。まだ開けてないまんまの引っ越し用段ボール箱が廊下に山積みになっててな。奥が見通せねえくらいなのよ。こんなんじゃ、ほんとにここで暮らすつもりなのかどうか、怪しいもんだと思ったけどな。

そいで、後になってお袋が配達人から聞いたんだけどよ。ホラ、宅配の配達人は、お袋とは顔馴染みだからさ。あの後、北川の家から営業所にクレームが来たんだとよ。留守だからって、隣の家に荷物を預けるとはなにごとか、ってえらく怒られたらしいよ。人が親切でやってやったのによ。ったく、信じらんねえよな。

ああ。隣が毎晩夜になると車で出かけてた、ってのはほんとだよ。国道に出るには、必ずウチの前通るからよ。車は引っ越しの時に乗って来た白のワゴン車でさ。運転してたのは、俺が見た時はいつも母親だったね。助手席には息子が乗ってたみてえだな。遠目に帽子とマスクが見えたからよ。娘は……、さあ分かんねえな。

いいや、息子が運転してたのは一度も見たことねえよ。保険会社の調査員にもしつこく訊かれたけどよ。なんかそんな噂でもあんのかね？

毎晩毎晩よく出かけるな、とは思ったけどよ。用事があるのかも知んねえからな。どこ行くのかなんて気にしちゃいねえよ。だから、西沼井港の岸壁から転落した、って聞いた時はたまげたね。なんでまた夜遅くにあんなとこへ行ったかね？　あそこはなんにもねえとこだからよ。

自殺の可能性は考えられねえか、ってことも訊かれたな。だけどそんなこと、隣に住んでるだけで分かるわけねえよな？　金があって毎日遊んでたんだから、死ぬ理由なんて、普通ねえだろ？

うん。犬は死んじまったみてえだね。俺も、あの女はともかく、犬は嫌いじゃねえからよ。あの家の前通るたんびに、なにげなく庭を覗いてたんだけどな。事故の四、五日くらい前から姿が見えなくなってよ。気にはなってたんだ……。

最後に見かけた時は元気そうだったけど、ほんと、どうしたんだろうな？　このあたりじゃ、シェパード飼ってる家なんてねえからよ。残念だね。いい犬だったんだけどな。

いいや。あの女は、飼い犬が死んだくらいで落ち込むようなタマじゃねえよ。

なに、息子？　ま、息子の方は散歩もさせてたからな。可愛がってはいたんだろうな。それにしたって、犬が死んだからって死ぬ奴はいねえよ。

それよりか、あの息子はもともとがうつ病だったんじゃねえの？　引きこもりだったっていうし、犬の散歩してる時も、いつも俯き加減で暗かったからよ。とてもじゃねえけど、声かける雰囲気じゃなかったな。

事故後に母親と息子の姿を見かけたことはねえか、って、そりゃアンタ、ねえに決まってるだろ。保険会社にも訊かれたけどよ。あったら、とっくに警察にいってるよ。

でもな……。いや、やっぱし違うな。いやいや、なんでもねえよ。俺の勘違いかも知れねえから……。

いやな、あの転落事故があった晩のことなんだけどよ。真夜中の二時過ぎだったたっけか、たまたま目が覚めて便所に行ったらな。ウチの犬が急に吠え出したのよ。それで、便所の窓からふっと外を見たらよ。ウチの前の道をな、自転車に乗って、北川さんちの方角に向かう男の姿が庭越しにチラッと見えたんだ。それだけの話だよ。

なんで男と分かるのか、つうのはな。街灯の薄明かりだったけど、帽子も服も男モンだったし、ここらは昼間でも寂しい場所だからな。女があんな時間に一人で自転車に乗るかよ？　夜中なのにサングラスかけて……。

いや、あれだよ。たしかに、そん時は俺も隣の息子かと思ったけどよ。翌日聞いたとこじゃ、息子は母親と一緒に溺れ死んじまった、って話だろ？　そういや、隣の息子が自転車に乗ってるのも見たことねえしな。ありゃ、関係なかったんだな、ってことになったわけよ。

えっ！　ウチの庭にあるマウンテンバイク？　なにいってやがんだよ、あれは俺んだよ。俺が買った……。

いつ買ったか、って、もう買ってから何年にもなるしな。いつ、どこで買ったかなんて覚えちゃいねえよ。

この野郎！　テメエ、俺んとこ来る前に、ウチの庭に入って調べてやがったのか？　あれは一昨年の九月に発売になったモデルだってか？　隣がちょうどその頃買ったヤツと同じだと？　知るかよ、そんなこと！　それより、テメエを不法侵入で訴えてやるわ。

やるならやれ、って……。アンタ警察かよ？　もしかして、榊原さんってほんとは刑事なの？

えっ、元刑事？　マジかよ。

勘弁してくれよ。悪気はなかったんだよ。もういらねえんだと思ったもんで、あんまりもったいねえから、つい……。申し訳ねえ！　頼むよ、旦那。

ぜんぶ正直に話すからよ、ほんと勘弁してくれって！


あのマウンテンバイクはな、隣んちの軒下に置き去りになってたんだよ。

いや、ほんとだってば！　嘘じゃねえよ。あの転落事故の後、隣んちは娘が一人残っちまったんだけどよ。あの娘は家から一歩も出ねえくらい、頭おかしいからさ。そのままにしてはおけねえ、ってんで、市の職員がどっかの施設に連れてったのよ。

そんでもって、隣は、こないだぜんぶぶち壊して更地にしちまうまで、ずっと閉めっ放しだったんだけどよ。あのマウンテンバイクは外で雨ざらしになっててさ。こんなことしといちゃ駄目だと思ったからよ。俺が門越えて庭に入って、ウチに持って来たってわけで……。もちろん、後で返すつもりで……。

へえ、すいません。実は、そうなんで。

旦那、このとおりだ！　頼むから、黙ってこのまま見逃してくれよ！

あの娘は施設に入っちまって、もう戻って来ることあねえと思ったんで、あの日、俺はちょっと中を覗いてみよう、って気を起こしてね。玄関を開けて中に入ったわけでして……。いや、鍵なんて持ってねえけど、あそこんちは、玄関の鍵も何十年前の昔のままだからよ。あんなもん、その気になりゃ簡単に開くのよ。

いや、違いますよ！　俺は盗みの前科なんて……。そんな、とんでもねえ！

嘘だと思うんなら、旦那。元警察なんだろ？　調べてみてくれよ。

中に入ってみると、旦那のいうとおりだ。あのマウンテンバイクは、玄関のたたきに置いてあってよ。ジーピーって高級ブランドで、下手したら三万でも買えねえな。まるで新品みてえだった。そんで、このまんまここで腐らせといちゃもったいねえからよ。ウチで使うことにして……。

やだな。もう勘弁してくれよ。

前に一度、荷物届けに来た時は、廊下いっぱいに引っ越しの段ボールが積んであったけどよ。さすがにきれいになくなってて、市役所の奴らが整理したのか、家ん中はけっこう片付いてたな。

実をいうと、俺、ガキの頃、管理人のおばちゃんと仲良くしてたもんでよ。社長の一家がいねえ時、家に上がったことも何度かあって、あそこの間取りはよく知ってんのよ。

入ってすぐんとこに、洋間のかなりデケえ応接間と書斎があって、ほかに畳の部屋が六つ。後は台所と風呂と便所。便所は二ヵ所な。台所には、アメリカ人が使うような特大の冷蔵庫だの冷凍庫だのがあってよ。やっぱし金があんだな、と思ったね。ほかの部屋にもデッケえ家具だの電気製品だの、とにかくモノがいっぱいだったな。だけどよ。宝石とかカードとか大事な書類とかは、不用心だからまとめてどっかに持ってったみてえでよ。タンスや机を開けても、肝心な引き出しは空っぽでさ。金目のモンはなにもねえでやんの。

いや、旦那。ほんとだって！　ここまで喋っといて、嘘はいわねえよ。家具だの道具だのは貰ったとこで置き場がねえし、女モンの衣類は山のようにあったけど、そんなモン使い道がねえからよ。仕方ねえから、洋服ダンスの中に息子の革ジャンがあったんで、そいつだけいただいて帰ったわけで……。どうもすいません。

ああ、現物を見てえって？　ちょっと待ってくれや。いま、出すからよ。

ほれ、これがその革ジャンだけどよ。貰ってきたのはいいけど、結局ぜんぜん着てねえのよ。良かったら旦那にやるからさ。持ってってくれよ。その方が気が楽だ。これだって、買やあ、けっこう高いんじゃねえか？

へえ、こんな裏側にもポケットがあったのかよ。チャックが付いてるんだな。あ、なにか入ってる！　封筒だな。中身は……。なんだ、ただのカードか。

なにか書いてあるな。

だいすきなおにいちゃんへ

おたんじょうびおめでとう
ゆきな

チョッ、ガキの手紙かよ。札かと思ったのによ。女が右手で弓を引いて、男のシャツのハートマークに矢が刺さってる、って、気持ち悪《わり》ぃ！「しゅうとゆきな」か……こんなもん、いつまでもポケットに入れてるなんて、あの野郎、やっぱしまともじゃねえな。

ああ、俺は構わねえよ。このジャンパーごと持ってっていいからさ。その代わり、警察にはいいっこなしだぜ。

そんじゃ、自転車は貰っておくからな。ちゃんと覚えといてくれよ。これは、旦那がいい、っていったんだからよ。

だけど、旦那。しつこいようだけどね。隣はほんとに荷物はぜんぶ捨てるつもりだったのよ。

事故のあとしばらくしてから、業者が来てよ。中のもんみんな運び出して、建物ごと壊しちまったからね。地べただけにして売っ払うつもりだぜ。その方が、下手に古い家が建ってるより、高く売れるんじゃねえの？

そいで俺、運び出した家具やなんかはどうすんだ、って、作業員に訊いたんだけどよ。ぜんぶ捨てちまう、っていってたからよ……。それなら、もっと貰っても良かったよな。

でもよ。もしも、あの事故の晩、自転車に乗ってたのが隣の息子だったとしたら、いったいどういうことになるんだよ？　二人とも海に落ちたけど、母親だけが死んじまったのか、それともよ……。

分かってるよ。分かってるって！　誰にもいいやしねえよ。

俺だって、厄介事に巻き込まれんのはご免だからよ。俺が寝惚けたんじゃなきゃ、どっかの関係ねえ奴だったのよ。

分かったからよ。もう二度と来るなって！

頼むよ、旦那。

第四章

児童公園

四月下旬だというのに、このところ妙に肌寒い陽気が続いている。風もあり、屋外での面談に最適な日和とはいい難い。もっとも、降られるよりはましで、見上げると切れ切れの雲の上に青空が広がっている。このぶんなら天気は保つだろう。

平日の午後であることも前回と同じだが、一ヵ月前と変わらず、今日も児童公園内に人気はなかった。人気はないが、木々も草も土も、確実に春から夏の気配に移っている。ゆっくりと奥の二人掛けベンチに腰を下ろすと、風が青臭い湿った匂いを鼻腔に運んで来た。

榊原には自然を愛《め》で観賞する趣味はない。興味を持つのは人間と、その人間が織り成す犯罪の曼荼羅《まんだら》模様だけだ。その曼荼羅模様が、混沌とした事実の波間からくっきりと姿を現し始める時、榊原の心身は昂揚感《こうようかん》に溢れ、全神経が目の前の事実に集中する。いまがその時だ。

約束の時刻まではまだ時間がある。榊原は頭をベンチの背もたれに預けると目を閉じた。

由紀名とはこの一ヵ月間連絡を取っていなかった。これほど時間を要したのは、総勢六人に及ぶ関係者からの事情聴取に時間を取られたこともあるが、その結果新たな調査が必要になったことが大きい。思わぬ方面から情報がもたらされたという事情もある。

なにか判明したならした、しなかったならしなかったと逐一報告することは、依頼人の信頼を勝ち得る秘訣だが、自分なりの結論が出るまで、中途半端な報告は入れないのが榊原のやり方だ。今回のように、むしろ自分自身の興味から調査を続行している場合はなおさらである。

連絡が遅くなったことについて、由紀名はなにも文句をいわなかった。榊原の行動に不審を抱いた様子もない。いつものように児童公園で会うということと、日時を指定しただけである。まだ一銭も費用を支払っていないのだから、当然といえば当然だ。

電話の声を聞く限りでは、まったく異状は感じ取れなかったが、本音をいえば、由紀名が今日本当にここに来るかどうかを危ぶむ気持ちが、榊原にはある。由紀名は鈍感な人間ではない。目を開けると、榊原は一つ大きく息を吐いた。

由紀名は、いつもと同じ足取りで児童公園に姿を現した。

急ぐでもなければ立ち止まるでもなく、あくまでも自分のペースで歩を進める。厚手の木綿のセーターにジーンズ、手には紙袋という相変わらず飾らない出で立ちだが、会うごとに女らしい艶やかさが増してくる気がして、榊原は目を瞠《みは》った。

若い女を見るたびに娘の残像を追ってしまうのは、自分では如何ともし難い「業」というものだろう。日々の生活からは完全に消し去った存在だが、だからといって、脳裏から完全に消え去ったわけではない。

別れた時、娘は小学二年生だった。特に可愛くもないが醜くもない、親ですら特段の印象を持てない子供だった。それとも、そのこと自体がすでに父親失格の証しだったのか……。父親に対する最後の眼差しが、愛でも憎しみでも怖れでもない、ぬるい無関心であったことを、微かな痛みとともに思い出す。

北川由紀名という少女を襲った運命を考えると、同じことが自分の娘にも起きないという保証はない。別れた妻はいうまでもないが、その新しい夫も、人間として最低限の良識をわきまえていると信じてはいる。しかし、逆にいえば、信じる以外に自分にできることはなにもない。

ベンチに腰を掛けている榊原を目に止めると、由紀名は軽く会釈をしたものの、かくべつ足を速める素振りは見せない。しっかりとした足取りのまま、ゆっくり近付いて来る。自分の意思のままに生きてきた人間である証拠だ。榊原は目の前の女性を眺め、改めてその感を深くした。

「保険会社との交渉はどうなりましたか？」

榊原の隣に腰を下ろした由紀名は、挨拶は抜きでいきなり核心の話題を尋ねてくる。

その声には、不安や怖れは微塵も感じられない。

「保険会社とはまだ交渉に入っていない。その段階には至らなかった……というより、その必要はないかも知れない。そのことについて、今日は君と話がしたい」

由紀名の表情が微かに変わるのが分かった。

「なんの話をするんですか？」

榊原はしっかりと相手の目を見つめた。

ここで少しでも怯んだら、相手に隙を見せることになる。すごむことも威圧することもいらない。穏やかで、しかも断固たる態度で接することこそが相手にとって最も手強いのである。

榊原はゆっくりと告げた。

「本当はなにが起こっていたのか」

榊原の言葉をきいても、由紀名に動揺した様子は見られない。

ただ、ジッと榊原を見返した瞳に暗い炎がゆらめいている。榊原が先を続けるまで、自分から発言する気はないらしかった。

「保険会社との交渉については、郁江さんと秀一郎さんが、あの自動車転落事故によって死亡したという事実が当然の前提となる。だが、調査の結果、その事実には大きな疑問があることが判明した」

由紀名は黙ったままだ。

「実は、あの晩、転落事故があったと思われる時間帯より後に、秀一郎さんらしき人物を目撃したという人がいるんだな」

由紀名の思考がほんの一瞬止まったかに見えたが、またすぐにその瞳が力を帯びる。

「その秀一郎さんらしき人物は、深夜、自転車に乗って自宅方向に向かう姿を目撃されている。帽子を被り、サングラスをしていたらしい。顔ははっきり見ていないが、普段犬を散歩させている秀一郎さんの姿に似ていたと、目撃者は証言している」

「それだけですか？」

「そうだ」

「仮にその人の話が本当だとしても、帽子とサングラスだけを根拠に、それが兄だったと決めつけるのは無理があり過ぎますよね？」

「まあ、そうともいえる。だが、重要な目撃証言であることも間違いない。なにしろ、その人物が目撃された場所は北川家のすぐ手前の道路上だ。あんな場所を真夜中に自転車で通る人間はまずいないからね」

「ですけど、もしそれが本当に兄だったとしても、その後兄はどこへ行ってしまったんですか？　少なくともあたしは兄が帰って来た姿を見ていないし、物音も聞いていませんし」

「君が嘘を吐《つ》いていれば別だ」

由紀名の白い顔が見る見る紅潮する。

「あたしが嘘を吐いているというんですか？」

「残念ながら、そう考えざるを得ない」

「それなら理由をいって下さい。どうしてあたしが嘘を吐かなきゃならないんですか？」

榊原はそれには答えず、鞄の中からクリアファイルに入った一枚の紙片を取り出すと、由紀名に向かって差し出した。画用紙で作られた粗末な手製のカードだ。

最初は訝しげにクリアファイルを手に取った由紀名だったが、次第に目が釘付けになっていくのが分かった。

だいすきなおにいちゃんへ
おたんじょうびおめでとう
ゆきな

平仮名で記されたたどたどしい文字に、三色のクレヨンで描かれた稚拙《ちせつ》な絵……。キューピッドばりに秀一郎の胸に恋の矢を放っているのは、ほかならぬ由紀名その人である。

由紀名は遠い記憶を探るかのように、しばし目を宙に彷徨《さまよ》わせた。

「そのカードに見覚えはないかな？　秀一郎さんの革ジャンパーの内ポケットの中にあったものだ。なぜそんなものが私の手に入ったのかはいえないが……」

「これはたしかにあたしが兄にあげたカードです。小さい頃、こういう手作りのカードに熱中した時期があったんです。まさか、兄が捨てないでずっと持っていたなんて知りませんでした」

「だけど、君の話によると、君とお兄さんとの結び付きはそれほど強くはなかった……。秀一郎さんが君の心の中に入って来たことは、ただの一度もなかったんじゃないのかな？」

「それはそうです」

由紀名の声音にはわずかに焦燥《しょうそう》の色が見える。

「だけど、子供の頃は漫画やアニメの真似をすることだってあります。あたしだって、べつに兄が嫌いだったわけじゃありませんから。それとも榊原さんは、あたしと兄が共謀して母を殺したとでも考えているんですか？」

「私はそう考えていない。だが、そう考える人間がいてもおかしくはない」

「ずるいい方ですね」

「いや、違うね。だがまあ、それは別として、秀一郎さんと由紀名さんの固い結び付きを窺わせるものは、そのカードだけじゃない。秀一郎さんは実の妹に対して単なる家族愛を超えた恋愛感情を抱いていて、そのことで悩んでいたと証言する人もいるんだ。私は、証言者の人柄からいって、それは非常に信憑性の高い証言だと思っている。

執拗に絡みつく母親から逃れようとする防御本能が、妹への関心という形になって現れたこともあり得る。子供時代に受けたトラウマから抜け出せずにいる由紀名さんと、心の奥底で共鳴する部分もあっただろう。事件発生後の目撃証言とその誕生日カードの存在を重ね合わせると、どんな推論が成立するか、君にも想像できるはずだ」

由紀名は返事をしなかった。

俯いたまま思案を巡らせているようだ。榊原は敵なのか味方なのかを測りあぐねているに違いない。

やがて由紀名は顔を上げると、榊原に正面から向き直った。

「あの晩、真夜中に兄が自転車に乗って帰って来たのは事実です」

ひんやり冷たい空気の中に、由紀名の声が響いた。

今度は榊原が沈黙を守る番だ。次の言葉をじっと待っている。

ふっ切れたかのように、由紀名が語り始めた。

「榊原さんのいうとおりです。兄とあたしは愛し合っていました。あたしたちは精神的には双子のきょうだいだったんです。

あたしが菱沼の家から北川の家族の元に戻った時、あたしにはもはや家の中に居場所はありませんでした。菱沼の家で過ごした一年数ヵ月の間に、当たり前ですけど、あたしは北川家の一員ではなくなっていたんです。家を牛耳っているのは当然母で、兄は母のいいなり、姉は自分の世界を謳歌《おうか》していました。

前に、姉があたしの母親であり、教師であり、友達であったと話したのは、決して嘘じゃありません。姉は、あたしが将来一人で社会に出て行けるように、いつも心を砕いてくれました。姉がいなかったら、現在のあたしはありません。あたしはきっといまだに小学生のままで、大学に進学するなんて誰も想像しなかったはずです。

でも、姉があたしの心の中にまで入って来たかといえば、それは少し違います。姉はなにをやっても優秀な人だったから、兄やあたしのような落ちこぼれの気持ちは理解できなかったんでしょう。あたしのことを心配してはくれたけど、愛してくれたわけじゃない。あたしは、あたしを愛してくれる人が欲しかったんです。兄があたしを精神的に支えてくれたことはない、といったのは、すみません……。嘘です。本当は、兄こそがあたしの心の支えでした。でも、あたしがわざと兄を貶《おとし》めるようなことをいったのには理由があります。もし榊原さんがあたしたちの関係に感付いたら、榊原さんはきっと、兄とあたしが共謀して、母を海に沈めて殺したと考えるだろうと思ったんです」

由紀名はいったん口を閉じると、息を止めて榊原の顔を見つめた。

真剣な眼差しが食い込んでくるようだ。

榊原はそれには答えずに、目で先を促した。

「兄とあたしは二人とも母の犠牲者です。母は、子供にとって一番大切なものを平気で踏みにじる人でした。姉のような強さを持ち合わせていないぶん、あたしたちは互いの弱さも欠点も許し合えたんですね。二人で話をしてるだけで気持ちが和らいだ……。でも、最終的には、話をしてるだけでは満足できなくて、互いの体に触れないではいられなくなったということです」

「それで、いつ頃からきょうだいではなく恋人同士になったと?」

「本当の意味で恋人同士になったのはもっと後ですけど、二人で心と体を寄せ合うことがそうだというのなら、兄が中学二年、あたしが十歳になった年です。

それまでは、お兄ちゃんはあたしの手も触ったことはありませんでした。しばらく離れて暮らしていたので、きょうだいでもどこか遠慮しているところがあったんです。あたしはあたしで、お兄ちゃんが母と一緒に寝ていることも知っていたけれど、ずっと昔からそうだったから特になんとも思っていなくて、そのことでお兄ちゃんが悩んでいるなんて考えもしませんでした。

ところが、お兄ちゃんが中学二年になった一学期のある日、家の中で事件が起きたんです」

射るような榊原の視線が痛いのか、由紀名は心持ち目を伏せた。

「前にも話しましたけど、お兄ちゃんには一人仲のいい友達がいました。家が近くて、小学校でも同じクラスだったんですけど、中学になってからは何度か家にも遊びに来ていたんです。

その友達が家に来るのは、母が留守の時に決まっていて、来るといつもリビングでゲームをしていました。母は、兄にしても姉にしても、友達を家に連れて来るのを許さなかったからです。もちろん、あたしは一緒に遊んではいませんけど、家の中で顔を合わせたことはあります。大人しそうな人で、悪戯や悪さをするようには見えませんでした。

ところが、なぜかその日に限って、お兄ちゃんが家に友達を呼んで、しかもその友達を自分の部屋に入れたことが母にバレちゃったんですね。お兄ちゃんの部屋というのは、母の部屋でもあるんです。広い洋室に大きなベッドが一つあって……。母は、二度とその子を家に入れないようお兄ちゃんにいい渡しました。

でも、その友達はお兄ちゃんにとってよほど大切な存在だったらしくて、お兄ちゃんは珍しく泣いて抵抗したんです。あんなに自己主張をするお兄ちゃんを見るのは初めてでした。普段はお兄ちゃんに甘い母が、これまた珍しく断固として譲らなくて、脇で聞いていたあたしがどうなることかと思ったくらいでした。

そのやり取りの後、母が夕食の買い物に出かけた時のことです。お兄ちゃんがあんまりかわいそうで、なんとかして慰めてあげたいと思ったあたしは、自分の部屋を出て台所に行きました。お兄ちゃんが大好きな氷入りのコーラを飲ませてあげようと思ったんです。

リビングで泣いているお兄ちゃんに、そっとコーラの入ったコップを差し出すと、お兄ちゃんはびっくりしてあたしを見ていましたが、やがてコップを受け取ってテーブルに置くと、泣きながら黙ってあたしを抱きしめてくれたんです」

由紀名の目から涙がこぼれ落ちた。

「その時はただそれだけでした。でも、菱沼のお父さんとお母さんがいなくなってから、あたしを愛してくれた人はお兄ちゃんしかいません。それ以来、お兄ちゃんはあたしの宝になったんです」

由紀名はここで言葉を切ると、榊原を見上げた。涙に濡れた瞳が、雲間からこぼれ落ちる陽に照らされて光っている。

榊原は口を開かなかった。無用な合いの手は入れない……。それが捜査の基本だ。無言の圧力を感じ取ったのか、由紀名は前に向き直ると、続きを語り始めた。

「セックスの関係ができたのは、お兄ちゃんが高校に行ってから……。あたしが十二歳の時です。中学時代と違って、高校では友達もいなくて嫌なことばかりだったみたいで、お兄ちゃんはすぐに学校をサボるようになりました。そして、そのまま高校を中退してしまったんです。

その頃のお兄ちゃんは、家の中でも少し荒れていて、母に逆らうこともよくありました。あたしはそんなお兄ちゃんを慰めてあげたかった……。あたしが誘惑したと思われても構いません。お兄ちゃんのためだけにやったというつもりもありませんから……。

菱沼のお父さんに突然置いてきぼりにされて、あたしが自分で自分を持て余していたことは事実です。お兄ちゃんは、お父さんみたいにこっそりあたしに触ったりしないことが分かっていたから、あたしが自分から体を預けたんです。

　母も姉も出かけていないお昼過ぎでした。あたしは、お兄ちゃんが起き出してきたことを確かめて、自分のベッドの中から声を上げてお兄ちゃんを呼びました。お兄ちゃんは、引きこもりになってから夜昼逆転した生活をしていて、いつも昼過ぎまで寝ていたんです。

　なにごとか、とあたしの部屋を覗いたお兄ちゃんは、ボサボサの髪にパジャマを着て、まだ眠そうな顔をしていました。あたしはベッドの中から黙ってお兄ちゃんを見上げました。そして、心配したお兄ちゃんがあたしの上に屈み込んだ瞬間を捉えて、お兄ちゃんに抱きついたんです。

　あたしはいつものパジャマ姿ではなく、ブルーのキャミソールとパンツを着けていました。子供なりに、あたしの衣装の中ではそれが一番効果があると思ったからです。母が買ってくれたものだから、もちろん柄もなにもないシンプルな子供用の下着ですけど……。

　思ったとおり、お兄ちゃんの息遣いは急に荒くなりました。お兄ちゃんの体があたしの体の上に伸《の》し掛《か》かって、お兄ちゃんがまだ歯も磨いていないのが分かったけれど、少しも気にはなりませんでした。お父さんとの時のような中途半端な関係は嫌でした。あたしはお兄ちゃんの本当の恋人になりたかったんです。

あたしたちは幸せでした。ほかの人間はこの世にいなくても良かった……。それがどうしていけないんですか？」

「お母さんは君たちのそういう関係に気が付いていたのかな？」

ここで榊原が口を挟んだ。

「気が付かないはずはありません。あの人は息子命だったんですから。当然知ってはいたけれど、見て見ぬふりをしていました。正面切って叱って、お兄ちゃんに嫌われるのが怖かったんでしょう。最初のうちは、どうせ長続きはしないと高をくくっていたのかも知れません。母にとって、あたしはでき損ないでしかありませんでした。

でも、内心は穏やかなわけがない。だから、あたしを殺そうとしたんです」

「妊娠の心配はしなかったのかい？」

「それは、母は心配だったでしょう。だけど、あたしは心配なんかしてませんでした。むしろそうなったら嬉しいと思っていたけれど、そんな兆候はなかったし……」

「それじゃ、ついでに訊くけど、秀一郎さんとお母さんの関係は、実際のところどうだったのかな？　君は知っているのか？」

由紀名はしばし考える風を見せた。

陳述人がこういう態度を取る時、必ずしも本人の中に明確な回答がないとは限らない。これも捜査の常識だ。単なる時間稼ぎの場合もあるが、多くは、陳述人が聞き手の反応を探っているか、さもなければ考えた末の回答であると思わせたいのか、どちらかだ。

「セックスをしてたのかどうかという意味なら、お兄ちゃんは、そんなことはしていないといっていました。あたしもたぶんそうだろうと思います。

あの二人は、お兄ちゃんが赤ん坊の頃からずっと一緒に寝ていたんです。お兄ちゃんとの間に少なくともセックスだけでもあったのなら、母はもっと余裕があったはずです。母は明らかに欲求不満でした。死んだ父も含めて、あの人は誰からも愛されたことがないんです。だからなおのことあたしが妬ましかったんですね」

「ずいぶん冷静に判断するね」

榊原が呟く。

皮肉ではない。心底感心しているのである。若い娘というのは、母親の女としての側面をこんなにも冷静に観察しているものなのか……。

「あたしは母をライバルだなんて思ってませんから」

「だが、まるで気にならないということはないだろう？」

由紀名は再び考え込む仕草をした。

やがて顔を上げたが、そこには微かな警戒の色がある。

「だから、あたしがお兄ちゃんを焚《た》き付けて、母を殺させたといいたいんですか？」

「そんなことはいっていないし、実際思ってもいない。じゃあ訊くけど、亜矢名さんはどうだったのかな？　亜矢名さんは君たちの関係に気付いていたんだろうか？」

「当然知っていました。あたしが打ち明けましたから」

由紀名は今度はきっぱりと断言する。

「そうか……。だけど、君にしても亜矢名さんにしても、母親の性格を承知しているはずじゃないか。それこそ嫌というほどね。放っておけば、いずれ家庭内で殺傷事件が発生する危険性に思い至らなかったのかな？」

「もちろん、警戒していなかったわけじゃありません。ただ、姉のあの転落事故が起きるまでは、母がまさか娘のあたしを殺すつもりだとは思わなかったんです。姉もきっと同じだったと思います。それに姉は部活やバイトでメチャメチャ忙しくて、休みの日もほとんど毎日どこかに出かけていました。家の中のことを気にかけている暇はなかったんです」

「その亜矢名さんの転落事故のことだけどね。あれは亜矢名さんの自殺だった、という可能性について君はどう思う？」

「そんなことはないと思います」

「なぜ断言できる？」

「だって、姉には死ぬ理由がないですから……。姉は大学入学が目前で、数日後には寮に入る予定でした。そんな時にどうして自殺しなきゃならないんですか？」

「外形的には順調でも、本人の内心は本人にしか分からないよ。たとえば、亜矢名さんにはボーイフレンドや恋人はいなかったのかな？」

「さあ、姉は家では自分のことはまったく話さなかったから……。それとも、榊原さんが調査した結果、なにか姉の自殺を疑わせる事実が出て来たんですか？」

由紀名の口調からいつしか自信が消失している。

探るような目で榊原を凝視するが、榊原の表情にはなんの変化もない。答える必要のない質問には答えない。それもまた榊原が身につけた捜査の基本の一つだ。沈黙したまま微動だにせず、敵が耐えられなくなるのを待つ。

一つ深呼吸をすると、覚悟を決めたのか、由紀名は淡々と語り始めた。

「榊原さんはなんでも知ってるんですね。あたしよりもずっとたくさん……。それなのに、どうしてわざわざあたしの口からいわせようとするんですか？

姉が外でどんな生活を送っていたのか、お兄ちゃんもあたしも本当になにも知りません でした。姉にしてみれば、あたしたちに話したところでしょうがないと思っていたんでしょう。だから、姉の死が本当は自殺だったとしても、なにが原因だったのか、あたしにはまったく見当もつかないんです。いえることはただ一つ、自殺であれ事故であれ、姉は、自分が死ぬことによってあたしを守ってくれたということだけです。

母が、住み慣れた港区のマンションから足立区のあの古いマンションに引っ越しをした最大の目的が、あたしをベランダから墜落させるためだったことは疑いがありません。そしてあたしたちきょうだいは、具体的になにが起きるのかは分からないながら、全員がなにか良からぬ事件が発生する予感に怯えていたんです。

母がベランダの手すりに細工をしたことを、姉がどうやって見破ったのか、あたしには分かりません。偶然現場を目撃したのかも知れないし、たまたま手すりを眺めていて異状を発見したのかも知れません。あるいは、あの母のことですから、またしても姉を共犯者にするつもりだったのか……。

あの晩、姉はリビングでお酒を飲んでいました。さんざん飲んだ後、一人でベランダに出て行ったのは、前にも話したとおりです。

ただ、この間榊原さんに話さなかったのは、ベランダに出て行く直前に、姉がお兄ちゃんに向かっていった言葉です。お兄ちゃんはその時リビングにいました。ベランダに通じる引き戸を開けながら、姉はいったそうです。お兄ちゃん、由紀名のことを頼むわね、って……。

お兄ちゃんはすぐには意味が分からなかったそうです。すごい物音にリビングを飛び出したお兄ちゃんが、壊れた手すりの真下の地面に倒れている姉を見つけた時にも、まだピンと来なかったといっていました。

お兄ちゃんが母の企みに気付いたのは、事故後の母の様子があまりにも不自然だったからです。ベランダに出た母は、地面に倒れている姉に目をやるよりも先に、まず破れた手すりの点検に余念がなかったそうです。母は愚かです。母は、その瞬間に、息子の心が完全に自分から離れたことを自覚するべきだったんです。

母の仕掛けた罠にわざとはまって見せることで、姉は母に無言の抗議をしたんだとあたしは思っています。姉はあたしをお兄ちゃんに託して、そしてあたしを母から守ろうとしてくれたんです」

大粒の涙がこぼれ落ちた。

榊原も男だ。女の涙は敬遠したいものの一つである。泣いている女を相手にするほど、ウンザリさせられる仕事はない。

「分かった……。まあ、それはそれとして、そろそろ本題に戻ろう。あの自動車転落事故の晩なにがあったのか、ありのままに話してもらうよ」

榊原はきっぱりと宣告した。

「姉が死んだ後、お兄ちゃんとあたしは当然、母の動きを警戒するようになりました。母が東京を離れて田舎の一軒家に移ったのには、なにか魂胆があることは分かっていました。でも、それがどんな形で現れるか、あたしたちには見当がつかなかったんです。

姉の死でお金が入ったせいなのか、それとも、立て続けに事故が起きると怪しまれると考えたのかは知りませんけど、母はしばらく行動を起こしませんでした。安心していたわけではないけれど、あたしたちはどうしようもなかったんです」

「お母さんと秀一郎さんは毎晩ドライブに出かけていたんだろう？　お母さんの目的はなんだったのかな？」

「前にもいいましたけど、母が、お兄ちゃんが少しずつ社会に出て行けるように訓練をしていたことは事実です。犬を飼って毎日散歩をさせたり、毎晩ドライブに連れ出しては深夜営業のお店で飲み食いしたり、この間榊原さんに指摘されたように、人目のない場所でこっそり車の運転をさせたり……。すべて、母なりにお兄ちゃんを思ってのことだったと思います。実際、それからお兄ちゃんは変わりましたから……。

ところが、引っ越しから五ヵ月あまりが過ぎて九月に入った頃のことでした。お兄ちゃんが、母の行動に不審を抱くようになったんです」

学校が終わったのだろう。四、五人の子供たちが、突然ガヤガヤと公園内になだれ込んで来た。見たところ小学校低学年らしい。親は付いていない。奥のベンチに見慣れない大人が腰掛けているのを見て、一瞬怯んだ様子を見せたが、すぐにまた遠慮のない大声を上げて遊具に飛びついていく。

こちらの会話にはまるで興味はなさそうだ。まあ、当然だろう。周囲に雑音がある方がかえって話がしやすいかも知れない。榊原は心の中で計算する。

「具体的にはどういうことかな？」

「母がやたらに海を見に行きたがったらしいです。それも砂浜ではなくて、桟橋や埠頭のある港に……。それでいて、実際には海を眺めることもなく周囲を見回したり点検したりしているので、これはおかしい、と感じたようです。さらに決定的だったのは、母が、いつか由紀名もここに連れて来よう、と口走ったことですね。それでお兄ちゃんは、母があたしを事故に見せかけて殺すつもりだとピンと来たんです。

あたしは泳げません。あたしを後部座席に乗せて車を転落させ、なんとか助け出そうとしたけれど駄目だった、といえば、保険会社だって反論できませんよね？　自動車事故というのは盲点でした。でも、よく考えれば、母が一銭のお金にもならない殺し方をするはずがないんです」

「秀一郎さんはなんで母親に直接問い質さなかったのかな？　そうでなくても、少なくとも夜のドライブを拒否することはできただろう？」

「そんなことができるくらいなら、それはもうお兄ちゃんじゃありませんから……。

それに、あたしと違って、お兄ちゃんは母に憎しみや恨みを持っていたわけじゃありません。母に溺愛されて、母に依存することに慣れっこになっていました。あたしを愛するようになってからも、それは変わらなかった……。

あの時、お兄ちゃんが生まれて初めて母を裏切ったのは、お兄ちゃん一人の決断ではありません。姉が最後にいった言葉がお兄ちゃんを後押ししてくれたんです」

「亜矢名さんが亡くなる前に、お兄ちゃん、由紀名のことを頼むわね、といい残したことだね？」

「そうです。それでお兄ちゃんは、黙って母に従うふりをしながら、さり気なく自分も付近の状況を観察したんです。お兄ちゃんはインターネットをやっていたから、車の転落事故の事例や、潮流や潮の干満についてもいろいろ調べ上げたようです。

そうこうしているうちに、ゴンが死にました。ゴンが死んだことも、お兄ちゃんの中でなにかがふっ切れるきっかけになったかも知れません。母は、たかが犬だからといって、お医者様に見せようともしなかったんです。ゴンを散歩させるのはお兄ちゃんの数少ない楽しみでした。散歩をする目的がなくなったお兄ちゃんは、代わりに、母に頼んでマウンテンバイクを買ってもらったんです」

「秀一郎さんは引きこもり中にも自転車に乗っていたの？」

「昔新宿区の家にいた頃、子供用自転車を乗り回すのが好きだったそうです。だから母も反対できなかったんですね。ですけど、お兄ちゃんの本当の目的は別なところにありました。あの日、夜のドライブに出かける時、お兄ちゃんは、海岸を自転車で走ってみたい、といって、マウンテンバイクを車に積み込んだんです。出かけたのは夜の十時頃ですけど、海岸に着いてからしばらくの間は、人通りがなくなるまで自転車を走らせていたそうです。そうして十一時頃、母にコーヒーとドーナッツをテイクアウトで買って来るように頼んだんですね。母はドーナッツと甘いコーヒーが大好きだったんです。二人で砂浜に座って、買って来たドーナッツを食べたんですけど、お兄ちゃんは、コーヒーに砂糖とミルクを入れる時、母のカップにこっそり睡眠薬を入れたんです」

「秀一郎さんはどうやって睡眠薬を手に入れたのかな？」

「母は常時睡眠薬を保管していました。とても効き目が強い薬だそうです。母は時々それをお兄ちゃんに飲ませていたんです。お兄ちゃんには睡眠障害がありましたから……。

お兄ちゃんは、母がトロトロと眠り始めるのを確かめてから、母を助手席に乗せて西沼井港の岸壁に向かいました。そこは転落事故現場には打って付けの場所なんだそうです。周囲に誰もいないことを確認すると、お兄ちゃんは母と自転車を車から下ろして、ライフジャケットを身に着けました」

「そのライフジャケットはどうしたの？」

「マウンテンバイクを買ってもらってサイクリングに出かけた時、こっそり海岸近くのお店で買って隠しておいたんです。お兄ちゃん、あまり泳げないから。お兄ちゃんは、まず最初に母を岸壁から投げ下ろし、それから運転席に戻って、思い切りアクセルを踏んだんです」

由紀名は話すのを止めると、一つ息を吐いた。

母親の溺死現場を思い浮かべているかのような苦しげな表情だ。が、榊原は意に介さずに目で先を促す。

「お兄ちゃんは事前に調べて、自動車は水の中に落ちてもすぐには沈まないということを知っていたんですね。お兄ちゃんはスリムです。あらかじめ両側の窓を開けておいて、車外に脱出して、なんとか手足を動かして泳いで陸に上がったんです」

「海中に投げ込まれたお母さんは、普通だったら溺死体となって浮かぶはずだ。泳げない秀一郎さんが助かって、泳げるお母さんは溺れ死んだことになる。そこのところはどう説明するつもりだったのかな？」

「母は泳ぎが得意でした。それは事実ですけど、泳げない息子を助けようと暗い海の中でもがいているうちに体力を消耗して、息子を陸に押し上げたところで力尽きたとしてもおかしくはないですよね？」

「それじゃ、お母さんの遺体が揚がらなかったのは想定外だったのかな？　それとも、潮流の関係で遺体が沖に流されることまで計算していたのか……」

「はい。お兄ちゃんはあの晩の満潮時刻も前もって調べていたようです。あの場所は意外に潮の流れが速くて、以前にも溺れた人が遠くまで流されたことがあったそうなんです。ですけど……」

　由紀名はここで言葉を切ると、ジッと榊原を見つめた。

　ここからが肝心だ。真剣な眼差しが語っている。

「お兄ちゃんには、そもそも他人に説明する必要はなかったんです。陸に上がったお兄ちゃんが、自転車に乗って家に戻って来たのは、あたしに会って、あたしと話をするためです。朝になって警察がやって来た時、あたしがどう説明して、どうしたらいいか、お兄ちゃんはこと細かに教えてくれました。

お兄ちゃんは最初から姿を消す覚悟でいました。母を殺して自分だけ生き残ろうなどと、考えてはいなかったんです」

　大粒の涙がこぼれ落ちた。

　膝に置かれた由紀名の白い手が、たちまち涙のしずくで水浸しになる。

　それを拭おうともせず、由紀名は続けた。

「母を殺すだけなら、母と心中するだけなら、いくらでも他に方法はあります。あんな面倒なことをする必要はありません。母からあたしを守るために、そして、事故による保険金であたしが生活できるように、お兄ちゃんはあの転落事故を起こしたんです」

由紀名の低い声が公園内のシンとした空気に響いた。

いつの間にか、子供たちの喧騒が消えている。狭い公園だから、遊具の数も限られている。一見したところ就学前の幼児が対象だから、小学生はすぐに飽きてしまうのだろう。

「秀一郎さんはいまどこでどうしている？」

由紀名はキラリと目を光らせた。

「知りません。あたしと話し終えると、お兄ちゃんは自転車を置いて、歩いて家を出て行きました。どこに行くとは教えてくれませんでした。たぶん……もう生きていないかも知れない。

あたしはお兄ちゃんと一緒に行くといったんです。どこまでもお兄ちゃんに付いていくって……。死ぬのだって、お兄ちゃんがいれば少しも怖くないから。

でも、お兄ちゃんは連れていってくれなかったんです。泣き叫ぶあたしにお兄ちゃんはいいました。『俺がなんのためにこんなことをしたと思うのか？　そんなことになったら、亜矢名だってなんのために死んだのか分からない。亜矢名は、お前を守るために命を投げ出したんだぞ』って……」

由紀名の嗚咽《おえつ》を耳に、榊原は腕組みをしたままだ。

ひとしきり泣き終わると、途切れ途切れに由紀名が続ける。

「こんな話をしたうえで、まだ保険金のことをいってるなんて、ひどい奴だと思われても仕方ないですよね。もしあたしが保険金を受け取ったら、あたしも犯罪者ということになるんでしょうか？

でも、いまここであたしが頑張らなかったら、なんのためにお兄ちゃんがあんなことをしたのか、まるで意味がなくなってしまう……。お兄ちゃんの気持ちを無駄にすることは、あたしにはできません。あたしはいったいどうすればいいんですか？　それとも、やっぱり保険金は諦めるべきなんですか？」

長い沈黙が訪れた。

由紀名の涙は乾き、瞳には静かな決意が漲《みなぎ》っている。結論を榊原に委ねながら、この警察官上がりの探偵が、自分の味方であることを確信しているかのようである。

榊原の方はといえば、視線を落としたままじっと動かない。迷っているのではない。集められたすべてのデータは有機的に結合し、すでに堅牢《けんろう》な骨格を構築するまでに至っている。後は、どこから切り崩し、どう持っていくかだ。

体が動かないぶん、思考が頭を駆け巡っている。

「見事だ」

不安になるほどに長い沈黙を破って、榊原が呟いた。

えっ、と由紀名が小さく声を上げる。

意味が分からない、という顔だ。無邪気な顔とは裏腹に、疑念と不安が低い声音に表われている。

榊原はゆっくりと顔を上げた。

「実に見事だ。君の頭の良さには恐れ入ったよ。どんな状況の変化にも、瞬時に対応する。

だが、私を騙すことはできないね。私のジグソーパズルは、まだ細部は未完成だが、すでに中心となる鬼畜の顔は浮き出ている。それが誰の顔なのか、君には分かるね？

由紀名さん……いや」

微かに由紀名の唇が動いたが、声にはならなかった。

内心の動揺を押し隠すかのように、傲然《ごうぜん》と見返してくる。いかなる時も決して怯むことなく立ち向かう人間の目だ。

榊原は静かに呼びかける。

「亜矢名さん！」

「きっかけはね。君のその左手の中指にあるペンだこなんだ。この間、私はこのベンチで、君が膝に抱き上げた猫をその左手で撫で回しているのを眺めていた。君は猫が好きなんだね？　猫は安心して君に抱かれていた。今日はあの猫は来ないのかな？」

「あの子はもうこの公園に来ません。二週間前からです。理由は分かりませんけど」

こころなし「由紀名」のトーンが低くなっているが、表情に変化は見られない。

「亜矢名」と呼びかけられたのは自分の聞き間違いか、さもなければ、榊原のいい間違いだとでも思っているかのようだ。あるいは、なにも気付かなかったのか……。

猫は毛玉と一緒に食べた物を吐き出す習性がある。始終自分の体をブラシのような舌で舐め回しているから、大量の毛を飲み込んでしまうのである。特に冬から夏に向かうこの時期には、夏毛に生え変わるために大量の毛が抜け落ちる。従って、毛玉を吐く回数も多くなる。

あの猫も、毛玉を吐いた際に、外でおやつを貰っていることが飼い主にバレた可能性が高い。榊原は思ったが、口には出さなかった。

「由紀名さんも猫が好きだった。生まれたばかりの仔猫を拾って可愛がっていたくらいだからね。母親の郁江さんに取り上げられるまで、あの火事の後も、ずっと仔猫のミーヤを抱きしめていたらしい。

だが、君と由紀名さんとでは、こと猫に関する限り、決定的な体質の違いがあった。君は好きなだけ猫を抱いていても平気だが、同じことを由紀名さんがすると、目は赤くなり、涙や鼻水が出て、くしゃみや咳が止まらなくなる。

私は、郁江さんの伯母さんで、菱沼美恵子さんの姉にあたる相澤喜代子《きよこ》さんに話を聞かせてもらったけどね。喜代子さんによれば、菱沼家で火事が起きた晩、仔猫を抱いて燃え盛る家を見つめていた由紀名さんは、真っ赤な目をして鼻を啜っていたそうだ。それだけじゃない。火事の後も、仔猫のミーヤを片時も離さず腕の中に抱きしめていた由紀名さんは、鼻水を出して、しきりにくしゃみをしていたことが分かっている。

それはつまり、由紀名さんは猫アレルギーだったからではないのかな？」

「由紀名」の顔が強張った。

しかし、言葉はない。

「実をいえば、由紀名さんだけでなく、母親の郁江さんも猫アレルギーだったと、私は睨んでいる。郁江さんは、由紀名さんが抱え込んでいたミーヤを見て、あんたには猫なんて飼えるわけがない、といったそうだ。郁江さんは、由紀名さんが自分と同じ猫アレルギー、というより、動物アレルギーの体質だということを知っていたんじゃないかな？

秀一郎さんが犬を飼うことに反対だったのも、マンションに住んでいたことだけが原因ではないだろう。私は、秀一郎さんの同級生だった星拓真《ほしたくま》さんにも会って話を聞いたけどね。秀一郎さんは犬が好きなのに、母親から、犬は駄目だといい渡されていたらしい。だけど、ペット飼育が可能なマンションはいくらでもあるからね。秀一郎さんを溺愛していた郁江さんなら、本来は転居も辞さないはずだとは思わないか？

星さんは、秀一郎さんだけでなく、郁江さんについても非常に興味深い話をしてくれた。郁江さんは一度、星さんの家を訪問したことがあるそうなんだけどね。その時玄関で話をしていた郁江さんの様子は、鼻は赤く、目は血走っていたというんだな。

その星さんの家ではね、犬を飼っているんだよ。

因みに、転落事故の起きた足立区のマンションは、前の賃借人というのがひどい奴で、室内で三匹も犬を飼っていたので悪臭ふんぷんだったそうだ。家主も家主で、賃貸物件に金を投入する気がなかったようで、北川さん一家の入居が決まっても、改装は汚れた襖の一部を張り替える程度でごまかしたらしい。床や畳はもちろん、家中至る所、目に見えない犬の毛やフケ、唾液でいっぱいだっただろうね。

ところで、事故の数日後に北川家のマンションを訪れた潮南署の刑事がいるんだが、その刑事は、その時応対した郁江さんが赤い目をして、時々鼻を啜っていたと証言している。その前に警察で顔を合わせた時には、泣いてなどいなかったのに、だ。

それはなにを意味するのかな？

これらの事実から推して、郁江さんはかなり重症の動物アレルギーの体質だったと考えるのが相当だろう。そうなると、次の疑問はいうまでもない。沼井崎市に転居してからの郁江さんが平気で犬を飼い始めたのはなぜか？　そして、私の目の前に現れた由紀名さんが猫を抱いても平気なのはなぜなのか、ということだ」

「ずいぶん決めつけが激しいんですね」

「由紀名」がやっと口を挟んだ。

幾分余裕を取り戻したのか、口元に微笑みが浮かんでいる。

「それは榊原さんの思い込みじゃないですか？　母もあたしも悲しければ当然涙が出るし、風邪を引くことだってあります」

「そのとおりだ。だけど、それなら利き手についてはどうだろう？

君の左手の中指にあるそのペンだこ……。君が勉強家である証拠だ。しかし、それは同時に、君が左利きである証拠でもある。ところで訊くけど、郁江さんの利き手は左右どっちだったのかな？」

「由紀名」の口元から、一瞬にして微笑みが消えた。

傲然と榊原を見返したまま、なにも答えない。

「郁江さんは右利きだった。間違いないはずだ。なぜなら、それはほかでもない君自身が私に教えてくれたことなんだからね。

あの、郁江さんが夫である秀彦さんを殺害した晩のことだ。君の話では、たしか郁江さんは、診察室のベッドで寝込んでいる秀彦さんの腕に薬品を注射して殺害したんだったね？　その時の郁江さんの仕草について、君がいった言葉を覚えているかな？注射器に薬品を満たすと、母はゆっくりと父の傍らに跪《ひざまず》き、自分の左手で父の左腕を支えながら、静かに静脈に薬品を注入しました……。君はそういったんだよ。郁江さんは看護師だからね。さぞ慣れた手つきだっただろう。そして君の描写によれば、必然的に郁江さんは右手で注射器を持っていたことになる。つまり右利きだったことが明らかなわけだ」

「右利きだと、なにが問題なんですか？」

「それ自体はなにも問題ではない。ごく普通のことだ。だが、沼井崎市の北川家で郁江さんとして生活していた女性が、実は左利きだったとしたらどうかな？　それでも問題はないとはいえないだろう？」

「由紀名」が眉をひそめた。

榊原がなにをいっているのか、意味が分からないのだろう。

「分からないかな？　あの家の隣には、多田野さんという親子が住んでいるんだ。親子といっても、息子はもう五十代の会社員でね。年取った母親との二人暮らしだ。北川家が引っ越しの挨拶にも来なかったので、隣人としてあまりいい感情は持っていないようだね。

その多田野さんが、一度、宅配業者から預かった荷物を届けに北川家を訪ねたことがある。ところが、その時段ボール箱を玄関まで運んであげた多田野さんは、庭の灌木の小枝にセーターを引っ掛けてしまってね。郁江さんからキッチン鋏を貸してもらう羽目になった。しかし、郁江さんが貸してくれたそのキッチン鋏というのが、多田野さんにはえらく使いにくい代物でね。指もうまく入らなかったそうなんだ。

キッチン鋏というのは、当然ながら骨を切ったりもするわけでね。普通の紙鋏と違って、非常に頑丈でよく切れるものなんだ。それがえらく使いにくかったということは、その鋏が少々特殊な種類、つまり、左利き用の鋏だったことを意味しているとは考えられないかな？

道具類はなんでもそうだが、鋏も普通、右手用に作られている。右手用の鋏をひっくり返して使っても、左手用になるわけではない。紙を切る程度ならそれでもいいが、力を入れて堅いものを切る時には、やはり利き手用に作られた鋏でないと使いづらいんだ。

鋏には二つの指穴が同じ形状のものもあるが、親指用の穴が残りの指用の穴よりはるかに小さいものもある。多田野さんは左の袖口に枝を引っ掛けたので、当然右手でキッチン鋏を使ったわけだが、多田野さんの右手の指がうまく指穴に入らず、えらく使いにくかったというのは、そのキッチン鋏が左手用で、かつ親指用の穴が小さいタイプのものだったからだろうね。

要するに、多田野さんが会って話をした北川郁江なる人物は、左利きだったということになる。ところが、郁江さんは右利きだったことが判明している。そうなると、当然、その女性は本当は北川郁江さんではなかったと考えざるを得ない」

「由紀名」は無言で榊原を睨み付けている。

その視線に構うことなく、淡々と榊原は続ける。

「では、由紀名さんはどうだろう？　由紀名さんは右利きだったのか、それとも左利きだったのか……。郁江さんの場合は、いざとなれば親戚や看護学校の同僚の証言を求めることが可能だが、由紀名さんについては、確信を持って証言できる人は少ないだろうね。実は私も、今日君に会うまでその点について危惧していた。

しかし、君はとんでもないミスを犯したんだよ。さっきのあのカード……。秀一郎さんの革ジャンパーの内ポケットから出て来た、由紀名さんの手作りのバースデイカードを、君は自分が作ったものだと認めてしまった。それがどんなに致命的なミスだったか、君にはもう分かるね？

あのカードには、由紀名さんと秀一郎さんの絵が描かれている。由紀名さんが右手で弓を引いて、秀一郎さんのシャツの胸のハートマークに矢が刺さっている。由紀名さんが自分で描いた絵だ。由紀名さんが右利きであることは疑いがない。

それでも君が、あのカードにはまるで覚えがない。こんなものは誰かが作った偽物だ、と明言すれば、あれが本当に由紀名さんが描いた絵であることを証明するのは困難だっただろう。しかし、いきなりあのカードを見せられて動揺した君は、焦ったあまりに、その場で『本物』のお墨付きを与えてしまった……。そればかりか、急遽、秀一郎さんと由紀名さんの恋愛関係を認めるという、方針変更まで余儀なくされてしまったんだ。

もちろん、その後の君の臨機応変ぶりは素晴らしかった。称賛に値するね。しかし、お陰で私は、本物の由紀名さんといま私の目の前にいるこの女性とが、まったくの別人であることを確信することができたわけだ」

「由紀名」の瞳に初めて恐怖の色が見えた。

「私はもちろん、由紀名さんのバースデイカードの指紋鑑定を依頼した。同様に、君から預かったクレジットカードの利用代金明細書と、木島医師の借用証の指紋鑑定もさせてもらったよ。私が自分なりに調査を進めることについては、前回君の承諾を取っているからね。その鑑定結果によれば、君があのバースデイカードに手を触れた形跡は認められなかった……。君が由紀名さんではないことはこれで明らかだ。いい逃れはできない。

では、次の問題点だ。いま私の目の前にいるこの女性が由紀名さんではないとして、北川亜矢名さんであるという証拠はどこにあるのか……。そう、答えは君のその瞳が語っているとおりだ。

だが、その話は後でゆっくりするとしようか」

再び明確に「亜矢名」と名指しをされても、相手は否定はしなかった。だが、肯定したわけでもない。挑戦と憎悪が入り混じった表情を浮かべながら、身動《みじろ》ぎもしない。

石のように押し黙った人間と根競べをするほど、榊原は忍耐強くはない。だから刑事には向かなかった……。榊原は内心苦笑した。

刑事のように目的や法律に縛られることなく、自分の欲求のままに行動できるいまの立場こそ、自分が欲していたものだ。

「とりあえず、君が亜矢名さんであることを前提に話を続けさせてもらうよ。

由紀名さんを名乗る女性が、実はとっくに死亡したはずの亜矢名さんであるからには、マンションのベランダから転落死を遂げたのは、亜矢名さんではなく由紀名さんだったということになるね？　亜矢名さんでも由紀名さんでもない、第三の女性である可能性もゼロではないが、死んだ女性が君に似ていたという刑事の証言に加え、その後由紀名さんがどこにも現れていないところを見れば、その可能性は限りなくゼロに近いといっていいだろう。

ところで、転落した女性が酩酊状態だったことは、検視の結果からはっきりしているが、具体的にどんな状況で転落したのかは明らかではない。ただし、これが単純な事故でないことは、事故発生直後に家族全員が一致して嘘を述べたことから明白だ。母親を含めた家族三人が口をそろえて、死亡したのは長女の亜矢名だ、といえば、警察も疑う余地はない。そもそも、あのマンションには亜矢名さんの顔をよく知っている人間はいないんだからね。

だが、そこで当然の疑問が生じる。死んだ人間が由紀名さんではなく亜矢名さんだったことにすると、いったい誰にどんなメリットがあったのか？

郁江さんは、あの転落事故をネタに家主の老婦人を脅し付け、一億円を上回る高額の賠償金を懐に入れた。死亡したのが、小学校も出ていない引きこもりの由紀名さんだったら、到底無理な金額だったといえるだろう。また由紀名さんは、郁江さんが溺愛する秀一郎さんと、実の兄妹でありながら恋愛関係にあった。これは充分、郁江さんが由紀名さんに殺意を抱く動機になり得ると思う。

では、秀一郎さんはどうか？　由紀名さんを愛していた秀一郎さんが、自ら進んで由紀名さん殺害に関与したとは考えられない。だが、秀一郎さんには人間として致命的な欠陥がある。性格が弱いんだな。

私は、事故の数日後に北川家を訪問した刑事から直接話を聞いたが、秀一郎さんの事情聴取の間、母親がぴったりと傍らに張り付いて、なんやかや口出しをしていたそうだ。そして、秀一郎さんの話し方はまるでセリフの棒読みだったらしい。マザコンの秀一郎さんにとって、母親に逆らったり、ましてや警察に告発することなど、あり得なかったんだろうね。

そこまではいい。だが、死んだことにされた当の亜矢名さんの立場はどうか？　これは、本人に訊くのが一番早いんだが、どうやら協力してはもらえないようだからね。私の考えを話すとすると、この事件は、そもそも亜矢名さんの積極的な関与なしには成立しない。それどころか、大学進学を棒に振り、それまでの全生活を捨てて引きこもりの妹になり代わるからには、亜矢名さん自身に、それを必要とするよほど差し迫った理由があったと見るのが相当だ。

つまり、亜矢名さんは単に郁江さんに協力をしたのではなく、むしろ首謀者は亜矢名さんだったと考えるべきだろう」

相変わらず「由紀名」は無言のままだ。

ただし、その表情の奥に微かな好奇心が芽生えていることを、榊原は見逃さなかった。コミュニケーションに必ずしも言葉は必要ではない。先輩刑事に教わったことの一つだ。若いうちは頭でしか理解できなかったが……。

「すぐには賛同していただけないようだから、この話も後回しといこうか。会話が弾むにはタイミングが大事だからね。

それじゃ、郁江さんの話に移ろう。郁江さんは、どの時点でどのように左利きかつ動物アレルギーのない女性と入れ替わったのか？　そして、郁江さんはその後どうなったのか？　極めて興味深い事柄だ。

私の調査結果では、少なくとも、北川家が沼井崎市の一戸建て住宅に引っ越しをした当日に、郁江さんが存在していたことは確かだと思われる。理由は、隣に住む多田野さんが、引っ越し作業を遠くから覗いていたからだ。多田野さんは、白のワゴン車でやって来た郁江さんと息子と娘……計三人の姿を現認している。もっとも、距離が離れていたので、顔まではよく見ていないけどね。

その晩のことだ。多田野さんの家では犬を飼っているんだが、その柴犬が夜中に庭先でしきりに吠えていたらしい。その段階では、北川家にはまだ犬はいない。不審に思った多田野さんが外に出てみると、北川家にはまだ明かりが点いていたが、一見したところ、特に変わった様子はなかったというんだね。

シェパードのゴンが貰われて来たのは、それから二、三日後のことだった。犬好きの多田野さんは、その時初めて郁江さんと言葉を交わしているんだが、郁江さんは極めて愛想が悪かったらしい。だが、そこで注目すべきは、郁江さんはメガネをかけていたらしいが、近目で見ると案外若かったということなんだ。

六十近い独身男が厚化粧の女の正確な年齢を判定するなんて、期待する方が無理というものだからね。彼の証言は決め手にはならない。しかしまあ、その後この女が左利きであることが判明したことといい、平気で犬の傍らにいたことといい、この女はもはや郁江さんではなかったと考えるのが妥当だろう。

引っ越しの日以降、郁江さんと由紀名さんが同時に人前に姿をさらしたことは一度もない。由紀名さんは引きこもりだから、家から一歩も出なくても当然だが、その由紀名さんが、実は健康で活動的な亜矢名さんであったとするなら話は別だ。半年近くもの間、家の中に閉じこもっていることなどできるだろうか？　亜矢名さんは運転もできる。毎晩車で外出していたのは、亜矢名さんだったと見るのが自然ではないかな？

秀一郎さんにしても、実は、引っ越しの日以降、誰かと一緒にいる姿を目撃されてはいない。たしかに、夜のドライブに出かける時、遠目に助手席の帽子とマスクが見えたという多田野さんの証言はある。でも、そんな偽装工作は、人形にちょっと細工をすればなんでもない。

だいたい、秀一郎さんが犬の散歩をするのは夕方薄暗くなってからで、いつも帽子を目深にかぶってサングラスをしていたという話だからね。たとえすれ違っても、顔までは分からなかっただろうし、さっきの刑事の話によると、秀一郎さんは男としては決して大きい方ではなかったそうだ。転落事故の晩に自転車に乗っていた姿といい、亜矢名さんが変装するのはわけないことじゃないかな？

そこで結論だが、私は、引っ越しの夜を境に、郁江さんも秀一郎さんも姿を消したのではないかと考えている。それ以降は、君、すなわち亜矢名さんが、郁江さん、秀一郎さん、由紀名さんの一人三役を務めたわけだ。それを前提にあの自動車転落事故を振り返ってみると、すべてに納得がいく。

君は、十時過ぎになるのを待って、買ったばかりのマウンテンバイクをワゴン車に積み込むと、一人で夜のドライブに出発した。由紀名さんには自動車を運転できるわけがないからね。由紀名さんが疑われることなく、郁江さんと秀一郎さんを正々堂々と行方不明にするためには、これは実に名案だったというべきだろう。

十一時過ぎには、郁江さんに化けて西沼井港近くのドーナッツ店に赴き、ドーナッツ十個入りの箱と二人分のホットコーヒーをテイクアウトする。うちドーナッツ三個とコーヒーは、自分で飲食するなり捨てるなりして、残りの箱にレシートを入れ、車の中に置いておく……。車に乗っていたのは、郁江さんと秀一郎さんの二人であると思わせるための偽装工作だが、同時に、郁江さんに自殺の意思がなかった証拠にもなる。

西沼井港に到着したら、周囲に人目がないことを確認し、自転車を車から下ろす。後は、思い切りアクセルを踏んで岸壁から転落するだけだ。もちろん潮の流れについても事前に調査済みで、死体が沖に流されて行方不明になっても不自然ではない条件の日時を、周到に選んだはずだよ。小さい頃から水泳教室に通っていた亜矢名さんなら、海に転落した車から脱出して、岸まで泳ぐくらいのことは難なくできるだろう。

唯一想定外だったのは、多田野さんに自転車に乗って帰る姿を目撃されたことかも知れないな。ただし、真夜中だというのにご丁寧にサングラスをかけて帽子までかぶっていたところを見ると、万一姿を見られても、秀一郎さんに見せかける意図があったことは疑いがないね。

さっき、私から多田野さんの目撃談を聞かされて、君が直ちに軌道修正を図ったのは実に見事だった。急遽、秀一郎さんを犯人に仕立て上げたうえに、秀一郎さんの自殺を仄めかして辻褄《つじつま》を合わせた。そればかりか、妹を想うお兄ちゃんの気持ちに免じて偽装事故を見逃してくれと、この私に迫ったんだからね。

そんなことがなければ、君はなにを訊かれても知らぬ存ぜぬで押し通し、めでたく一億円の保険金を受け取った後は、奇跡の社会復帰を遂げる予定だったんじゃないか？」

　亜矢名の目がくっきりと見開かれた。

「問題は、引っ越しの夜を境に姿を消した郁江さんと秀一郎さんの身に、なにが起きたのかということだね。残念ながら、君の協力は得られそうにないから、私の仮説を話すことにするよ。

ずばり、キーワードは犬だ。引っ越しの夜、なぜかしきりに吠えたという隣家の柴犬と、その二、三日後、突如北川家にやって来た大型犬のジャーマン・シェパード……。それに加えて、がっちりしたキッチン鋏。そして極めつきは、アメリカ人が使うような特大の冷凍庫だ。北川家の台所には、同じく特大の冷蔵庫があるというのにね。これだけ材料がそろえば、誰に訊いても、なにか匂う、と答えるだろうな。

郁江さんにしろ秀一郎さんにしろ、まさか亜矢名さんが自分たちの命を狙っているとは予想していなかっただろう。不意打ちを食らって凶刃に倒れたのか、食べ物に睡眠薬を仕込まれて、眠っているところをやられたのかは分からないが、おそらく後者だろうね。

　家族三人が健在であることを周囲に見せつけながらも、顔を知られては困る。凶行は、引っ越しの当夜に決行されることが絶対条件だった。失敗は許されない。

犬の嗅覚は人間の百万倍だといわれている。多田野さんの柴犬が夜中に吠えたのは、夥《おびただ》しい血の匂いを嗅いだからだろう。もし、彼があの時点で北川家の内部を覗き見したとしたら、目を覆うばかりの凄惨な光景が繰り広げられていたはずだよ。まさに、君がいう『鬼畜の家』そのものだ。

大型冷蔵庫のほかに大型冷凍庫を備えた本当の理由は、冷凍食品の買い置きのためなんかじゃない。大量の骨付き生肉を冷凍保存するためだ。そして、その骨付き生肉を安全に処分するためには、大型犬の存在がどうしても必要だったわけだ。

そのジャーマン・シェパードにしてからが、人間二人分をぜんぶ平らげるまでには、相当な期間を要したわけだが……」

「証拠に基づかない空想を述べるだけでは、意味がないんじゃありませんか？」

反論を聞くのは久しぶりだ。

もはや、世慣れない娘のたどたどしさは完全に取り払われている。

「私はもう刑事じゃない。犯罪を摘発する権限もなければ義務もないんだ。その代わり、証拠に基づかずに空想するのも自由なら、法的な手続きによらずに制裁を実行することも自由だからね」

「脅しですか？」

「いや、若い女を脅す趣味はないよ。だが、事実は知りたいし、知った以上は、腹が立つこともあるというだけだ。

私はね、たとえどんな理由があろうとも殺人は正当化されるべきではない、などとご託を並べる気は毛頭ないんだ。特に、家庭内で起きた殺人の場合は、殺す方にも殺される方にもそれなりの理由がある。だから、他人に累を及ぼすことなく、家族間で積年にわたる愛憎に決着をつけただけならば、犯罪を認知したからといって、必ずしも告発しようとは思わない。

たとえば、君が親きょうだいを殺し、その骨身を切り刻み、冷凍したうえで犬の餌にしたとしても、だ」

「じゃあ、仮にあたしがそのとおりだと認めたら、榊原さんはそれで満足してくれるんですか？」

榊原がベンチから立ち上がった。

亜矢名の体から邪悪な気がほとばしったかのように、体に纏《まと》わりついた空気を振り払う。

両手を首の後ろに回し、正面からゆっくり見下ろすと、しっかりと面を上げて榊原を見据える亜矢名の双眸《そうぼう》が眩しい。

その眼光に負けじと、榊原は我と我が身を引き締める。

「残念だが、これは単純な家庭内殺人ではない。人身傷害保険を利用し、保険金詐欺を目論むことは、家族間の愛憎の範疇を超えている。私は詐欺に加担する気はないよ。保険会社との交渉は降りさせてもらう。

死体処理要員として利用されたあげく、ご用済みになったとたんにさっさと処分されたゴンの恨みも晴らしてやらないと気の毒だ。私はべつだん犬好きじゃないが、動物虐待をする奴は許せないんだ。

だが、それだけでは済まされない。なぜなら、この事件の裏には、保険金詐欺よりはるかに重大な別の犯罪が隠されているからだ。由紀名さんはなぜ殺されなければならなかったのか？　すなわち、君はなぜ由紀名さんに入れ替わる必要があったのか？　問題を解く鍵はそこにある。

本当は君に答えて欲しいんだけどね。とりあえず私が話そう。

君は、『田中ふれあいアニマルクリニック』の経営者である獣医師田中哲さんと不倫の関係にあった。君がまだ高校に在学中のことだ。悲劇はそこから始まったわけだ。

君は哲さんに夢中だったらしい。母親には内緒にしていたが、大学生になったら正式に結婚するつもりだったんだ。ところが哲さんは、君に対しては妻とは離婚すると誓っていたにもかかわらず、いざ君との関係が妻にバレると、コロリと寝返って妻子との生活を選んだ……。まあ、よくある話だけどね。要するに、君は男に捨てられたんだな。

裏切られた君は復讐心に燃え、哲さんを殺害する決意を固めたが、そこで頭のいい君はハタと気付いた。普通に殺人を犯せば、動機のある自分が真っ先に疑われることは必定だ。結局、そのためのアリバイ工作として浮かんだのが、哲さんより先に、自分が死んで見せることだったんだね。

恋に破れた亜矢名さんが、絶望のあまり自殺したことを知った哲さんが、罪の意識に苛《さいな》まれて後追い心中を遂げる……。万が一にも君が疑われることのない、完璧なシナリオだった」

亜矢名から目を逸らすことなく、榊原は両手を下ろして腰に当てた。

わずかな油断が命取りになる。榊原は、このメス猫のように鋭敏な女性を甘く見てはいなかった。

女の逃げ足は男より遅いとは限らないし、逆に、女ならではの逃げ道もある。ヤクザまがいの鋭い目付きの男が、必死で逃げる若い女を追跡していたら、通行人に捕まるのは百パーセント男の方だ。

亜矢名の表情の中には、これまでになかった動揺が見て取れる。思いがけないところで信じられない話を耳にした、とでもいうような……。だが、そういう瞬間こそ、最大限の警戒が必要だ。

榊原は頬を引き締めた。

「あなたは誰から聞いたんですか？」

亜矢名が呟いた。

「どうして私がその話を知っているのか不思議かな？　なにしろ、君は極めて慎重に行動して、田中哲医師との恋愛を親しい友人にすら秘密にしていたようだからね。私がどういうルートで嗅ぎつけたのか気になるのは無理もない」

反応はない。

「私は、前回君に会ってから今日までの間に、木島病院院長の木島医師を始めとして、郁江さんの伯母の相澤喜代子さん、亜矢名さん転落事故を扱った潮南署の清水刑事、元北川医院事務員の瀬戸山妙子さん、秀一郎さんの友人の星拓真さん、北川家の隣人の多田野吉弘さんの計六人から事情聴取をしたけどね。哲さんの母親の田中寿々《すず》子《こ》さんという女性とは会っていない。

今回の自動車転落事故が起きた時、亜矢名さんはすでに死んでいることになっていた。死んでいる人間が事件を起こすはずがないからね。亜矢名さんに恋人がいたかどうかなど、最初から調査する必要はなかったんだ。だから、私は田中哲さんについては、正直その存在すら知らなかった。

それなのに、なぜ私が哲さんの後追い心中事件について知っているのか？　本当に君に思い当たる節はないのかな？

実は、前回君とここで会って話をした後のことだ。亡くなった北川亜矢名さんについて調査をしていると称して、田中寿々子さんの家を訪ねた人物がいたらしい。

その人物は、一見したところ年齢不詳ではあるが、寿々子さんの推定では、まだ二十代と思われる若い女でね。さる探偵事務所に所属する私立探偵を名乗っていたそうだ。

寿々子さんは、若い女の身で、よくそんな危ない仕事をするものだとびっくりしたらしいがね。一人暮らしの淋しさも手伝って、家に上げていろいろ話をするうち、聞き上手のこの女性をすっかり信用してしまったようだ。

息子の哲さんと亜矢名さんの不倫恋愛の発端から破局まで、哲さんの家庭争議の一部始終も交えてこと細かに説明をした寿々子さんは、哲さんと別れた亜矢名さんがお腹の子を道連れに自殺したこと、そして、それを知った哲さんが良心の呵責《かしやく》から後追い自殺を遂げた件を話すうち、成り行き上、その女に亜矢名さんと哲さんの遺書を見せる羽目になったんだ。

その問題の遺書だけどね。哲さんのものは、クリニックのデスクの引き出しから発見された。

メモ用紙に、

あやな、すまない
許してくれ
哲

と走り書きをしたごく簡単なものなんだが、本人の筆跡であることは間違いがないそうだ。

哲さんは、クリニックで一人当直をしている時、青酸カリ入りのインスタントコーヒーを飲んで服毒自殺をしたことになっている。

亜矢名さんの遺書の方は、死んだ哲さんが着ていたジャケットの胸ポケットから出て来たもので、やはり手書きだが、中身はもっと長い。

愛する哲へ
貴方のいない世界で生きていく勇気がなくなりました
お腹にいる私たちの子供と二人、苦しみも悲しみもない世界に飛び立つことに決

めました
いままで黙っていてごめんなさい
でも、貴方には心の負担なしに選択して欲しかった
思い出の八月十四日が来たら、この手紙を投函するように信頼できる人に託しました
二人で幸せになる約束は果たせませんでしたが、貴方はいつまでも元気な貴方でいて下さい
さようならはいいません
いつの日か、貴方が来るのを待っています

あやな

これが本当なら純愛物語だが、その亜矢名さんが、実はまだこの世でピンピンしていると知ったら、寿々子さんはどう思うかな?

それはともかく、その自称私立探偵は、寿々子さんにその二通の遺書をコピーさせてくれと頼んだ。最初は躊躇したものの、結局は承諾した寿々子さんは、家の近くのコンビニを教えてやったんだが、コピーを取ったらすぐに原本を返しに来るはずの女

は、いつまで経っても戻っては来なかった……。要するに、寿々子さんは、その女に大切な哲さんと亜矢名さんの遺書をまんまと騙し取られたわけだ。

しかし、寿々子さんはそのまま泣き寝入りはしなかった。自称私立探偵の方は、寿々子さんがそのうち諦めると踏んでいたのかも知れないが、とんだ見込み違いだった。寿々子さんは最寄りの警察に駆け込んで、なにがなんでもあの女を見つけて逮捕してくれ、と騒ぎ立てたんだな。

しかしまあ、騙し取られたとはいってもしょせん紙切れだ。証券や小切手のように経済的価値があるわけでもない。しかも話の具合からいって、その女は北川家が依頼した本物の私立探偵か、そうでないとしても、死んだ亜矢名さんとなんらかの関係がある人物だと考えられる。そうだとすれば、警察が詐欺事件として大々的に捜査を開始するわけがない。かといって、被害者から訴えがあったのに、まったくなにもしないのもまずいからね。警察は、亜矢名さんの転落事故を取り扱った足立区の潮南署といちおう連絡を取ったわけだ。

その連絡を受けた潮南署の清水という刑事が、たまたまその数日前に私が事情聴取をした男だったというのが、君の運の尽きだったといっていいだろう。あのベランダからの転落事故後、由紀名さんになり代わっていた君から話を聞くために、部屋の中まで入って来た刑事を覚えているね？　あの男がそうだ。

それまで亜矢名さんの転落死は事故だとばかり思っていた清水刑事は、寿々子さんから事情を聞いてびっくり仰天した。亜矢名さんが実は自殺したのだとなると、あの事件を根本から考え直す必要がある……。清水刑事は、さっそく母親の北川郁江さんの行方を捜したんだ。そしてその結果、郁江さんと秀一郎さんの二人が、なんと西沼井港の岸壁から車ごと海中に転落して死亡したことを知ったんだよ。

これでよく分かっただろう？　その清水刑事が私に連絡をしてくれたお陰で、私が田中哲さんと亜矢名さんの悲恋物語を知るに至ったという次第だ」

「つまり、あたしが田中寿々子さんを訪ねたのはヤブ蛇だった、ということですね？」

亜矢名の低い声が答えた。

「君は、あの哲さんと亜矢名さんの遺書をなんとしても取り返そうと思うあまり、少々強引にやり過ぎたようだね。前回、私は君から木島医師が書いた借用証を預かった。その時の会話が君を怯えさせたんだ。

君は、木島先生が、この借用証は自分が書いたものではない、と否定することを心配していたね？　それに対して、私は答えたんだ。筆跡鑑定という方法もあるけど、仮に筆跡が決め手にならない場合でも、指紋を鑑定すれば、少なくとも木島先生がこの書類に手を触れたことは証明できる、ってね。

木島先生の借用証には、君の指紋が残っている。素手で私に手渡しをしたのだから当然だ。問題なのは、建前上、それはあくまでも『亜矢名』さんではなく、『由紀名』さんの指紋だということだね。

そこで君は不安に駆られた。私は君に、保険会社との交渉を引き受ける条件として、事実関係について自分なりの調査をすることを宣告していたからね。万が一、私が亜矢名さんと哲さんの恋愛関係を嗅ぎつけて、寿々子さんに事情聴取をしたらどんなことになるか……。自殺したとされる田中哲さんの胸ポケットから出て来た『亜矢名』さんの遺書が私の手に渡り、もし私がその指紋鑑定をしたとしたら、検出されるのは、そこにあるはずのない『由紀名』さんの指紋だということになる。あの遺書は君が書いたものなんだからね。ただし、書いた時期は、あの『亜矢名』さん転落事故の前じゃない。もっとずっと後、哲さん殺しの直前のことだが……。

それだけじゃない。哲さんの遺書には、もっと致命的な問題があるんだよ。あの遺書は、母親の寿々子さんも認めるとおり、哲さんの自筆だ。ただし、哲さんがこれを書いたのは死の直前、いわゆる『今わの際』ではない。それよりずっと前のことだ。哲さん自身は、この紙片が将来自分の遺書として利用されるなどとは、夢にも思っていなかったはずだよ。なぜなら、それは、哲さんと君が不倫恋愛真っ最中だった頃、二人の秘密の通信手段として、クリニックの壁に掛けられた額の裏側に隠されていた、無数の連絡メモの一つだったんだからね」

微かに亜矢名の顔が引き攣った。

「彼がくれた最後の連絡メモです」

絞り出された言葉は、怒りなのか悲しみなのか語尾が震えている。

「簡潔なメモ書きであるがゆえにかえって応用が利く。遺書として読めば読めないこともない。思いついた時点では名案だと思ったんだろうがね。この哲さんの遺書に『由紀名』さんの指紋が残っていたとしたら大問題だ……というより、『万事休す』だろう。君が犯人であることを自白するようなものだ。

そこで、君は考えたんだ。私が寿々子さんと接触する可能性は高くはない。君と哲さんとの関係を知っている人間は、君の周辺にはいないからね。実際、私は寿々子さんに会いに行ったりはしなかった。しかし、用心するに越したことはない。

そのために、君は私立探偵を装って自ら寿々子さんの家に乗り込み、うまいこと二通の遺書を騙し取って来たわけだ。結果的には、それが墓穴を掘ったことになる」

亜矢名は小声で笑い出した。

ここまでくるといっそ愉快だ、といわんばかりじゃないか。榊原は内心で呟く。

しかし笑い声はいつしか啜り泣きの中に溶け込んでいく。そして、再び静寂……。

苦々しい思いを噛みしめながら、榊原は続ける。

「では、君の田中哲さん殺害計画を再現してみようか？　間違いがあったら、遠慮なく指摘してくれてけっこうだ。

君は、たまたま自宅近くで捨て犬を拾ったことがきっかけで、獣医師の哲さんと知り合った。本当は家で飼いたかったのかも知れないが、郁江さんは動物アレルギーで犬嫌いだからね。拾った犬を哲さんのクリニックで預ってもらっているうち、不倫の関係を結ぶに至ったんだ」

再び密やかな笑い声が上がった。

「榊原さんはずいぶん素直な人なんですね」

亜矢名は不敵な微笑みを浮かべて榊原を見据えている。

「ドラマや小説じゃあるまいし、都心の街中で都合よく捨て犬を拾うなんてことがあると思ってるんですか？　もっとも、哲さんもコロッと騙されてくれましたけど……。

哲さんの姿は遠くからよく眺めていました。知的で陰りのある人だった……。昼も夜もクリニックに詰めているし、奥さんらしい人が出入りするのを見たことがなかったので、最初は独身だとばかり思っていました。交際のきっかけをつかむには、『田中ふれあいアニマルクリニック』に捨て犬を持ち込むのが一番手っ取り早いと思ったんです」

「じゃあ、その犬は？」

「クラスメイトのお兄さんが、捨て犬の世話をするボランティア活動をしていたので、一匹譲ってもらいました。最初は保健所から貰おうかと考えたんですけど、まだ高校生だったから、親の承諾が必要で……」

「そうか。君は最初から哲さんに惹かれていて、意図的に接近したのか。

とにかく、君は首尾よく哲さんの恋人になることに成功した。だが、誤算だったのは、彼が独身ではなく妻子持ちだったことだね？　哲さんは、いずれ妻子と別れて君と結婚する約束をしていたが、いざ不倫が発覚して家庭争議が起きると、世の大多数の男同様、いとも簡単に君を捨てたわけだ」

「あの女は、私の犬を殺してその首を切り落としたんです」

「そうらしいね。妻の憎悪は、夫の女だけでなく女の犬にまで向けられた。哲さんの助手をしていたこともある妻は、クリニックにあった外科手術用のメスを使って凶行に及んだんだ。獣医が動物の手術に使用するメスだからね。切れ味は包丁やナイフの比ではない。さぞやみごとに切り落とされていたことだろうな。

そして、この事件は結果的に君と哲さんを引き裂いただけではない。その後に起きた、より重大な事件の伏線でもあったわけだ。君はこの経験で学んだんだよ。死体を切断するにはなにを使うべきか、ということをね。ジャーマン・シェパードの餌になるように人体を解体して小分けするのは、キッチン鋏だけでは無理がある。外科手術用メスがおおいに役に立ったはずだ」

返事はない。

「君は復讐を決意した。大人しく身を引くふりをして、その実、周到に殺害計画を練ったんだ。しかも、その殺害計画は自分を裏切った哲さん一人が対象ではない。自分の身代りとなる由紀名さんを始め、目障りな母親と秀一郎さんも一挙に整理する一大プロジェクトだった。

君の優れたところは、短絡的に殺人事件を起こすのではなく、すべての事件を事故もしくは自殺に仕立てたところだ。殺人事件となると警察の捜査が入るが、事故や自殺なら、警察の関与はおざなりだからね。しかも、それぞれの事件の場所や時間をずらして、どの事件にも北川家が関係している事実を、警察の目から上手に隠蔽した。そして、もう一つ重要なことは、事故であれば遺族に金が入るということだ。家族が死んでも、金にならないのなら意味がないからね。

由紀名さんの殺害に関しては、少なくとも郁江さんの了解と協力があったことは明らかだ。秀一郎さんは、郁江さんが母親の力で押え込んだんだろうね。秀一郎さんと由紀名さんは愛し合っていた。君は郁江さんの嫉妬心を掻きたて、さらに、家主の婆さんから大金をせしめる計画で気を引いたわけだ。

前途洋々の亜矢名さんが死んだことにする方が、警察から疑われずに済むし、引きこもりの由紀名さんよりはるかに金になる……。そういわれて、郁江さんの気持ちが動いたんじゃないかな？」

「由紀名は妊娠していたんです」

亜矢名が呟いた。

「なるほどね。それで、遺書の中で、亜矢名さんも妊娠していたことにして整合性を図ったわけだ。検視ではそこまでは調べていないようだが……。

ただし、由紀名さんの体から高濃度のアルコールが検出されたのは事実だ。由紀名さんが当日酒を飲んでいたことは確かだね？」

「酒とセックス……。由紀名が溺れていたものは、あの死んだ菱沼の養父が溺れていたものと同じです。

由紀名が兄に贈ったあのカードのたどたどしい文字を見たでしょう？　あれは由紀名が小さい頃に書いたものじゃありません。あたしがいくら漢字を教えてやっても、あの子には学ぼうという意志がありませんでした。由紀名は知性を持たない、食欲と性欲だけの豚だったんです」

亜矢名の言葉はしだいに熱を帯びてくる。

「あの夜も、由紀名はぐでんぐでんに酔っ払っていました。

あたしは母を説き伏せて由紀名殺害計画を了承させました。母は、絶対に産科に行こうとしない由紀名に手を焼いていたんです。母の役目は、兄にいい含めて納得させることと、事後の警察への対応でした。

あたしは正体不明の由紀名をベランダに連れ出して、事前に桟のボルトを外しておいた手すりから、あの子の体を思い切り下に押し出したんです」

「あのマンションには引っ越して来たばかりで、君たち一家のことを知っている人は誰もいない。警察は、当然ながら、転落したのは亜矢名さんであるという家族の言葉を疑わなかった。

しかも、君は高校卒業後で大学入学前という絶妙な時期だったからね、対世間的な影響は最小限に抑えられた。あまつさえ、足立区から沼井崎市にさっさと転居までしたわけだから、君の友人たちは、霊前に線香の一本も上げたいと思っても、北川一家がどこに行ってしまったのか、分からなかっただろうね。

転居先として沼井崎市の元別荘建物を購入したのも、周到な計算のうえだった。大方、しばらくは知人の多い東京から離れた方が安全だ、と郁江さんをいいくるめたんじゃないかな？　君の作戦に引っ掛かった郁江さんは、自分と最愛の息子の終焉の地になるとも知らず、あの別荘を購入したんだ。

殺害現場となった建物を放置しておくと、万一警察に疑われた場合にリスキーだ。たとえわずかでも床や壁に血液が付着していると、どんなにきれいに拭き取っても、ルミノール反応が出てしまう……。計画が完了した後に建物を取り壊せるように、賃貸ではなく買い取りにさせたのはなかなかの知恵だといわざるを得ない。あの郁江さんを手玉に取るとは、蛙の子は蛙どころか、蛙も真っ青だね」

「榊原さんは母を買い被っているんです」

亜矢名が鋭くいい放った。

その声に微かな苛立ちがある。

「母は金しか眼中にない女です。あんな女を騙すのは、ツボさえ押さえれば簡単なことです」

「まあ、そうかも知れない。なんにせよ、君の方が母親より数段上手だったということだね。引っ越しのその夜、郁江さんと秀一郎さんはあっけなく殺されたわけだ。

ところで、大型犬のゴンを貰い受けて来た君は、大量に冷凍した骨付き生肉の在庫を消費させる間にも、本来の目的を忘れはしなかった。毎晩ドライブに出かけたのは、西沼井港など転落事故現場の下見もあっただろうが、東京まで車を走らせて、

『田中ふれあいアニマルクリニック』の哲さんの動きを探ることが中心だったはずだよ。年明けから自動車教習所に通っていたことが、早くも役立ったわけだ。

君は哲さんを自殺と見せかけて毒殺することにした。しかし、自殺に見せかけるためには、どうしても本人の遺書が必要だ。家族や警察に自殺であることを納得させるには、遺書を残しておくのが一番だからね。そこで君は、手元に残してあった哲さん直筆の連絡メモを活用することにした。

さらに、分別も責任もある男が自殺をするわけだからね。それなりに納得性のある動機が必要になる。それには、哲さんに捨てられた亜矢名さんが、絶望のあまりお腹の子供もろとも自殺したことにするのがいいだろう。その事実を知った哲さんが、良心の呵責に堪え兼ねて後追い自殺を遂げたことにする。亜矢名さんの遺書を胸ポケットに忍ばせたのはそのためだね？　ご丁寧に亜矢名さんの死亡を証明する戸籍謄本を添えたのは、確認のために北川家を訪ねて来られると困るからだろう」

亜矢名が頷いた。

「そこで具体的な手順だが、私は、君は犯行当日、哲さんがクリニックで一人になる時間帯を狙って、堂々と哲さんの前に姿を現したのではないかと考えている。違うかな？」

亜矢名は目を見開いたが、否定はしなかった。

「やはり、そうか……。そうでないと、哲さんが飲むインスタントコーヒーの中に青酸カリを混入させることはできないからね」

「深夜なので鍵がかかっていましたけど、あたしは昔と同じように合鍵を使って中に入りました。

別れた後は完全に没交渉だったから、あの人はひどく驚いていました。でも、あたしが、今日ここに来た理由はこれから説明する。長い話になるけれどじっくり聞いて欲しい、と頼むと、すぐに了承してくれました。

思ったとおり、北川亜矢名死亡のニュースは彼の耳には入っていなかったんです。思いもかけなかった元カノの出現に、あの人は戸惑いと同時に興奮を隠せないようでした。だから、あたしが真夏の八月に手袋をしていても、問い質す余裕もありませんでした。訊かれたら、夏用のレースの手袋だって説明するつもりだったんですけど……。

あたしは彼に、話を始める前にコーヒーを一杯飲ませてくれと頼みました。彼はコーヒー好きなんです。反対するわけがありません。あたしは、以前いつもやっていたように、ポットのお湯でインスタントコーヒーを淹れました。カップは二つ。そして、彼の目を盗み、片方のカップにだけ、用意して来た青酸カリを混ぜたんです」

「その青酸カリはどうやって手に入れた？　郁江さんが持っていたのかな？」

「いいえ、違います。母には殺人の趣味はありませんから。あの青酸カリは兄が持っていたものです。ネットで知り合った人から譲ってもらったんですね。兄はいつでも死ぬことを考えていたんです。実行する勇気もないくせに……」

「哲さんは、なにも疑わずに毒入りコーヒーを飲んだわけだ」

「そうです。なんの造作もありませんでした。あたしは、彼が死んだことを確認してから、自分のコーヒーカップを洗って元に戻し、彼の飲みさしのコーヒーカップと青酸カリの小瓶をデスクの上に置いたんです」

「そして、哲さんの遺書をデスクの引き出しに入れ、亜矢名さんの遺書と戸籍謄本を哲さんのジャケットの胸ポケットに忍び込ませたわけだ。当然、青酸カリの小瓶に、哲さんの指紋を付けておくことも忘れなかったんだろうね？」

亜矢名が頷く。

この女に教えてやることなどなにもなさそうだ。

再び、沈黙が二人を支配した。

「だいぶ時間も経った。そろそろ終わりにしようか？　さっきもいったとおり、私は、君が私の依頼人だからといって、君が犯した罪を見逃すつもりはない。だけど、私は警察官じゃないからね。ここは警察に任せるのが良さそうだ。いまから通報させてもらうよ」

胸ポケットから携帯を取り出しながらも、ふと、目の前の若い女が、いまではどんな姿をしているのか想像すらできない娘の姿とダブることを意識せざるを得ない。なんの関係もない事件に首を突っ込み、娘のような女を追い詰め、警察に突き出したからといって、なにがどうなるというのだ。もう自分は警察官ではないというのに……。

しかし、だからこそより厳しくなれる。それもまた事実だ。

俺の娘がこんな女であってたまるか！

「君の年頃の女の気持ちはどうにも理解できない……。動機や理由がまったくないとは私も思わない。でも、君はどうして君の周囲の人間を皆殺しにしたのかな？」

「別れた娘さんのことを考えているんですか？」

亜矢名の口から意外な言葉が飛び出した。

「知ってたのか？」

「遠藤さんから聞きました。遠藤さんが榊原さんを紹介してくれた時のことです。榊原さんは無愛想な人だから、最初はとっつきにくいかも知れないけど、根は優しい人だし、いまは別れ別れになってるけど、あなたと同じ年頃の娘がいるの。だからきっと親身になってくれるはずよ、って……」

理恵子の奴、まったくもってよけいなことをいいやがる！

心理学なんぞをやるような輩はこれだから始末に負えない……榊原は心の中で毒づいた。

「同じ年頃の娘がいるから、なおのこと腹立たしいね」

「そうだろうと思います」

亜矢名が静かに応じる。

そこには、男の同情を買おうという下心は透けてはいない。

「あたしが人殺しをする理由は、あたしが鬼畜だからです。さっき、榊原さんが自分でいっていたじゃありませんか。ジグソーパズルにあたしの顔が浮き出ている、って……」

先ほどから急速に風が冷たくなったようだ。

若葉を茂らせた木々がバサバサと音を立てている。

獲物から決して目を逸《そ》らさず、榊原は無言のまま携帯の操作を始めた。

鬼畜の家

物心がついた時、あたしの家はすでに壊れかけていました。

どうすればあたしのような人間ができあがるのか、あたしの家庭がすべてを語っています。父は母を無視し、母は父に心を閉ざし、三人の子供はその両親のはざまで息をひそめて育ちました。

父は自分勝手で冷たい人間でした。自分以外のものに関心はなく、たとえ家族であっても、他人のために自分を犠牲にすることを知らない人だったのです。利己的であるがゆえに他人を見ようとせず、だからこそ母のような女にも引っ掛かり、ペテン師に騙されて借金を重ねたのでしょう。最後まで孤独を貫いて逝きましたが、それでもあたしはそんな父が嫌いではありませんでした。

父は兄秀一郎を憎んでいました。軽蔑していたといってもいいでしょう。それはなにも、兄が父の本当の子ではなかったからだけではありません。鈍重な頭脳に虚弱な体質、薄弱な意思……。兄は父が嫌うなにもかもを備えていたのです。

父のお気に入りはこのあたしでした。あたしの容姿も性格も父好みだったようです。父はあたしの中に自分の姿を見ていたのかも知れません。勉強ができることが、なにより父を喜ばせたのです。

父が死んだ時、妹由紀名はまだ小さくて、父の愛憎の対象ではありませんでした。でも、もし父が成長した由紀名を見たとしたらどんなにがっかりしたことか、容易に想像はつきます。由紀名は、実の父親よりむしろ養父の菱沼健一に似ていました。兄ですらかろうじて備えていたインテリジェンスというものを、由紀名はまるで持ち合わせていなかったからです。

母は自分の欲望、すなわちお金にしか価値を置かない人でした。そもそもの最初から、母の目的は父と結婚することであって、父に愛されることではありませんでした。妊娠を武器に恫喝によって手に入れた家庭にあって、母の悩みは、父との関係よりむしろ姑である祖母との確執だったでしょう。結婚当初、北川家の財布はまだ祖母が握っていて、母には自由になるお金がなかったからです。

あたしは祖父についてはおぼろげな記憶しかありませんが、祖母のことはよく覚えています。あたしは祖母が嫌いでした。外見こそほっそりと品のいい老女でしたが、実際は陰険で口うるさくて、そのうえひどいケチときていたのです。

祖母にしてみれば、看護婦風情が大事な一人息子をかすめ取ったというだけでも憎いのに、お腹の子の父親が実は自分の夫だったとなれば、嫁いびりをしたくなるのも無理はないでしょう。それでも、理由はどうあれ、嫉妬と怨嗟《えんさ》に凝り固まった人間は醜いものです。母はいつも祖母のことを「やしゃ」だといっていましたが、幼い子供の目にも、祖母の姿はおぞましくも浅ましい鬼女に映りました。

とりわけあたしが嫌だったのは、祖母の矛先が時々孫のあたしに向けられることでした。

「大きくなったら、お前もあの母親みたいにインランになるんだからね。気をお付け！」

「インラン」とは「淫乱《いんらん》」のことで、それがなにを意味するのかを知ったのはもっと後のことですが、その言葉が持っている毒は、たとえ幼児でも理解するものです。

あたしは祖母に仕返しをすることに決めました。

あたしが最初に思いついた仕返しは、祖母の飲み物に毒を入れることでした。もっとも、子供のことですから、本物の毒薬など手に入るわけはありません。祖母は、自分の部屋の机の上に、常時飲みさしのお茶が入った湯呑み茶碗を置いていました。あたしは、そのお茶の中に、台所の食器洗い用洗剤の溶液をこっそり流し込んだのです。いつだったか母が、洗剤は毒だからよく洗い流さないと駄目だ、といっていたのを思い出したからです。あたしの家の洗剤の溶液は緑色で、お茶の中に入れるには好都合でした。

この企みは、祖母が異変に気付いて騒ぎ立てたために不成功に終わりました。祖母は母の仕業であることを疑わなかったようです。その結果、祖母と母の仲はますます険悪になりましたが、さすがに母はあたしが犯人であることを見抜いていました。喚き散らす祖母の目を盗み、母はにったりとあたしに笑いかけましたが、もしあたしが母のために敵討ちをしたと思ったのなら、それはとんだ思い違いです。あたしは一度として母に同情などしたことはありませんでした。

祖母の毒殺に失敗したあたしは、今度は違う方法で意趣返しをすることにしました。祖母は夜早く寝るので、祖母の部屋にはいつも七時過ぎには蒲団が敷かれています。ある日、祖母がお風呂に入っている隙に祖母の部屋に忍び込んだあたしは、スカートをまくり上げ、パンツを下ろすと、祖母の蒲団の上にペッタリと座り込みました。

それは生まれて初めての体験でした。実は、あたしはおねしょをしたことがなかったからです。数秒後に立ち上がったあたしは、祖母の掛け布団や枕の上にじっとりと黄色い染みが浮き上がっているのを確認して、なんともいえない快感に襲われました。半狂乱になった祖母の姿を想像しただけで、もう一度お漏らしをしそうなほど興奮したのです。

祖母はそれからしばらくして亡くなりました。死因はもちろん毒殺などではなく、全身に転移した末期の卵巣がんでした。医者の夫と息子を持っても、病魔から守ってはもらえなかったわけです。あたしが六歳、小学校入学前のことでした。

父が死んだのは、あたしが小学二年生の五月でした。

その頃には、すでに父と母の関係は完全に冷え切っていましたが、そんなことよりはるかに深刻だったのは、北川家の経済状態が破綻に瀕《ひん》していたことでした。堅実な開業医だった祖父と違い、山っ気のある父は本業に勤しむだけでは飽き足らず、他人に勧められるままに様々な事業に手を出していたようです。最後は、詐欺師まがいの怪しげな連中に取り込まれていたといいます。死んだ時点では、莫大な金額の借金を抱えていました。

父の死は自殺でした。決して母が殺したわけではありません。あたしが榊原さんに聞かせた話は、申し訳ないけれど、デタラメな作り話でした。

父は母に睡眠薬を盛られてもいなければ、毒薬を注射されてもいません。母は邪悪で強欲な女ですが、自らリスクを取って殺人を犯すほどの胆力はありません。身内の死亡を最大限効果的に利用して金を手に入れるのが、彼女の得意技だっただけなのです。

父が死んだ日のことです。それは連休明けの肌寒い日でした。診療を終えて自宅に戻って来た父は、いつものように着替えをしてコーヒーを飲むと、すぐには外出せず、再び診療所に戻っていきました。父は家で夕食をとることはほとんどありませんでした。診療が終わるとどこかに出かけていき、深夜に帰宅するのが習慣になっていたのです。きっと、朝まで帰って来ないことも珍しくはなかったのでしょう。あまり家族を顧みることのない父でしたが、子供たちの中で唯一、父と交流らしきものを持っていたのがあたしでした。あたしは兄や妹のように父を怖がらず、父もあたしのことは邪険に扱ったりはしませんでした。父は少なくとも知性と教養を備えており、あたしの目には、家族の中の誰よりも大人で男らしく映りました。

いま考えれば、おそらくあたしは父を買い被っていたのでしょう。でも、あの頃のあたしは、まるで仔猫の首を銜《くわ》える母猫のように息子を銜え込む醜悪な母、そしてなにかというと母の後ろに隠れる軟弱な兄の姿に、心底うんざりしていたのです。

あたしは時々診察室にこもっている父のところに遊びに行きました。自宅二階にある書斎より診察室の方がくつろげるのか、父は、診療時間外にもよくそこで医学雑誌や本を読んでいたのです。

あたしが入っていっても、父はなにしてくれるわけでもありません。それでも、あたしが顔を覗かせるといつも満足そうな表情を見せ、あたしが各種医療器具を眺めたり、患者用の椅子に登ったり、診察用ベッドに寝転んだりしても叱りはしませんでした。父は学校の成績が悪い兄にはとうに見切りを付け、あたしを後継者として医者にするつもりだったのです。

ところが、その日、そっと診察室のドアを開けたあたしの目に飛び込んで来たものは、満足げにこちらを振り返る父の視線ではなく、机の前の椅子からずり落ちたまま、ドタリと床に倒れている父の長い肢体でした。

顔は向こう向きで表情は見えませんが、不自然にねじれた体はピクリとも動いてはいません。死んでいる……。とっさに判断したあたしがふと机上に目をやると、針が付いた注射器がじかに転がっています。医療器具である注射器をこんな風に扱うことがあり得ないことは、子供ながらに知っていました。あたしは、母屋にいる母に異変を知らせるために駆け出しました。

母はいたって冷静でした。いつかこうなることを予期していたのかも知れません。話を聞いて走り出すこともなく、あたしを従えて診察室までやって来ると、倒れている父には声もかけずに脈を取り、黙って首を振りました。

父がほぼ間違いなく死んでいることはあたしにも分かっていました。母が取り乱さないことも格別不思議ではありません。あたしにとって意外だったのは、その後の展開でした。いやしくも一家の主が急死したのです。それも到底自然死とは思えない死に方でした。あたしは、いまから救急車やパトカーが騒音を上げて集結し、上を下への大騒ぎが始まるものとばかり思っていたのです。

しかし、転がった注射器をじっと見つめ、さらに注射器の中身が入っていたと思われる薬品の容器を点検した母は、どこにも電話をかけようとはしませんでした。

「このことは誰にもいうんじゃないよ！　もちろん、秀一郎にも由紀名にも」

ドスの利いた声であたしに命令すると、母はそそくさと診察室を後にしたのです。


母は本当に、父の死を兄にも由紀名にも教えませんでした。父が夜家にいないのはいつものことでしたから、二人が不審に思う心配は皆無でした。というより、あの二人には、もともと不審を不審と感じるだけの感性はなかったのです。

母はなに食わぬ顔で子供たちを寝かしつけてしまうと、やおら行動を起こしました。同じ新宿区の開業医で、父の友人でもある木島先生に電話を入れ、夫の様子がおかしいからすぐ来て欲しい、とだけ告げて木島先生を呼び付けたのです。

こっそり子供部屋を抜け出して盗み聞きしたあたしは、当然ながら、この後あの診察室でなにが起きるのかを確かめずにはいられませんでした。木島先生が車で駆けつけた物音を聞きつけると、あたしはそっと階段を下りて、密談が行われている診療所に向かったのです。

深夜の診察室で交わされていた母と木島先生の会話は、前に榊原さんにお話ししたとおりです。あたしはドアの外からそっと聞き耳を立てていましたが、父の死体を傍らに、二人はお金の話に夢中でした。母に協力する見返りとして木島先生が一千万円を要求し、母があっさりとその要求を飲んで、商談は成立しました。

父が診療所に戻ってからあたしが死体を発見するまでの間、母が母屋から一歩も出なかったことは確かです。母には父を殺害する機会がありませんでした。ですから、あの時母が木島先生に求めた協力とは、殺人を見逃すことではなくて、自殺を病死と偽装することだったのは間違いありません。

自殺では生命保険金が下りない。それでは残された家族が路頭に迷うと訴えれば、木島先生も無下には断れないと踏んだのでしょう。いつもながら母のとっさの判断力は鮮やかですが、見方を変えれば、日頃から、探偵ばりに父と父の周囲を探っていたことが役に立ったわけです。

しかし、母の作戦は泣き落しや買収だけではありませんでした。そうです。あまりにも陳腐で笑ってしまうほど安直な手口……、色仕掛けがあったのです。

実は、榊原さんにも話していなかったことがあります。北川医院の建物は昭和の初期に建てられた古い木造建築で、表通りに面した正面から眺めると、壁に蔦が絡まって、いかにも昔の「街の診療所」の趣がありました。内部の構造も外観同様レトロなもので、いってみれば古風で、映画のセットにでも使えそうな雰囲気に溢れていたのです。ですから、診察室のドアも当然古い木製の扉で、そこにはいまではめったに見られない大きな鍵穴が開いていました。

診察室内の話し声がよく聞こえたのはこの鍵穴のお陰だったわけですが、鍵穴の位置はちょうど子供の顔の高さにありました。最初は鍵穴にぴったりと耳を当てていたあたしでしたが、急に二人の会話が途絶えたので耳を離し、当然のように鍵穴から部屋の中を覗き込んでみたのです。

厚いドアに穿たれた鍵穴から覗く世界は、まるで井戸の底のような別世界を構成していました。そして、その小さく切り取られた視界からあたしの目の中に飛び込んで来たものは、商談成立後、木島先生のせり出した太鼓腹に細くしなやかな体を摺り寄せる母の姿だったのです。

母の服がさっきまで着ていた普段着ではなく、よそ行きのブルーのニットのツーピースであることがすべてを物語っていました。鍵穴からは、椅子からずり落ちた父の体は死角になって見えません。しかし、父の、死体となってそこに横たわっているその存在が、本来なら死体など見慣れているはずの二人の興奮を助長していることは明らかでした。二人が放つ荒い息遣いは、部屋中に充満する腐臭と毒気を伴って、鍵穴越しにあたしを圧倒したのです。

突然、形容し難い息苦しさを覚えて、母屋に通じる渡り廊下に向かって駈け出したあたしは、うっかり床に置かれたバケツを蹴り倒してしまいました。乾いた大音響が診療所中に響き渡ると同時に、むせるような血の匂いがあたり一帯に充満した気がして、あたしは猛烈な吐き気に襲われました。

　あたしが母に対して殺意を抱いたのは、その瞬間だったのかも知れません。そして同時に、あたしは、自分が家族の中の誰よりも父を愛していたことを自覚したのです。


　内向的で神経質な兄や、一見外向的ながらひねくれ者のあたしとは違って、由紀名は末っ子特有の甘えん坊で無邪気な子供でした。いい換えれば、思慮が浅く影響されやすいということになります。父の死後、由紀名は母方の叔母夫婦の養女になりました。

　養家となった菱沼家は茨城県在住の農家で、母の狙いがどこにあったのかはともかく、由紀名本人は、実家よりむしろ養家の家風にぴったりはまっているように見えました。実際、菱沼夫婦は二人そろってお人好しでした。彼らは北川家を覆っていた皮肉や陰謀や復讐とは無縁で、その当然の裏返しとして、無知で無教養で無節操だったのです。

　由紀名から養父健一との関係を告白されたのは、養子縁組の法的な手続きを経て、由紀名が小学一年生になった年の暮れのことでした。母に連れられ年末の挨拶に菱沼家を訪れたあたしは、ふるまわれたジュースもまだ飲み終わらないうちに、どうやらあたしが来るのを待ち兼ねていたらしい由紀名に手を引っ張られ、玄関脇の小部屋に連れていかれたのです。

そこは由紀名が普段寝起きをしている子供部屋でした。部屋に入ると、由紀名はまずピッチリと襖を閉めました。そして、整理タンスの一番下の引き出しを開けると、なにやらゴソゴソと中を掻き回しています。

やはり、いざとなると迷いが生じたのでしょうか？　由紀名はしばらくグズグズしていましたが、やがてふっ切れたように、引き出しの奥からブルーの柄物の子供用パンツを取り出すと、黙ってあたしに差し出しました。それは明らかに由紀名の使用済みのパンツでしたが、まだ小学三年生だったあたしは、そこに残された茶色の染みが血液であることにすぐには思い至りませんでした。

長くまだるっこしい由紀名の説明を聞いているうちに、あたしはだんだん胸クソが悪くなって来ました。

あの小太りのゴマ塩頭で、周囲に酸っぱい汗の匂いを撒き散らしているエロ親父が、従順でおツムが弱い妹を蹂躙《じゅうりん》したからだけではありません。たどたどしい由紀名の口からは、ついに養父への嫌悪や怨嗟が漏れることはありませんでした。この期に及んで当の由紀名が死ぬほど恐れていたのは、あくまでも養母に二人の関係が発覚することであって、養父からさらなる蹂躙を受けることではなかったのです。

本能的に被害者の体裁を繕《つくろ》いながらも、由紀名の幼な顔に時折秘密の体験をいとおしむかのような陶酔が浮かぶのを、あたしは見逃しませんでした。姉のあたしに泣き付きながらも、明らかに由紀名は充足感と優越感に浸っていました。由紀名の中には紛れもなく母の血が流れていること、そしてそれがあたしとは相容れないものであることを、あたしは痛感せずにはいられなかったのです。

あたしは迷わず、菱沼健一に制裁を加えることにしました。あの男が幼い由紀名にしたこと、そしてあの男の下劣な品性を考えれば、相応の報いを受けるのは当然のことなのです。

父の死後、新宿区の家を追い出され、あたしたち一家がしばらく菱沼の家に居候をしていた時のことでした。それが田舎の人の流儀なのかどうか、健一叔父さんと美恵子叔母さんは、突然転がり込んで来たあたしたちに嫌な顔も見せず、食事や寝床にお風呂と、それは親切に世話を焼いてくれました。子供のいない夫婦なので、実際、ものの珍しいこともあったのでしょう。

昼間、母は職探しを口実に東京に出かけていきます。残されたあたしたちは庭や畑で遊んだり、広い家の中を駆け回ったり、美恵子叔母さんが作ってくれるお汁粉やふかしイモを食べたりして、自由気儘《じゆうきまま》に過ごしました。

家の裏には、東京では見たこともない古井戸まであって、本当ならそれぞれ学校や幼稚園に行っているはずのあたしたちには、思わぬ休暇となっていたのです。遊び疲れると座敷でお昼寝です。こんなことも、東京の家ではなかったことでした。

ある日、あたしが一人で昼寝をしていた時のことです。兄と由紀名は美恵子叔母さんと一緒に台所でなにかしているらしく、三人のはしゃいだ声が夢の中に聞こえました。その声に目が覚めて、ふと目を上げると、いつの間にか畑から戻って来た健一叔父さんが、襖を開けて立ったまま、あたしを上からじっと見下ろしていることに気が付いたのです。

その時のあたしは、クリーム色のセーターに赤いジャンパースカートを穿いていたのですが、叔母さんが敷いてくれた蒲団から体の下半分がはみ出し、お尻と太股がスカートからほぼ丸出しになっていました。いつもなら、パンツの上にベージュのタイツを着けているのですが、昼寝の間はうっとうしいので枕元に脱ぎ捨ててあったのです。

子供を育てた経験がある人にはなんでもないこんな光景でも、女の子を見慣れていない叔父さんには充分刺激的だったと見えます。まだ子供のあたしにも、知性のオブラートで欲望を隠す術を知らない五十男の幼稚な興奮が手に取るように分かりました。

あたしは、叔父さんが長い時間あたしの寝姿に見惚れていたことを確信したのです。

あたしが起きたことに気付くと、細い目の中の小さな瞳がせわしなくチロチロと動きました。団子っ鼻が赤くテカッています。

あたしがジロリと見返すと、慌てて、

「叔母さんが白玉をこさえてる。あんたも食べにこねえか？」

気の毒になるほど、取り繕っていることが見え見えの口調でした。

あたしは、自分がなにされたわけでもないのに無性に腹が立ちました。思えば、そのいじましくも安直な好色と愚鈍さは、美恵子叔母さんを含めたこの菱沼家全体を覆っていたのです。

叔母さんはなるほど気のいい女です。しかしその反面、無知でだらしがない女でもありました。夫婦で飲んだくれた末に、酒とツマミの匂いがむせるほど充満する中、二人していぎたなく寝つぶれている姿をあたしは何度も目撃していました。

あたしは、たとえほかにどんな長所があっても、他人の欠点を許すことができない性質なのでしょう。あたしは母を憎んでいますが、彼女は少なくともだらしのない女ではありませんでした。あたしはだらしのない女には嫌悪感しか持てません。菱沼夫婦をこの世から抹殺するイメージは、すでにこの時から漠然とあたしの頭の中に湧いていたのかも知れません。

「これは洗濯しても駄目かも知れないね。

でも、大丈夫だよ。これと同じパンツを見つければいいんだから」

あたしはとりあえずそういって由紀名を安心させ、問題のパンツを取り上げました。

小学三年生のあたしに、どこの店で買ったものかも分からない下着を探せるはずもありません。しかし、由紀名はなんの疑念も持たなかったようです。あたしに下駄を預けて、心底ホッとしたのでしょう。

年が明けて一月三日、あたしは母に連れられ、再度菱沼家を訪問しました。

幼い娘を押しつけてさすがに気が引けたのか、それとも挨拶にかこつけてなにかを探っていたのか、母のことですから後者に決まってはいますが、母は、養子縁組成立後も折々由紀名の元を訪ねていたのです。

ここまでくればもうお分かりでしょうが、あたしが以前榊原さんに、あの日は母が一人で菱沼家を訪問したと話したのは真実ではなかったことになります。由紀名の口を借りて嘘をいったのは、むろん、由紀名に放火殺人をそそのかしたのは、姉のあたしではなく母だったことにするためです。

あたしには母をかばうつもりは毛頭ありませんが、何度もいうとおり、母という人は奸計《かんけい》をめぐらせはしても、殺人をしたりはしません。あの人にはいざとなればリスクを取る覚悟も、身を挺して人を成敗する正義感もないのです。そんな人間に、殺人者となる資格があるでしょうか？

母が菱沼夫婦とお茶を飲みながら話をしている間に、あたしは由紀名と玄関脇の部屋で二人きりになりました。

お姉ちゃんに任せたからにはもう安心だ、と思っていたのでしょう。あのブルーのパンツと同じものは見つからなかったこと、そして、いくら洗ってもあの茶色の染みが落ちなかったことを告げると、由紀名はべそをかき始めました。

「泣いてなんかいる場合じゃないよ！」

あたしは由紀名をどやしつけました。

ここが勝負どころです。いくらおツムが弱いといっても、由紀名に養父母の殺害を決意させるには、それなりに納得性のある理由が必要でした。

最終的に、あたしは由紀名の嫉妬心と恐怖心を煽《あお》ることにしたのです。

「もしこれが叔母さんにバレたら大変だよ！　ママから聞いたんだけどね。美恵子叔母さんは普段は優しいけど、怒るととっても怖いんだって……。

叔父さんは、由紀名だけじゃなくって、可愛い女の子がいるとすぐにイタズラするんだよ。そうすると、叔母さんは怒ってその子を井戸に投げ入れちゃうんだってさ。

家の裏に古い井戸があるでしょ？　あの井戸はすっごく深いから、落っこちると大声を出しても誰にも聞こえないんだよ。だから、叔父さんも近所の人も気が付かなくて、みんなそのまま死んじゃうんだ。これまでに、小さな女の子が何人も中で骸骨になってるんだって……。

だけどね、由紀名。このことは叔母さんだけじゃなくて、ママにも絶対にいっちゃ駄目だよ！　だって、もしママが知ったら、由紀名のことも叔父さんのことも、ものすごく怒るに決まってるもん。

ママが怒ったら、叔母さんよりずっと怖いからね。きっと警察にいい付けるよ。そしたら、叔父さんも由紀名も手錠をかけられて警察に連れていかれて、二人の顔がテレビで大写しになるんだよ」

裏の古井戸には、子供が落ちないように網が張られていました。そのせいで、目を凝らしても井戸の底はよく見えないのです。

そうでなくても怯えきっている由紀名は、あたしの話に震え上がりました。矛盾を突っ込むどころではありません。そこで、あたしが、ママにも美恵子叔母さんにも怒られずに済む方法が一つだけある。うまくいくかいかないかは由紀名のやる気しだいだ、と告げると、あの子は一も二もなく承知したのです。

あたしは由紀名に手順を教え込みました。かつて居候をしていたお陰で、菱沼家の様子は手に取るように分かっています。母が常備している睡眠薬は、こんなこともあろうかとあらかじめ失敬してあったのです。

結果的には、いささかの懸念と不安をよそに、由紀名はしっかりと任務を果たしました。

燃え盛る菱沼の家を目の当たりにして、彼女にどんな思いが去来していたのかは分かりません。その日を境に、由紀名は周囲の人間に対して心を閉ざしました。

一月四日の夜、あたしは寝床の中で息をひそめ、重大事件の発生を知らせる電話に耳を澄ませていました。

まるで予想もしなかったことで、母はびっくり仰天したはずです。ひととおり話を聞き、菱沼の家がほぼ全焼して健一・美恵子夫婦が焼死したこと、そして由紀名が奇跡的に無事であったことを確認した母は、しかし、直ちに娘に会いに行こうとはしませんでした。

もう夜遅いことを理由に電話を切った母が、その後真っ先に連絡をしたのは、父の死亡に際して相談に乗ってもらった弁護士の自宅でした。この千載一遇のチャンスをどう生かすか、すでに母の心は、その対策を練ることでいっぱいだったようです。

翌日、車で現地に向かう前、朝一番で弁護士事務所を訪ねる母の後ろ姿には、かつて父の死体を前に勝負を賭《か》けた時と同じ、あの凛とした闘志が漲っていたのです。

その後九年あまり、北川家には母と子供三人の曲がりなりにも平穏な生活が続きました。

父の生命保険金と由紀名が菱沼家から得た遺産とを手中に収めた母は、もはや看護師として働くことはありませんでした。医者の未亡人として誰に遠慮もない快適な生活を手に入れ、人間として壊れてしまった娘の存在も、しだいに精神を病んで行く息子の無言の叫びも、その物質的な満足の前には霞んでいるように見えました。

大学に進学したら家を出て、この醜悪な家族と縁を切るつもりだったあたしは、勉強や部活に精を出し、ファーストフード店でのアルバイトにもせっせと励みました。目標にしていた成英大学の指定校推薦を獲得するためには、学業だけでなく、充実した課外活動が不可欠です。いうまでもなく、素行も重要な判断要素の一つでした。クラスメイトの中には、キャバクラや怪しげなモデルのバイトで稼ぐ子もいましたが、悪い噂は命取りになり兼ねません。幸い、家庭状況は最悪であるにもかかわらず、教師たちのあたしへの評価は上々でした。あたしは万事そつなく事を進めていたはずだったのです。

そんなあたしにも、やはり落とし穴がありました。あたしが田中哲さんと運命の出会いをしたのは、大学進学までようやくあと一年に漕ぎつけた高校三年の一学期のことでした。

休日の朝の日課だったジョギング中に、たまたま自宅近くの『田中ふれあいアニマルクリニック』の前を通りかかったあたしは、知的で、どこか陰うつな雰囲気を湛《たた》えた痩身の中年男性が入口から出て来る姿を目撃しました。

時刻はまだ七時前……。動物病院の診療開始時刻には早過ぎる時間でした。後になって思えば、彼はクリニックの夜勤明けで、朝食をとりに自宅に帰るところだったのです。

死んだ父を彷彿《ほうふつ》させる風貌と佇まいに思わず目が釘付けになりながら、あたしは、ドアに施錠するや足早に立ち去ったその男性が、父と同じく医師であることを微塵も疑いませんでした。

あたしは結局、エレクトラコンプレックスから抜け出せなかっただけなのでしょうか？　正直にいえば、よく知ってみると、哲さんは医師としても男としてもそれほど父に似ていたわけではありません。哲さんは優しくて誠実で、対象が人間と動物の違いはあれ、患者に向ける愛情も熱意も父よりはるかに優っていました。それでも、彼の容姿があれほど父に似通っていなかったら、あそこまで彼に惹かれたかどうか……。あたしはいまでも確信を持てないのです。

あたしは、道で捨て犬を拾ったと偽り、知り合いから調達した秋田犬を『田中ふれあいアニマルクリニック』に持ち込みました。

哲さんは純真な人です。彼は最後まで、あたしが意図的に彼に近付いたことに気付きませんでした。気付いたのはむしろ琴美さんの方だったかも知れません。彼女は我《わが》儘《まま》で、夫の天職である獣医師の仕事にも、体のいい肩書き以上の意味を見出せない女でしたが、決して鈍感な妻ではなかったのです。

あたしたちが恋人同士になるために、長い時間は必要ありませんでした。ほんの少しのきっかけで充分でした。哲さんには、あたしに誘惑されたという自覚すらなかったことでしょう。彼は、自分が清純な女子高生の純潔を奪った自責の念に苛まれていたのです。

哲さんは、妻子を捨ててあたしと一緒になることを約束してくれましたが、まだ具体的に事を進めていたわけではありません。あたしは高校を卒業すると同時に同棲を始めるつもりでしたが、琴美さんが大人しく引き下がるとは思っていませんでした。琴美さんにはやり手の事業家の父親が付いていて、クリニックの開業にあたっても、父親から相当額の援助を受けたと聞いていたからです。

忘れもしない正月二日の夜、ついに事件は起きました。あたしがクリニックに持ち込んだ秋田犬が、琴美さんの手で惨殺されたのです。

無残にもざっくり切り落とされたその生首を目にした瞬間、怒りや悲しみより先にあたしの頭をよぎったのは、これであたしは琴美さんに勝ったのだ、という確信でした。あれだけ動物の命を大切にする哲さんが、たとえ嫉妬に駆られたにせよ、妻のこんな暴挙を許せるはずがありません。あたしが強硬手段を講じるまでもなく、敵がオウンゴールを決めてくれたのです。

それだけに、最終的に哲さんがあたしではなく琴美さんを選んだことがどれほどショックだったか……。とても言葉でいい表すことはできません。思い出すだけで、全身が怒りに震えます。

強い決意を胸に家族会議に臨んだはずの彼が、まさかそんな結論を持ち帰るとは、想像もしていませんでした。彼のどんない い訳も慰めも耳には入りません。もはや、このまま生き続けることはできない……。あたしはその時、あたしと哲さんの人生を永久に葬り去る決意を固めたのです。

ただ、ここで誤解して欲しくないのは、あたしは単なる恨みつらみから哲さんを殺したのではないということです。

たとえ自分のものにはならなくても、哲さんをあの女に渡すことはできない。あの時のあたしを突き動かしていたのは、ひとえにその思いだったといっても過言ではありません。

もちろん、それは肉体だけの話ではありません。心もそれ以上に重要です。彼が死んだ後も、琴美さんが夫の思い出を胸に抱きしめることだけは、なにがなんでも阻止する必要がありました。

夫を繋ぎ留めるためにどんな卑劣な手を使ったのかは知りませんが、あたしはあの女にも、捨てられた女の屈辱と敗北感を味わわせずにはいられなかったのです。そのためには、彼の死は他殺や事故死ではなく、自殺であることが必要でした。それも、ただの自殺ではなく、ひとえにこのあたしのために死ぬのでなければ意味がありません。

あたしの計画はだんだんと明確な形を帯びていったのです。

ちょうどその頃、あたしの家では深刻な事態が生じていました。由紀名が妊娠したのです。相手が兄の秀一郎であることはいうまでもありません。

息子の歓心を買うことによって息子を操り、息子の不興を買うことをなにより恐れた母は、卑怯にも兄と由紀名の性関係に目をつぶりました。その当然の答えが出たということです。

パニックに陥った母を尻目に、しかし、当の本人たちはいとも無責任に構えていました。母の庇護と支配下にあって、理不尽を理不尽とも思わず、ペットの家猫同様、ある意味自由気儘に生きてきた二人にとって、妊娠のなにが問題なのかを理解できないのは無理もないことでしたが、想定外だったのは、およそ母性とは無縁に見えた由紀名が頑強に中絶を拒んだことでした。由紀名は断固として医者に行くことを拒否したのです。

あたしが由紀名殺害のアイデアを告げると、最初こそ戸惑いを隠せなかった母も、やがて救いの主を見出した顔を見せ始めました。由紀名に赤ん坊を養育する能力がないことは考えるまでもありません。心は壊れたまま、体だけはいっぱしの女となった娘を前にして、さすがの母も途方に暮れていたのです。

絶対に疑われずに済む方法がある。あたしが責任を持って実行するから、母はただ協力してくれればいい……。母はこの甘い言葉の誘惑に負けました。母は、あたしの意図を見抜くことができなかったのです。

精神疾患のある娘が謎《なぞ》の転落死を遂げたら、誰も偶然の事故だとは信じてくれない。よくて自殺、悪くすれば事故に見せかけた厄介払いを疑われる。さらにそこで妊娠の事実が判明しようものなら、相手の男の追及が始まって、兄と由紀名の背徳の行為が白日の下にさらされることは明らかだ。あたしは、こう母を説得しました。

転落死を遂げるのが引きこもりの由紀名ではなく、大学進学を直前に控えたあたしであれば、自殺や殺人を疑う者は誰もいないでしょう。手すりにちょっとした細工をしておけば、単純な事故で片付けられるうえに、手すりに瑕疵《かし》があったとして、家主から高額の賠償金を得ることも可能なはずです。

母は飛びついてきました。長年贅沢な生活を続けたせいで、懐が淋しくなりつつあったことも、彼女の背中を押す結果となったのです。

まずは知人が大勢いる港区を出て、どこか離れた場所の賃貸マンションに引っ越しをする。古く寂れた建物で周囲に人目がなく、できれば家主は老女であることが望ましい。そして「亜矢名」が「事故死」した後は、すみやかに東京を離れ、ほとぼりが冷めるまでしばらく田舎に引っ込んでいた方がいい……。母は最後の瞬間まで、あたしの提案の裏にある危険を察知することはありませんでした。

実をいえば、あたしはもう一つ秘策を練っていました。兄の秀一郎です。いくら母には抵抗できないといっても、由紀名を殺害したうえに、あたしと由紀名が入れ替わることを兄に納得させるのは容易ではありません。あたしはここでも、兄の嫉妬心と恐怖心を煽ることにしたのです。

「お兄ちゃんは知らないだろうけど……。由紀名にはお兄ちゃんのほかにも恋人がいたんだよ」

あの晩、リビングで兄と二人きりになったあたしは、頃合いを見計らって兄の耳元に囁きました。

快適なマンションから、わけも分からずいきなり薄汚れた住まいに連れて来られた衝撃で、兄も由紀名も情緒不安定に陥っていることをあたしは知っていました。ことに由紀名は、普段にも増して自室にこもりきりで酒浸りとなり、兄とすら口を利かない毎日が続いていたのです。

「前の家にいた時のことなんだけどね。実は、あたし、由紀名がこっそり男と会ってるとこ、見ちゃったんだ。たまたま夜中に目が覚めたら、ちょうど由紀名がそーっと玄関を開けて出てくとこだったんだよね。で、後をつけたら、マンションの前に車が停まっててさ。由紀名が助手席に乗り込むのを見ちゃった。その時、チラッと運転席の男の顔が見えたんだけど、なんて名前だったかな？　お兄ちゃんの中学時代の同級生で、近所に住んでた人がいたよね？　家にも遊びに来ていた……。あの人だったよ。

あたし思うんだけど、由紀名のお腹の子の父親はあの人なんじゃないかな？　引っ越してからあの人に会えなくなって、由紀名は落ち込んでるもん」

兄の顔が一瞬引き攣るのを、あたしは見逃しませんでした。

「あの子は自暴自棄になったらなにをするか分からないよ。これはママも知らないことなんだけどね。菱沼の叔父さんと叔母さんが焼け死んだあの火事……。火が出た原因はなんだったと思う？　あれはね、本当は由紀名が放火したんだよ。

由紀名は健一叔父さんの恋人だったんだよね。あの子は小学一年の時から女だった……。その秘密が美恵子叔母さんにバレそうになったんで、二人とも殺しちゃったんだよ。嘘だと思うなら、由紀名に訊いてみたら？」

あの火事を境に由紀名が変わったことは、兄も不思議に思っていたはずです。そして、由紀名にとって自分が初めての男ではないことも、薄々は気付いていたはずです。

星拓真さんとのことはまったくの作り話ですが、あたしには隠し玉がありました。アルファベットの「T」を模《かたど》った小粒のダイヤのペンダントトップを差し出しました。あたしは黙って、兄の鼻先にダイヤが煌めくそのペンダントトップは、実は、哲さんがあたしの誕生祝いに贈ってくれた記念の品でした。

「引っ越し荷物を整理していて、由紀名が隠してたのを見つけたんだけどね」

兄は息を詰めてあたしの手のひらを見つめました。

その燦然《さんぜん》と輝く「T」の文字が、「拓真」のイニシャルであることを教えるまでもありませんでした。兄の魂はその時に死んだのです。

あたしが実の親きょうだいを殺したことは、そんなにも許されないことなのでしょうか？

あたしはいまだに心から納得することはできません。

あたしは、あの醜悪な家族に嫌悪感しかありませんでした。憎しみではありません。母の死骸はもちろんのこと、あの無力で無害な兄の死骸を前にした時ですら、あたしには、嫌悪感以上の感情は湧いてこなかったのです。

家族の呪縛から逃れて人生をリセットすることは、あたしにとってどうしても必要なことでした。

ぎっとりと黄色い脂に、べっとりと粘りつくどす黒い血……。あたしが吐き気を催したのは当然でした。魂を持たない肉塊となっても、彼らの存在が浄化されることはなかったのです。

物いわぬ首に思い切りメスを入れたあの瞬間、あたしは間違いなく鬼畜でした。

そういえば、重要なことをお話しするのを忘れていました。あたしが、私立探偵を装ってあの田中寿々子さんのお宅を訪問したことについてです。

榊原さんに指摘されたとおり、あたしが哲さんの母親の寿々子さんに会って、「遺書」を取り戻そうとしたりしなければ、哲さんとあたしの関係が榊原さんに発覚することはなかったでしょう。そうであれば、「由紀名」を名乗る人物が、実は「亜矢名」である証拠をつかまれることもなかったかも知れません。あたしは自ら墓穴を掘ったことになります。

でも、あたしは自分がしたことを少しも後悔してはいません。それどころか、もし寿々子さんに会いに行かなかった時のことを考えると身が震えるほど恐ろしい。これは負け惜しみでもなんでもない、あたしの本当の気持ちです。

哲さんはどうしてあたしを裏切ったのか？

どうしてあたしを捨てて琴美さんを取ったのか？

別れを告げられたあの日以来、一日に何十遍となく繰り返したこの問いへの答えが、まさか寿々子さんの口から語られるとは思っていませんでした。それを聞けただけでも、生きていて良かったと思わずにはいられません。

哲さんは妻子のためにあたしを捨てたのではない。あたしのためを思い、あたしを愛するが故に身を引いてくれたのです。

あのしたたかな琴美の父親の前では、世間知らずの哲さんや寿々子さんは赤子のようなものです。悪知恵を働かせた父親は、哲さんのあたしへの愛情を逆手に取りました。不貞行為を理由にあたしに慰謝料の請求をすると喚くだけでは足りず、あたしがこれまでに何人もの男と付き合い、内緒でいかがわしいバイトをしていたと嘘八百を並べ立て、これが学校にバレたら、成英大学への指定校推薦が取り消されると脅しをかけたのです。

あたしとあたしの名誉をなによりも大切に思う哲さんに、選択の余地などありませんでした。

大学進学も指定校推薦も、哲さんなしではあたしにとってなんの意味もないことを、どうやれば彼に分からせることができたのでしょうか？

あたしは大切な哲さんを誤って殺したことになります。その一点だけでも、死刑になって当然でしょう。それでも、彼の真意を知らないまま、屈辱と憤激にまみれて敗者の人生を歩むよりどれほど幸せか分かりません。

青酸カリの毒が体内を駆け巡り、苦悶でのたうち回りながらも、彼が最後にあたしを見つめた目には怒りの色はありませんでした。ただただ、無念さと悲しみが滲んでいただけです。

あたしは後悔はしていません。

榊原さん。だから、あたしがあなたに出会ったことも結果としては正解なのでしょう。

あなたに会わなかったら、あたしはいまでも過去の自分を振り切ることに必死で、哲さんに捨てられた敗北を引き摺ったまま、「北川由紀名」として生きるしかなかったのですから……。

あたしは満足です。

解説　名人職人の華麗な柱時計

島田荘司

日本の物造りを長く支えてきた団塊の世代が先年大挙して退職し、老人予備軍としての余暇生活に入った。彼らは優秀な人材を多く含んだが、後進を育てることはあまり得手ではなく、某楽器メーカーは、ピアノが鳴らなくなるのではという心配をしていた。

大部隊の彼らは、物造り以外の局面でもよくリーダーシップを発揮し、日本社会の各局面を表裏で支えてきた。外交の第一線に立っていた者もいるし、専門技術によって特殊な機械を操作、人のしない体験を積んだ人も多い。

東京は今、四人に一人が老人という時代の門口に立っている。間もなく団塊の世代が老人グループに合流すれば、そういう時代が現実になる。そして二〇四〇年前後には、日本人全体の四十一パーセントが老人になるという予想もある。

老人とは、六十五歳以上の国民のことで、老人半数時代は、世界に先駆けてまず日本に起こる。しかもこれら老人のうち、六十〜七十代の大半は、医者とは無縁の健康体をもって暮らしている。こういう時代になれば、もはや老人のイメージも概念も、地球規模で変わらざるを得ない。彼らは単に経験を多く積んだ国民なのであって、作業不能を宣告された者はわずかである。そういう人材にこれからどんな仕事をしてもらうかが、これからの日本の成長のキー・ポイントとなる。

日本の本格ミステリーのフィールドもまた、彼らのうちの資質ある有志の参加を望んでいる。「人生わずか五十年」の時代は終わりを告げ、「人生八十年」の時代、長い余暇を獲得した彼らに、とりわけ特殊な技能や体験を積んだ人に、もうひと仕事をしてもらわなくてはならない。有能な彼らに、これからの長い時間をただ無為にすごしてもらうのは、国家的損失である。俳句作りに精を出すのなら、いっそもう少し長い文章を書いてもらってもかまわないはずだ。

このところこういう主張を繰り返してきている自分であるが、この作を読み、団塊の世代にひそむ才能という自分の予想に、再度自信を深めた。この作には、勤めの義務を果たし、能力の成熟とともに余暇生活に入った書き手に、こちらが期待するすべてがある。いっとき喧《やかま》しく言われ、使われた自然主義文学ベースの物差しを試しに持ち出せば、文章力、人間描写力。日々の生活を律している法的発想への理解、その語《ご》彙《い》の適確な使用。医学発想や、その専門用語の正確な理解。社会を埋める、利口ぶった人間たちが陥りがちな俗な発想。とりわけ女性たちの赤裸々な金銭欲、損得勘定、そのはざまに、計算されて滲出《しんしゅつ》する性欲。日々平然とつかれる嘘。慣習的でごく自然な見栄・自慢の発想や、威張りの欲動。自身が上位と信じる者たちによる他者睥睨《へいげい》の常識、これによって強力に育まれていく虎視眈々《こしたんたん》の報応感情——。

社会を埋めて蠢《うごめ》く、こうした通常的欲動への冷めた洞察と把握が、過不足のない描写の筆から滑り落ちる時、それ自体が勝手にジョークに身を変える。これこそは、達意の文章境地だ。新人にしてあっさりとこんなことができるのは、やはり熟年作家ならではのものであり、経験豊富な手が、自然に行ってしまう手技というものであろう。

実際、名人看護師の手技を思わせる新人離れのした手管は、作中に数多く見えている。この物語は、時間軸に沿って語られることはせず、もと警察官の私立探偵が、事件関係者に次々に会って歩き、証言を取るのだが、その関係者の証言が、語り口調のまま無造作に並べられ、読者の目に供される。

これらはすべて読み手の推理のための材料のひとつひとつであり、これを使って読者は、脳裏に自分で物語を構築しなくてはならないわけだが、この素っ気ない提示のありようそれ自体が、ある隠蔽《いんぺい》のための仕掛けとなっている。

そもそもポー以降のミステリーは、アングロサクソン男性たちの気取ったサロン文化で、いうなれば小綺麗に調理され、瀟洒《しょうしゃ》なテーブルに載せられる、上品な肉料理のようなものであった。しかし、別容器に取り分けられ、隠されたまま棄てられるはずの夥《おびただ》しい臓物や血液を、遠慮なくテーブルにぶちまけ、臭気もものかは、素手でもぞもぞとかき分けて、好物料理がやってくる場所を冷静に解説するような本格ミステリーの時代が、始まってもよかった。

フリルのドレスで取り澄まし、サロン文化では壁の花の位置を動こうとしなかった女性たちが、実は舞台裏ではなまなましく闘い、むき出しの欲得ゆえに血を流していた。その戦闘の行為においては、倫理観ゆえに逡巡《しゅんじゅん》するようなしおらしい気配は微塵《みじん》もなく、何が自分に最も得かを冷静に予想しておいて、好機がくれば、瞬時の迷いも見せずにこれをかすめ取る。

実の娘を殺す計画を日常的に練り、実の息子とベッドで交わり、この行為を恥と感じる純情など、負けを呼ぶから発想もなく、娘への勝利行動に用いようとするが、用いられる側は、母親の裏面の感情を読んで実行為の深度を測り、効果的反撃の準備を練る——。とこのような恐るべき世界の開陳は、あのアガサ・クリスティの時代には、エリザベス朝時代の道徳観から遠慮されていた。

しかし著者の筆は、これらの展開をさも当然のように平然と活写し、その冷徹な筆は、研ぎすまされた刃の乱舞のようで、これがあの愛らしく、慎ましい女性たちの暮らす世界かと読み手は目眩を感じはじめる。はたしてこのような女のどろどろを、免疫を持たない男世界に開陳してもよいものか、などと心配を始める。

さらには、これはエキセントリックな一部の女性においてのみ起こることであり、女性たちの内部に普遍的に存する負の感情とはして欲しくない、いやそのような約束事にしておいてもらった方が世は安全だ、などとおろおろ考えはじめる。

ところがそのショック自体、そうしたつべこべ自体がまた、著者の計算の範疇《はんちゅう》にあった。著者は男性読者たちのパニックを先廻りして予想し、これを盾として使用した際の、真相隠蔽の強度がどの程度か、までをも冷静に計算していた。男の弱々しい分別が発動すれば、自動的に作者の術中に嵌《は》まる仕掛けになっており、真相は背後の闇に没する。このしたたかな遣《や》り口には舌を巻いた。

それぞれの部品は無造作に並べられているように見えるが、実はそれぞれ、予想外の役割を担った歯車であり、可動部品で、互いに噛み合い、連携しながら着実に稼働して、全体としてだましと驚きのストーリーを進行させる。そのステディなリズムは、手だれの時計職人が組みあげた華麗にして古風な柱時計のようで、律儀な作動自体に、じっと眺めていたい美がある。

この作は稀な完成度を誇る精密機械だが、唯一の弱点もその緻密さのうちにあって、これは手だれの読み手なら、あるいは骨董《こっとう》品のマニアならば、どこかで一度は見た時計だ。ここまで極限的に先鋭化、巧妙化、人工化したものはなかったものの、方向としては定型流用の範疇にある。たとえば横溝作の一部に、未徹底ながら、この方向のものはあった。欧米の悪女ものにも、傾向としての前例はある。

この作例は、足もとの地面に、大きく深い穴を延々と掘り下げていくような営為で、未知の宇宙に向け、自作のロケットをどんと打ち上げるような蛮勇行為ではない。つまりは未聞のメソッドは切り拓《ひら》いていない。けれど、これは減点対象とはできない。ここまで磨き、進めれば、もう充分に新しいというべきだし、福ミス受賞作の内に、こうした方向の作例がひとつ混じることには、大いに賛成である。

著者が半生を捧げた法廷世界は、世情風刺の寸劇のような一面があり、東京地裁で長々と傍聴していれば、壇上の判事と検事の顔は変わらず、被告と弁護士が、二人の応接間に入れ替わり立ち替わり、お邪魔しますと言わんばかりの表情で入廷してくる時がある。そしてボタンをかけ違え、前科を得た被告が、徒歩で都下をさまよい、自転車を無断で借用して監獄に舞い戻ってくるいきさつを、かいつまんで説明してくれたりする。

こうした盆栽箱庭ふう小世界の圧倒的な支配者、裁判官たちにも、困ったことには出世の概念があり、刑事裁判では往々にしてクロ判決を出すことで上に評価され、出世する。地方の判事は出世をあきらめているから、主張が正当に通ってシロが出やすいとは、多くの苦労人弁護士が口を揃えるところである。是正不能のやりきれなさは、人の暮らす世界を上から下まで充たしている。

著者の場合はこれまで、民事ひと筋に歩いてこられたようだが、限られた証拠類を用い、背後に監視の目を持つ判事たちが、出世欲とともに下す判断と、これを受けて悲喜こもごもの俗人たちの姿を生涯見てこられた。当作にもこうした箱の中の嵐が投影されているから、読むにつれ、もしもそう言って許されるならだが、優れた法律家とその作業世界こそは、下方で頑張る物語創作世界への、最高にして最良のファームなのかもしれないという思いを抱く。

受賞後の著者は、今年までにすでに『衣更月家の一族』、『螺旋《らせん》の底』、『殺意の構図　探偵の依頼人』と、年に一冊のペースで力作を排出してくださっている。退職後の登場三年にして、すでに二十年作家たちにひけを取らない実績が、着々と重ねられつつある。

かつて出版界は、定年退職後のデビューというものに、まったく期待をしてこなかった。応援資金を投じても、活動はせいぜい十年弱、到底回収はできないという常識があったが、世の中はすでに変化、それとも脱皮を為した。著者のこの精進ならば、九十歳まででも書けそうであるし、高価値の作品の量では、若い時代にデビューした作家たちに引けを取りそうにはない。二十歳でデビューしても、青春小説の筆力から脱皮せず、怠惰に過ごす才もまま世間にはある。法曹界や医学界、あるいは学問の世界を勤勉に支え終えた退職者たちの黙々とした余生の筆、その濃密さこそが、今後はジャンルを支える時代に、社会は静かに向かっている。

深木章子氏の登場は、そういうことをこちらに感じさせ、期待させてくれる、自分にとってはひとつの事件であった。著者にはこのままのペースで書き続けて欲しいと願っているし、ジャンルの諸兄には、今後このような人材をも大事にする空気を作って欲しいと、綾辻氏が登場したあの時のように、願っている。

（第三回　ばらのまち福山ミステリー文学新人賞選評に加筆修正致しました）

本書は二〇一一年四月に原書房より刊行されました。

|著者| 深木章子　1947年東京生まれ。東京大学法学部卒業。元弁護士。2010年に本書で、島田荘司選第3回ばらのまち福山ミステリー文学新人賞を受賞。2013年には第2作の『衣更月《きさらぎ》家の一族』(講談社文庫)で、翌年は第3作の『螺旋の底』(講談社文庫)で本格ミステリ大賞に連続してノミネート。他の著書に『殺意の構図　探偵の依頼人』『交換殺人はいかが?』(ともに光文社文庫)、『敗者の告白』『ミネルヴァの報復』(ともに角川文庫)がある。

鬼畜《きちく》の家《いえ》
深木章子《みきあきこ》

2014年4月15日第1刷発行
2022年10月25日第14刷発行

発行者——鈴木章一
発行所——株式会社　講談社
東京都文京区音羽2-12-21　〒112-8001
電話 出版 (03) 5395-3510
販売 (03) 5395-5817
業務 (03) 5395-3615

Printed in Japan

講談社文庫
定価はカバーに
表示してあります

KODANSHA

デザイン—菊地信義
本文データ制作—講談社デジタル製作
印刷———株式会社KPSプロダクツ
製本———株式会社国宝社

ISBN978-4-06-277825-1

講談社文庫刊行の辞

二十一世紀の到来を目睫に望みながら、われわれはいま、人類史上かつて例を見ない巨大な転換期をむかえようとしている。

世界も、日本も、激動の予兆に対する期待とおののきを内に蔵して、未知の時代に歩み入ろうとしている。このときにあたり、創業の人野間清治の「ナショナル・エデュケイター」への志を現代に甦らせようと意図して、われわれはここに古今の文芸作品はいうまでもなく、ひろく人文・社会・自然の諸科学から東西の名著を網羅する、新しい綜合文庫の発刊を決意した。

激動の転換期はまた断絶の時代である。われわれは戦後二十五年間の出版文化のありかたへの深い反省をこめて、この断絶の時代にあえて人間的な持続を求めようとする。いたずらに浮薄な商業主義のあだ花を追い求めることなく、長期にわたって良書に生命をあたえようとつとめるところにしか、今後の出版文化の真の繁栄はあり得ないと信じるからである。

同時にわれわれはこの綜合文庫の刊行を通じて、人文・社会・自然の諸科学が、結局人間の学にほかならないことを立証しようと願っている。かつて知識とは、「汝自身を知る」ことにつきていた。現代社会の瑣末な情報の氾濫のなかから、力強い知識の源泉を掘り起し、技術文明のただなかに、生きた人間の姿を復活させること。それこそわれわれの切なる希求である。

われわれは権威に盲従せず、俗流に媚びることなく、渾然一体となって日本の「草の根」をかたちづくる若く新しい世代の人々に、心をこめてこの新しい綜合文庫をおくり届けたい。それは知識の泉であるとともに感受性のふるさとであり、もっとも有機的に組織され、社会に開かれた万人のための大学をめざしている。大方の支援と協力を衷心より切望してやまない。

一九七一年七月

野間省一

講談社文庫　目録

講談社文庫　目録

平岩弓枝　はやぶさ新八御用旅(三)〈日光例幣使道の殺人〉
平岩弓枝　はやぶさ新八御用旅(四)〈北前船の事件〉
平岩弓枝　はやぶさ新八御用旅(五)〈諏訪の妖狐〉
平岩弓枝　はやぶさ新八御用旅(六)〈紅花染め秘帳〉
平岩弓枝　新装版 はやぶさ新八御用帳(一)〈大奥の恋人〉
平岩弓枝　新装版 はやぶさ新八御用帳(二)〈江戸の海賊〉
平岩弓枝　新装版 はやぶさ新八御用帳(三)〈又右衛門の女房〉
平岩弓枝　新装版 はやぶさ新八御用帳(四)〈鬼勘の娘〉
平岩弓枝　新装版 はやぶさ新八御用帳(五)〈御守殿おたき〉
平岩弓枝　新装版 はやぶさ新八御用帳(六)〈春月の雛〉
平岩弓枝　新装版 はやぶさ新八御用帳(七)〈寒椿の寺〉
平岩弓枝　新装版 はやぶさ新八御用帳(八)〈春怨 根津権現〉
平岩弓枝　新装版 はやぶさ新八御用帳(九)〈王子稲荷の女〉
平岩弓枝　新装版 はやぶさ新八御用帳(十)〈幽霊屋敷の女〉
東野圭吾　放課後
東野圭吾　卒業
東野圭吾　学生街の殺人
東野圭吾　魔球
東野圭吾　十字屋敷のピエロ
東野圭吾　眠りの森
東野圭吾　宿命
東野圭吾　変身
東野圭吾　仮面山荘殺人事件
東野圭吾　天使の耳
東野圭吾　ある閉ざされた雪の山荘で
東野圭吾　同級生
東野圭吾　名探偵の呪縛
東野圭吾　むかし僕が死んだ家
東野圭吾　虹を操る少年
東野圭吾　パラレルワールド・ラブストーリー
東野圭吾　天空の蜂
東野圭吾　どちらかが彼女を殺した
東野圭吾　名探偵の掟
東野圭吾　悪意
東野圭吾　私が彼を殺した
東野圭吾　嘘をもうひとつだけ
東野圭吾　赤い指
東野圭吾　流星の絆
東野圭吾　新装版 浪花少年探偵団
東野圭吾　新装版 しのぶセンセにサヨナラ
東野圭吾　新参者
東野圭吾　麒麟の翼
東野圭吾　パラドックス13
東野圭吾　祈りの幕が下りる時
東野圭吾　危険なビーナス
東野圭吾　時《トキ》生《オ》〈新装版〉
東野圭吾　希望の糸
東野圭吾作家生活25周年祭り実行委員会　東野圭吾公式ガイド〈読者1万人が選んだ東野作品人気ランキング発表〉
東野圭吾作家生活35周年実行委員会 編　東野圭吾公式ガイド〈作家生活35周年ver.〉
平野啓一郎　高瀬川
平野啓一郎　ドーン
平野啓一郎　空白を満たしなさい(上)(下)
百田尚樹　永遠の0《ゼロ》
百田尚樹　輝く夜
百田尚樹　風の中のマリア
百田尚樹　影法師
百田尚樹　ボックス！(上)(下)

藤谷　治　花　や　今　宵　の
古市憲寿　働き方は「自分」で決める
船瀬俊介　かんたん「1日1食」!!〈万病が治る！　20歳若返る！〉
古野まほろ　身元不明《ジェーンドウ》〈特殊殺人対策官　箱崎ひかり〉
古野まほろ　陰　陽　少　女
古野まほろ　陰　陽　少　女〈妖刀村正《むらまさ》殺人事件〉
古野まほろ　禁じられたジュリエット
藤崎　翔　時間を止めてみたんだが
藤井邦夫　大江戸閻《えん》魔《ま》帳《ちょう》
藤井邦夫　三　つ　の　顔〈大江戸閻魔帳㈡〉
藤井邦夫　渡　世　人〈大江戸閻魔帳㈢〉
藤井邦夫　笑　う　女〈大江戸閻魔帳㈣〉
藤井邦夫　罰《ばち》当《あた》り〈大江戸閻魔帳㈤〉
藤井邦夫　福　の　神〈大江戸閻魔帳㈥〉
藤井邦夫　野　暮　天〈大江戸閻魔帳㈦〉
福澤徹三　糸《し》柳《やな》寿《とし》昭《あき》　忌《い》み　地〈怪談社奇聞録〉
福澤徹三　糸柳寿昭　忌　み　地　弐〈怪談社奇聞録〉
福澤徹三　糸柳寿昭　忌　み　地　惨〈怪談社奇聞録〉
藤井太洋　ハロー・ワールド

藤野嘉子　60歳からは「小さくする」暮らし　生き方がラクになる
福澤徹三　作　家　ご　は　ん
辺見　庸　抵　抗　論
星　新一　エヌ氏の遊園地
星　新一編　ショートショートの広場①～⑨
本田靖春　不　当　逮　捕
保阪正康　昭和史　七つの謎
堀江敏幸　熊　の　敷　石
本格ミステリ作家クラブ編　ベスト本格ミステリTOP5〈短編傑作選002〉
本格ミステリ作家クラブ編　ベスト本格ミステリTOP5〈短編傑作選003〉
本格ミステリ作家クラブ編　ベスト本格ミステリTOP5〈短編傑作選004〉
本格ミステリ作家クラブ選・編　本格王2019
本格ミステリ作家クラブ選・編　本格王2020
本格ミステリ作家クラブ選・編　本格王2021
本格ミステリ作家クラブ選・編　本格王2022
本多孝好　君　の　隣　に
本多孝好　チェーン・ポイズン〈新装版〉
穂村　弘　整　形　前　夜
穂村　弘　ぼくの短歌ノート

穂村　弘　野良猫を尊敬した日
堀川アサコ　幻　想　郵　便　局
堀川アサコ　幻　想　映　画　館
堀川アサコ　幻　想　日　記　店
堀川アサコ　幻　想　探　偵　社
堀川アサコ　幻　想　温　泉　郷
堀川アサコ　幻　想　短　編　集
堀川アサコ　幻　想　寝　台　車
堀川アサコ　幻　想　蒸　気　船
堀川アサコ　幻　想　商　店　街
堀川アサコ　幻　想　遊　園　地
堀川アサコ　魔　法　使　ひ
本城雅人　境　界〈横浜中華街・潜伏捜査〉
本城雅人　スカウト・デイズ
本城雅人　スカウト・バトル
本城雅人　嗤　う　エ　ー　ス
本城雅人　贅沢のススメ
本城雅人　誉れ高き勇敢なブルーよ
本城雅人　シューメーカーの足音

講談社文庫 目録